Keep the Aspidistra Flying

葉蘭之詩

喬治．歐威爾
社會批判小說經典

(George Orwell)
喬治．歐威爾 著
梁煜 譯

當金錢成為社會信仰，他的靈魂在泥沼中沉淪

他鄙視金錢，不願同流合污，毅然放棄了唾手可得的好工作
他渴望金錢，因為困窘讓他難以活得有尊嚴
在精神與物質的矛盾拉扯中，他的生活正逐步四分五裂……

目錄

Part One 錢，錢，錢

Part Two 你贏了，葉蘭！

Part One
錢，錢，錢

書客

兩點半的時鐘敲響。在麥基奇尼先生書店後的小辦公室裡，戈登趴在辦公桌上，打開一包四便士的「玩家」香菸，又用拇指闔上蓋子。戈登．康斯托克，康斯托克家族的最後一名成員，才二十九歲，卻已經老氣橫秋了。

在街對面的威爾斯王子樓上，另一個距離較遠的鐘也叮叮咚咚地響了起來，清脆的聲音劃破了凝滯的空氣。戈登提起精神，坐直身體，將香菸盒放入衣服內袋。他饞得要死，就想抽口菸，可是口袋裡只剩下四根了。今天才週三，他要到週五才有收入。要是今天晚上和明天一天都沒菸抽，那可是太難熬啦！明天的無菸時光現在就提前煎熬著他，他起身向門邊走去——他身材瘦小，骨骼精細，行動之間透著一股焦躁。外套的右肘處開裂了，中間的一顆釦子也沒了蹤影；便宜、量產的法蘭絨褲子已經汙跡斑斑，皺皺巴巴。光從上面就能看出來，他的鞋底也該修修了。

口袋裡的錢幣隨著他起身的動作叮噹作響。他能說出口袋裡錢幣的確切數目。五便士半——兩便士半外加一個三便士的硬幣。他停下來把那個可憐的小小的三便士硬幣掏了出來，凝視著它。這該死的沒用的東西！只有該死的傻瓜才會要呢！這是昨天他買菸時候的事。「找個三便士的硬幣給您沒關係的，對吧，先生？」那個售貨的小混帳說得輕巧。他當然只能接受。「噢，當然，完全沒關係！」他說。傻瓜，該死的傻瓜！

想到自己的全部家當不過五便士半，他就痛苦不堪，何況還有三便士根本花不出去。因為你怎麼好意思拿三便士的硬幣去買東西？這不是硬幣，而是解開困窘謎團的謎底。把它從口袋裡掏出來會讓你看起來像個徹頭徹尾的傻瓜，除非是和一大把硬幣一起拿出來才能遮羞。「多少錢？」你問。「三便士。」售貨的店員說。然後你在口袋裡摸索半天，終於把那個可笑的小玩意掏了出來。就它一個被孤零零地握在你的指尖，閃爍著微不足道的一絲光亮。售貨的店員嗤之以鼻。她一下子就看出來這是你全身上下僅有的三便士。你看見她向硬幣飛快地瞟了一眼——她是在想上面是不是還沾著一點聖誕布丁的殘渣。於是你昂首闊步地走出了小賣店，而且永遠也沒臉再邁進那家店的店門。不！我絕不會用掉這枚三便士的硬幣。就用那兩便士半，用那兩便士半堅持到週五。

此時正值孤寂無聊的飯後時光，估計不會有什麼顧客過來。他孤身一人，只有七千本書和他做伴。辦公室門外的小房間裡漆黑一片，散發著灰塵和陳舊紙張的氣味，屋裡的書滿坑滿谷，卻大多是賣不動的陳年舊書。靠近天花板的最上面一層書架上擺放著一卷卷四開本的絕版百科全書，它們都悄無聲息地倒著沉睡，活像公墓裡的一具具棺材。戈登撩起通往隔壁房間、布滿灰塵的藍色門簾。這一間比之前那間亮堂些，是個租書屋。這是深受書蟲喜愛的那類「閱覽費兩便士，無須押金」的租書屋。當然了，這裡除了小說以外什麼都沒有。而且都是些什麼小說啊！這個問題當然也是不言自明的。

房間三面都被小說環繞，足有八百多本，一直堆到天花板上，一排排花哨的長方形書脊摞在一起，彷彿牆壁是由很多色彩斑斕的磚頭直挺挺地砌成的。書是按字母順序排列的，亞倫、伯路、狄賓、戴爾、法蘭科、高爾斯華綏、吉布斯、卜利士力、薩珀、沃波爾。戈登懷著鬱悶的心情憎惡地看著它們。此時此刻，他憎惡所有的書，首當其衝的就是小說。想到這麼多無聊的半生不熟的垃圾都堆在一起，堆在這一個地方，真是可怕。是布丁，奶油布丁。八百塊布丁包圍了他，讓他陷在了一個布丁的倉庫中，這想法叫人心情沉重。他穿過敞開的房門，走到了店鋪前邊，一邊走一邊捋順自己的頭髮。這是個習慣性動作。畢竟，說不定會有女孩子在玻璃門外呢。戈登外表不算出眾，身高不過一百七，而且因為頭髮太長，常常顯得他的腦袋相對於身體來說有些過大了。他一向清楚自己身材矮小。當發現所有人都看著自己的時候，他就會昂首挺胸，站得筆直，擺出一副對人不屑一顧的架勢，有時也能唬住一些單純的人。

但是，外面並沒有人。和店裡的其他地方不同，前面的這間房間看起來還算高級，大概裝了兩千本書，還不包括櫥窗裡的那些。右邊有一個玻璃展櫃，放著兒童讀物。戈登將視線從一張恐怖的拉克姆[001]風格的書皮上移開，書皮上畫著一些小精靈正輕飄飄地穿過一片野風信子的沼澤地。他透過玻璃門向外看去。天氣陰沉，陰風漸起。天空呈鉛灰色，鵝卵石路上一片泥濘。今天是十一月三十日，聖安德魯日[002]。麥基奇尼書店位於街角，緊臨著一個形狀不規則的廣場，四條街道在這裡交會。透過門看去，左邊盡頭處有一株榆樹，現在已掉光了葉子，只剩下稠密的枝幹在天空的映襯下突顯出褐色的線條。在反方向的威爾斯王子樓旁，聳立著高大的樓宇，布滿了各類專利食品和專利藥品的廣告，猶如一道畫廊，展示著如洋娃娃一般精緻到恐怖的臉龐——粉嫩的空洞的臉龐，洋溢著愚蠢的樂天精神。QT 醬料、特魯威早餐脆麥片（「早餐脆麥片，孩子天天念」）、袋鼠勃根地葡萄酒、維生素巧克力、博偉。在這種種之中，博偉是最叫戈登難受的。一個獐頭鼠目的四眼小職員，頂著一

[001] 拉克姆：指 Arthur Rackham，英國插畫家，他的畫有著誇張、陰暗恐怖的風格，有時用作賀卡、書皮等的圖案。

[002] 聖安德魯日：紀念蘇格蘭保護人聖安德魯，慶祝蘇格蘭文化的蘇格蘭節日。

頭油光水亮的頭髮，正坐在一張咖啡桌旁，微笑地品味著一個白色大杯子裡的博偉。「博偉佐餐，角桌怡情。」廣告語如此寫道。

戈登縮回了視線。灰塵撲撲的窗玻璃上映著他自己的臉，正回望著他。這張臉可不怎麼樣。還不到三十，就已經滿面滄桑。蒼白的臉上，刻著悽苦的皺紋。額頭倒算得上「好看」—— 也就是說額頭高 —— 但配上又小又尖的下巴，整張臉就成了個梨子形，而不是橢圓形。頭髮顏色跟老鼠似的，還亂蓬蓬的。一張嚴峻的嘴巴拒人千里，兩隻淡褐色的眸子有些發綠。他又拉長了視線。他現在很討厭鏡子。外面的一切都是晦暗又肅殺。一輛電車從石子路上嘶吼著滑過，彷彿一隻聲音粗啞的鋼鐵天鵝，所過之處颳起一陣勁風，捲起落葉的碎片。榆樹的枝條簌簌抖動，被風扯向東方。QT 醬料廣告的海報邊緣被撕爛了；一條紙帶斷斷續續地飄動著，像是一面小旗子；右邊的小巷裡，人行道上光禿禿的白楊也在風襲來時狠狠地彎著腰，可怕的暴風，它掃過時的呼嘯聲中滲著令人膽寒的旋律。這是冬之憤怒的第一聲怒吼。戈登的腦子裡，兩句詩正在奮力成形：

什麼風 —— 比如說勁風？不，狂風更好。
狂風驟起吹肝膽 —— 不，摧肝膽吧。

白楊如何了 —— 白楊迎風倒？不，白楊迎風折更好。上下兩句都「風」字用重了？沒關係。新禿白楊迎風折。不錯。

狂風驟起摧肝膽，新禿白楊迎風折。

好啊。「折」不易押韻，不過，總還有「瑟」這樣的，這是從古至今所有的詩人都頭痛地找不出的韻腳。[003] 但戈登的詩興消了，他轉著口袋

[003] 原文中用的是 bare 和 air 兩個詞，在英語裡面不易押韻，但譯詩沒有體現這一點。

裡的錢，兩便士半外加一個三便士的硬幣 —— 兩便士半。他心煩意亂，無聊透頂。他沒法去想什麼韻腳和形容詞。口袋裡只有兩便士半，你哪能去想這種事。

他的視線又聚焦在了對面的那些海報上。他討厭它們有些個人的原因。他機械地重讀了一遍標語：「袋鼠勃根地，英國人自己的酒。」、「哮喘讓她透不過氣！」、「QT 好醬料，老公真需要。」、「一口維生素，能走十里路！」、「曲裁 —— 戶外男人的菸。」、「早餐脆麥片，孩子天天念。」、「博偉佐餐，角桌怡情。」

哈！來了個顧客 —— 至少是潛在的顧客。戈登僵住了身體。站在門邊，你可以透過前門的窗戶看到外面模糊的影像，自己卻不會被人看見。他仔細觀察著這位潛在顧客。

他是個滿體面的中年人，穿著黑西服，戴著圓頂高帽，拄著雨傘，夾著公事包 —— 省裡的法務官，不然就是市政會的委員 —— 正睜著大大的灰色眼睛窺視著窗戶。啊！就是它！他已經嗅到了遠遠的角落裡 D.H. 勞倫斯[004]的第一版的味道。當然啦，積了些灰塵。他一定久聞查泰萊夫人[005]的大名。他這張臉可不好看，戈登想。蒼白，肥厚，呆滯，輪廓不分明。從外表看是威爾斯人 —— 反正是個新教徒。他的嘴角下沉，彷彿時時表示著自己的不滿。他在家鄉，一定是當地純潔聯會或海濱監督委員會的主席，經常穿著膠底鞋，拿著手電筒，順著海灘的人群去逮接吻的情侶。這會兒他到城裡來尋開心了。戈登希望他能走進來，賣一本《戀愛中的女人》給他[006]。這得讓他多麼氣惱啊！

---

[004] D. H. 勞倫斯：英國著名作家，作品多有情色內容。
[005] 查泰萊夫人：勞倫斯作品《查泰萊夫人的情人》中的女主角。
[006] 《戀愛中的女人》：勞倫斯作品。

但是，不！這位威爾斯法務官退縮了。他把雨傘夾在手臂下，轉身走掉了，留下一個道貌岸然的背影。但是毫無疑問，今天晚上，當夜色掩住他臉上的紅潮，他就會溜進一家不起眼的小店，買一本薩迪·布萊克艾的《巴黎修道院中的狂歡》。戈登轉身離開門口，回到書架旁。從租書屋出來左邊的書架上，放著新書或者幾乎全新的書，形成了一道亮麗的色彩，任是誰透過玻璃門往裡瞟，都能抓住他的眼球。它們光潔的封面似乎在從書架上對你暗送秋波。「買我吧！買我吧！」它們似乎在說。剛從出版社新鮮出爐的小說 —— 還是一個個冰清玉潔的新嫁娘，正盼著裁紙刀來奪取它們的貞操；還有重印本，像是年輕的寡婦，雖然已經失了初貞，卻也風韻猶存；此外，四處零星地點綴著一提半打可悲的老處女般的家伙們，所謂「滯銷舊書」是也，還在滿懷希望地守身如玉。戈登從「過期書」上移開目光。它們喚起了他不堪回首的記憶。兩年前，他出了這輩子唯一一本可憐的小小的書，只賣了不多不少剛剛好一百五十三本，然後就成了「滯銷舊書」，甚至成了「滯銷舊書」也賣不出去。他走過那些新書，在和它們垂直相交的書架前停下了，這些架子上放著更多的二手書。

右手那邊是幾架詩歌。他面前的是散文，雜七雜八好幾本。它們的等級從中間向上下依次降低，和人眼齊高的地方是乾淨而昂貴的書，頂上和底部就是骯髒的廉價書。所有的書店裡都在上演原始的達爾文式的物競天擇，作者尚在人世的作品占據著與眼齊高的位置，死人的作品就得往上或往下排了 —— 往下低到地獄裡去也罷，往上登頂君臨天下也罷，總之是遠遠退到一邊，再也不會被人注意到了。在下面最底層的架子上是「經典」，都是維多利亞時代的怪物，如今已經絕跡了，正在靜靜地腐爛。史考特、卡萊爾、馬里帝茲、羅斯金、佩特、史蒂文森 —— 你幾乎無法讀出它們那過時的寬大書脊上的名字。

在書架頂層幾乎看不到的地方，躺著規格扁寬的公爵們的傳記。在那下面，是「宗教」文學 —— 各種教派各種教義，都被一視同仁地堆在一起，因為還可以賣，所以放在勾得著的地方。《彼岸的世界》，由《聖靈觸動我心》的作者所著。《法拉爾院長信奉基督的一生》、《基督 —— 第一個扶輪社[007]員》是希萊爾．切斯納特神父宣傳羅馬天主教的最新力作。越是愚蠢的宗教書往往賣得越好。下面剛好和眼睛齊平的地方，就是當代的東西了。卜利士力的新作，不起眼的再版「中本書」，赫伯特、諾克斯、米爾恩那令人開懷的「幽默」；也有些高深莫測的玩意，海明威和維吉尼亞的一兩本小說，假托斯特雷齊之名的光鮮的簡化本傳記；還有些趾高氣昂的精裝書，就已有定評的畫家和沒有爭議的詩人誇誇其談，作者都是些年少多金的衣冠禽獸，他們優雅萬分地從伊頓進入劍橋，又從劍橋混進了文學評論界。

他張著無神的雙眼，盯著這堵書牆。新也好舊也好，高深也好淺薄也好，趾高氣昂也好輕快活潑也好，它們通通叫他討厭。僅僅是看著它們就能讓他清清楚楚地意識到自己的無能。因為看看他的樣子，明明是個「作家」，卻連「寫作」都做不到！這不僅僅是不能出版的問題，而是他什麼也沒寫出來，或者幾乎什麼也沒寫出來。而所有那些擠在書架上的廢話 —— 好歹人家寫出來了，這就是某種成就。就連那些個戴爾啊狄賓啊，至少也每年產出了幾頁鉛字，那一畝三分地上總有些收成。但他最討厭的還要屬那些趾高氣昂的「有文化」的那類書，評論和純文學的書。那些東西都是那些個從劍橋畢業、年少多金的禽獸們在夢裡寫出來的 —— 只要戈登再稍稍有錢些，可能他自己也會寫這種東西。金錢和文

[007] 扶輪社：一種社會團體，提供各類社會服務，強調「超我服務」。

化！在英國這樣的國家裡，沒有錢你就沒文化，就跟沒錢你進不了騎兵隊一樣。就像小孩忍不住要搖動鬆動的牙齒一樣，同樣的本能也促使戈登拿起了一本看起來趾高氣昂的大書——《義大利巴洛克藝術漫談》，翻開它，讀了一段，然後懷著厭惡和嫉妒的複雜心情把它塞了回去。那可怕的自以為是！那令人作嘔的、揮金如土的附庸風雅！還有這般風雅背後暗示的財力！因為畢竟除了錢，這背後還能有什麼呢？有錢接受正規的教育，有錢結交有權勢的朋友，有錢享受悠閒平和的心境，有錢去義大利旅行。是錢在寫書，是錢在賣書。別賜予我正義，噢，上帝啊，賜予我金錢吧，只要金錢就可以。

他撥弄著口袋裡的硬幣。他已經快三十歲了，還一事無成。只有一本可憐的詩集，比任何一朵明日黃花還黃得慘淡 [008]。而從那以後，整整兩年，他一直在枯燥的書籍迷宮裡兜兜轉轉，卻始終毫無進益。而在他心志清明的時候，他也明白，永遠也不會再有何進益。是因為缺錢，僅僅是因為缺錢，奪走了他「寫作」的力量。他把這個念頭當成信條一般抱著不放。錢啊錢，都是錢！沒有錢幫你打氣，你寫得出來哪怕是幾塊錢的中篇小說嗎？創造力、精氣神、機趣、風格、魅力——樣樣都要拿真金白銀來換。

然而，當他順著書架看下去，他覺得自己得了些許安慰。有那麼多書都黯淡無光，也讓人看不下去。終究我們還是一條船上的。「人終有一死。」你也好我也好，那些劍橋的公子哥也好，都有同樣的幽冥在等著——雖然毫無疑問的是那些劍橋公子哥們的幽冥要等得久一些。他看著腳邊那些經久而衰的「經典」。死了，都死了。卡萊爾啊，羅斯金啊，

[008] Fall flat 是習語，指一敗塗地，後面用 pancake 來形容 flat，字面上形成比喻意。為了兼顧比喻和字面，換用明日黃花的成語。

馬里帝茲啊，史蒂文森啊 —— 都死了，上帝讓它們爛了。他掃過那一個個褪色的標題。《羅伯特．路易斯．史蒂文森書信集》。哈哈！這不錯。《羅伯特．路易斯．史蒂文森書信集》！它的上緣因蒙著灰塵而發黑。出於塵土，歸於塵土。戈登踢了一腳史蒂文森的硬裝封底。在哪裡呢，老騙子？你都化成灰了吧，如果蘇格蘭人 [009] 能化灰的話。

叮！店裡的門鈴響了。戈登轉過身，是兩個顧客，來租書屋的。

一個面色灰敗、肩膀渾圓的下層階級女人，看起來像一隻在垃圾堆裡嗅弄的鴨子一樣，蹣跚地擠了進來，在一個藤筐裡翻找著。緊跟著她跳進來的是一個豐滿的小個子女人，紅臉頰，中層中產階級，手臂下面夾著一本《福爾賽世家》 —— 標題朝外，好讓路人都能看出來她是個高雅的人。

戈登換下了自己酸楚的表情。他用親切的、家庭醫生般的溫暖向她們打招呼，這是專為來租書屋的借閱者保留的。

「午安，韋弗太太。午安，佩恩太太。天氣可真糟糕啊！」

「是駭人！」佩恩太太說。

他站到一旁，讓出走道給她們。韋弗太太翻轉她的藤筐，往地上倒出一本翻得破破爛爛的埃塞爾．M．戴爾的《銀色婚禮》。佩恩太太明亮的小眼睛落在上面，亮了起來。她在韋弗太太身後仰頭對戈登微笑了一下，十分狡黠，這是高雅人對高雅人的笑容。戴爾！那多低俗啊！這些下等人讀的書！他會意，也回以微笑。他們走進租書屋，帶著高雅人對高雅人的微笑。

佩恩太太把《福爾賽世家》放到桌上，把她那麻雀般的胸部轉向戈登。她對戈登總是很友善，儘管他是個看店的，她仍然稱他為康斯托克

---

[009] 史蒂文森是蘇格蘭作家。

先生，還與他討論文學。他們之間有著高雅鑄就的暢通無阻的橋梁。

「我希望妳喜歡《福爾賽世家》，佩恩太太！」

「這本書是部多麼完美的彪炳千古的鉅著啊，康斯托克先生！你知道嗎？這已經是我第四遍讀它了！史詩性鉅作，真正的史詩性鉅作！」

韋弗太太在書堆裡逡巡，智商過於低下，都沒發現它們是按字母順序排列的。

「我都不知道這星期要看什麼了，真不知道啊。」她透過髒兮兮的嘴唇喃喃說道，「我女兒一直叫我試試狄賓。她可喜歡狄賓了，我女兒。但我女婿呢，現在更中意柏洛茲[010]。肯定是我不知道的。」

提到柏洛茲的時候，佩恩太太的臉上閃過一陣抽搐。她明顯地轉過身背對韋弗太太。

「我覺得，康斯托克先生，高爾斯華綏有一種十分大氣的東西。他是如此博大，如此具有世界性，然而同時在精神上又如此完完全全的英國化，如此富於人性。他的書是真正的人的文字。」

「卜利士力也是。」戈登說，「我覺得卜利士力是個好得不得了的作家，妳不覺得嗎？」

「哦，他是的！如此大氣，如此博大，如此富於人性！而本質上又如此英國化！」

韋弗太太抿緊了嘴唇。嘴唇後面是三顆各自為政的大黃牙。「我看要不我再拿本戴爾的好了。」她說，「你們還有戴爾的吧，有嗎？我真是喜歡看戴爾啊我說。我跟我女兒說，我說，『你自己留著你的狄賓你的柏洛

[010] 柏洛茲：指美國後現代作家威廉．柏洛茲，為「垮掉的一代」的代表作家，作品前衛，有涉及色情、雞奸等內容，代表作有《裸體午餐》。

茲吧，給我戴爾就行。』我這麼說的。」

戴爾！下三流的東西！佩恩太太的眼睛發送出高雅人嘲諷的訊號。戈登回應了她的訊號。和佩恩太太搞好關係！這是個優質的穩定顧客。

「哦，當然啦，韋弗太太。我們有一整架的埃塞爾·M·戴爾的書。妳喜歡《他一生所望》嗎？或者可能妳讀過那個。那《榮譽的變更》怎麼樣？」

「我不知道你們有沒有休·沃波爾的最新作品？」佩恩太太說，「我覺得這周有心情想看點什麼史詩性的東西，大氣的東西。而沃波爾，你知道的，我認為他是個真正偉大的作家，我認為他僅次於高爾斯華綏。他有種如此大氣的東西。但他又如此富於人性。」

「而且本質上如此英國化。」戈登說。

「哦，當然！本質上如此英國化！」

「我說我還是就拿《鷹之路》再看一遍吧。」韋弗太太最後說，「你怎麼也看不膩《鷹之路》啊，是不是啊？」

「它肯定是格外受歡迎的。」戈登說，他用了外交辭令，眼睛看著佩恩太太。

「噢，格——外的！」佩恩太太附和著，語帶譏諷，眼睛看著戈登。

他收下她們的兩便士，歡送她們離開。佩恩太太拿著沃波爾的《流氓哈里斯》，韋弗太太拿著《鷹之路》。

很快他又逛回了另一間房，走向放詩歌的架子。一種憂鬱的魔力，這些書架總帶給他這樣的感受。他自己那本可憐的書就在那裡——當然是束之高閣，在高處賣不掉的那堆裡。

《鼠》，戈登·康斯托克著，一個不起眼的小小的八開本，定價三先令六便士[011]，而現在降到了一先令。在它的十三份書評中（《泰晤士報文學增刊》[012]上宣稱它展現了「卓越的前景」），沒有一個看出來這個標題中並不怎麼隱晦的玩笑。而在他擔任麥基奇尼書店店員的兩年間，沒有一位顧客，哪怕一位也沒有，曾從書架上取下過這本《鼠》。

有十五到二十個架子上放著詩歌。戈登酸溜溜地看著它們。大部分都是些廢物。在稍微高於眼睛，就快升入高閣而沒入無聞的地方，放著往年詩人的作品，他們是他年輕時代的明星。濟慈、戴維斯、豪斯曼、湯瑪斯、德·拉·馬雷、哈代，死去的星辰。在這下面，正好和眼睛平齊處，是時下炙手可熱的紅人。艾略特、龐德、奧登、坎貝爾、戴·路易斯、斯彭德。這幫人真是浪得虛名啊。死去的星辰在上，浪得虛名的人在下。我們還能有值得一讀的作家嗎？但勞倫斯還不錯，喬伊斯在他裝神弄鬼之前還要更勝一籌。而萬一我們真有了個值得一讀的作家，我們還能一眼就認出他來嗎？會不會已經被垃圾慪得昏了頭？

叮！店裡的門鈴響了。戈登轉身。又來了位客人。

一個二十歲的青年，櫻桃小嘴，金色頭髮，娘娘腔地跌了進來。他顯然是個金主，帶著那種金錢輝映出的金色光環。他以前來過店裡。戈登拿出了專為新顧客保留的紳士而謙卑的姿態。他重複著慣用口訣：「午安。我能為您做什麼嗎？您是在特意尋找某本書嗎？」

「哦，不，不是的。」嗓音甜美，發不出翹舌音。「我到處看看好嗎？我只是看見你們的櫥窗就忍不住。我就是對書店沒有抵抗力！所以我就飄進來——喲呵！」[013]

---

[011] 一英鎊等於二十先令，一先令等於十二便士。

[012] 指 Times Literature Supplementary（《泰晤士報文學增刊》），最初是《泰晤士報》的增刊，後來成為獨立刊物。

[013] 原文是 r 和 w 分不清楚，換用漢語中比較普遍的平翹舌混淆，方便理解。

那就再飄出去吧，娘娘腔。戈登掛上一個文化人的笑容，是書蟲對書蟲的笑容。

「哦，請便。我們喜歡讓人們隨便看看。有可能您喜歡詩歌？」

「噢，當然啦！我愛死詩歌啦！」

當然啦！骯髒的小勢利鬼。他的衣服看起來有一種藝術氣息。戈登從詩歌的架子上抽了一本「苗條的」紅色集子。

「這是剛出的。或許會讓您感興趣。這是翻譯過來的，非常與眾不同，是從保加利亞語翻譯過來的。」

這招非常巧妙。現在就不用管他了。這就是恰當的待客之道。別逼他們，讓他們自己隨便看個二十分鐘左右，然後他們就會覺得不好意思而買點東西。戈登走到門邊，小心翼翼地，不擋著娘娘腔的路，卻又隨意地把一隻手插在口袋裡，帶著適合紳士的漫不經心的姿態。

門外泥濘的街道看起來灰暗而陰沉。從轉角的某處傳來咔嗒的蹄聲，聲音冰冷而空洞。煙囪裡升起的縷縷黑煙被狂風裹挾著轉了方向，貼著傾斜的屋頂滾滾而下。啊！

狂風驟起摧肝膽，新禿白楊迎風折。
濃煙低垂如黑緞，海報拍動聲瑟瑟。

好。但詩興又消散了。他的目光再次落到了街對面的廣告海報上。

他幾乎想要大聲嘲笑它們，它們是那麼軟弱無力，那麼了無生氣，那麼倒人胃口。好像有誰會被那樣的東西引誘似的。

就像長了一背膿包的女妖。但它們還是讓他覺得難受。銅臭味，無處不在的銅臭味。他偷偷瞟一眼娘娘腔，他已經離開了詩歌的架子，拿起了一本關於俄國芭蕾的昂貴的大書。他像松鼠拿著松果那樣，用他那粉嫩的笨拙的爪子小心地抓著書，研究著那些照片。戈登清楚他這類貨色，有錢人家的「文藝」青年。他自己並不是藝術家，不能算，但卻是藝術的追捧者，藝術工作室的常客，流言蜚語的情報販子。挺好看的年輕人，雖然娘得厲害。他後脖頸上的皮膚如綢緞般光滑，如同貝殼的內側。一年只有五百英鎊，就絕不可能有那樣的皮膚。和所有有錢人一樣，他帶著一種魅力、一種光輝。金錢和魅力，誰能把它們分開呢？

戈登想到了拉弗斯通，他那位富有魅力的富貴朋友，《反基督教》的編輯，一個他萬分喜歡的人，一個他兩星期也見不到一次的人；還想到了蘿絲瑪麗，他的女朋友，一個愛他 —— 用她的話說，是熱愛他 —— 的女人，同時也是個從未和他上過床的女人。錢，又是錢，都是因為錢。所有的人類關係都必須用錢來買。如果你沒有錢，男人們不會喜歡你，女人們不會愛你。也就是說，不會喜歡你或愛你到有一丁點實際意義的地步。但說到底，他們是多麼正確啊！因為沒有錢，你就不可愛。儘管我說著人類的語言，如天使般動聽。但是，我要是沒有錢，我說著的就不是人類的語言，不如天使般動聽。

他再次看向那些廣告海報。這次他是真的憎惡它們。比如說，維生素巧克力的那個。「一口維生素，能走十里路！」一對年輕情侶，少女和少年，穿著神清氣爽的登山裝，在索塞克斯的風光中勇猛攀登，山風撩動他們的髮絲，如詩如畫。那個女孩的臉龐！那種可惡的假小子似的明媚和雀躍！是那種喜歡所謂「健康的樂趣」的少女。迎著山風。她穿著緊身的卡其色短褲，但這並不意味著你可以摸她的背。而在他們旁邊 —— 角桌食客。「博偉佐餐，角桌怡情。」戈登帶著濃重的憎惡仔細地看著那東西。傻傻的笑臉，就像一隻志得意滿的老鼠，烏黑油亮的頭髮，可笑的眼鏡。角桌食客，時代的跟風者；滑鐵盧之役的勝利者，角桌食客，他的主人想讓他成為的那種現代人。一隻溫馴的小豬，正坐在金錢鑄就的豬圈裡，喝著博偉。

一張張被風吹得慘淡的臉龐走過，一輛電車轟隆隆地開過廣場，威爾斯王子樓上的鐘敲響了三點。一對老東西，一個流浪漢或乞丐和他老婆，穿著幾乎拖到地上的油膩膩的長大衣，正拖著腳步向店裡走來。從外表判斷，他們是偷書賊。最好留意一下外面的那些箱子。那個老頭在幾公尺遠外的人行道邊停住了，而他老婆走向門邊。她推開門，透過縷縷白髮抬頭看向戈登，目光中含著一種滿懷期待的怨毒。

「你收書不？」她粗聲問。「有時收，得看是什麼書了。」「我這裡有些滿棒的書。」

她走進來，砰的一聲關上門。娘娘腔回頭噁心地看了一眼，走開一兩步去了角落裡。老太婆從大衣下面掏出一個油膩膩的麻布袋，神祕兮兮地靠近戈登。她散發著陳年麵包屑的味道。

「你收這個不？」她說，她抓著麻布袋的封口處。「這一堆只要半克朗[014]。」

「都是些什麼？請讓我先看看。」

「這都是滿好看的書。」她吸了口氣，彎腰打開麻布袋，

裡面陡然噴出一股極強的麵包屑的氣息。「給！」她說著，把一大捧面相骯髒的書塞到戈登面前。這是一八八四年版的夏洛特．M．楊格的小說，看起來像是被人枕著睡了好多年。戈登往後一退，突然覺得噁心。「我們不可能買這些。」他簡短地說。

[014] 一克朗等於五先令。

「不能買？怎麼就不能買？」

「因為它們對我們沒用。這種東西我們賣不掉。」

「那你讓我把它們從口袋裡拿出來幹嘛？」老太婆激動地質問著。

戈登繞過她，避過那股味道，然後默默地拉開了門。吵是沒用的。整天都有這種人到店裡來。老太婆惡毒地拱起雙肩，嘀嘀咕咕地走了，回到了丈夫身邊。他在人行道上駐足咳嗽了一陣，咳得如此厲害，你隔著門也能聽見。一口濃痰，像一根白色小舌頭一樣，慢慢地從他的雙唇間冒了出來，被吐進下水道裡。然後兩個老東西拖著腳步走開了，他們全身上下都藏在油膩膩的長大衣裡，只露出腳來，就像是甲蟲。

戈登看著他們走掉。他們只是副產品而已，是財神爺拋棄的東西。倫敦遍地都是成千上萬這樣的邋遢禽獸，就像髒兮兮的甲蟲一樣爬向墳墓。

他看向外面不堪的街道。這一刻，在他眼中，在這樣的城市裡，這樣的街道上，每一個活著的生命都必然是沒有意義而且無法忍受的。分解和腐爛，就是我們這個時代的痼疾，這強烈的感覺撲面而來，不知怎麼這感覺和對面的廣告海報混雜在了一起。這時他用更為細緻的眼光看著那些巨大的笑臉。說到底，有的不僅僅是愚蠢、貪婪和下流。角桌食客對你微笑，看起來陽光燦爛，假牙上閃著亮光。但這笑容背後又是什麼？孤獨，空虛，毀滅的預言。如果你知道如何去看的話，難道你會看不出來，在那油光滿面的志得意滿背後，那笑容可掬、大腹便便的細節之後，除了可怕的空虛、隱祕的絕望之外一無所有？現代社會對死亡的渴求：自殺協定；在寂寞的小屋裡把頭扎進氣爐；保險套和墮胎藥。還有對未來戰爭的隱憂：敵軍的飛機飛過倫敦，螺旋槳深沉的轟鳴，炸彈震天動地的雷響。這些通通寫在角桌食客的臉上。

又有客人來了。戈登往後一站，體現出紳士的謙卑。

門鈴叮噹一聲。兩位中上階層的淑女鬧哄哄地款款而入。一名皮膚粉嫩水潤，三十五歲左右，松鼠皮外套上隱隱透露著撩人的胸部，散發出一陣絕對女性化的深色紫羅蘭香味；另一位中年女人很粗壯，是咖哩色的黃臉婆 [015] —— 想必是印度人。緊跟在她們身後的是一個皮膚黝黑，邋遢而靦腆的青年，他像隻貓一樣不好意思地從門口溜了進來。他是這店裡的一位貴客 —— 一個無聲無息的孤獨傢伙，幾乎害羞得不敢講話，而且不知用了什麼奇怪的手段，總能保持自己的鬍子像是隔了一天沒刮。

戈登重複自己的口訣：「午安。我能為您做什麼嗎？您是在特意尋找某本書嗎？」水潤臉龐對他報以大大的微笑，而那個印度黃臉婆則把這問題當作無禮之舉。她沒有搭理戈登，而是拉著水潤臉龐走到新書旁的架子邊，那裡放著關於狗和貓的書。她們倆馬上開始從架子上取書，並大聲地說起話來。黃臉婆的聲音聽起來像個軍人訓練員。毫無疑問，她是一名陸軍上校的妻子，或者遺孀。娘娘腔仍然沉浸在關於俄國芭蕾的那本大書裡，不著痕跡地挪開了些。他的表情在說，如果她們再擾他清靜，他可就要離開這家店了。那個靦腆的年輕人已經走向了詩歌的架子。這兩位女士是這家店的常客。她們總要看些關於貓狗的書，但實際上什麼也沒買過。關於貓狗的書占了整整兩個架子。老麥肯齊尼把它叫做「淑女角」。

又一位客人到了，是來租書屋的。一個二十歲的醜女孩，沒戴帽子，穿著白色揹帶裝，長著一張灰黃呆滯、老實的臉，厚厚的眼鏡把她的雙眼都映得變形了。她是一家藥房的店員。戈登擺出他對借閱者的親

[015] urried, curry-face 等是對印度人的蔑稱，故用黃臉婆指代，說明「黃」和厭惡。

切態度。她朝他微微一笑，邁著笨拙的熊步跟著他走進了租書屋。

「您這次想看什麼書呢，維克斯小姐？」

「呃 —— 」她抓著自己揹帶裝的前襟。她那變形的、漆黑的雙眼發射出信任的光芒，凝視著他的眼睛。「嗯，我真正喜歡的是一本好看勁爆的愛情故事。你懂的 —— 摩登的東西。」

「摩登的東西？比如芭芭拉．貝德沃斯的作品？妳讀過《純如處女》嗎？」

「噢不，她不行。她太深奧了。我受不了深奧的書。但我想要點 —— 呃，你明白的 —— 摩登的。性的問題啊，離婚啊之類的。你明白的。」

「摩登，但是不要深奧。」戈登用下里巴人對下里巴人的口氣說。

他在勁爆的摩登愛情故事裡巡視一番。這種書在租書屋裡不下三百本。前廳裡傳來兩位中上階層淑女的聲音。一個水潤臉龐，一個黃臉婆，在為狗的事情爭論著。她們拿了一本講狗的書，正研究著那些照片。水靈的聲音對著一張京巴犬的照片大呼小叫，「這個小天使，睜著水汪汪的大眼睛，瞧那小小的黑鼻子 —— 噢，真是太可愛了！」但那個印度嗓音 —— 不錯，鐵定是個陸軍上校的遺孀 —— 說京巴太懦弱了。她的狗要有膽量 —— 要能打的狗；她說她討厭這些懦弱乞憐的小狗。「妳沒有愛心，貝德莉亞，沒愛心。」水靈的聲音哀傷地說。門鈴又叮噹響了。戈登把《七夜血》遞給那個藥店的女孩，然後在她的借書證上登記。她從揹帶裝的口袋裡拿出一個寒酸的小皮包，付給他兩便士。

他走回前廳。娘娘腔已經把他的書放回了錯誤的書架上，不見了。一個纖瘦敏捷、鼻梁高挺的女人，穿著得體的服裝，戴著金邊夾鼻眼

鏡 —— 可能是個女老師，絕對是個女權主義者 —— 走了進來，她要找沃頓・比佛利夫人關於選舉權運動歷史的著作。戈登懷著暗喜告訴她他們沒有這本書。她銳利的眼神猶如利劍，彷彿在譏刺他是個無能的男人，然後就走了出去。那個瘦瘦的年輕人不好意思地站在角落裡，臉埋在 D.H. 勞倫斯的詩集中，像是一隻頭埋在翅膀下的長腿鳥。

戈登在門邊守候著。門外站著個窮講究的老年人，他長著草莓鼻，脖子上圍著一條卡其色的圍巾，正在六便士的廉價書箱子裡翻弄著。那兩位中上階層的淑女突然離去，留下桌子上一攤翻開的書。水潤臉龐的那位還在戀戀不捨地回望著講狗的書，但黃臉婆把她拖走了，堅決不買任何東西。戈登拉開了門。兩位淑女鬧哄哄地款款而出，沒理他。

他看著她們裹著毛皮的中上階層背影走上街道。那個草莓鼻的老年人正翻著書自言自語。八成是腦袋有問題。如果不看著他，他就會偷東西。風吹得更冷了，吹乾了街上的泥水。一會就該亮燈了。QT 醬料廣告上那截撕破的紙片正在風的吹拂下劇烈翻動，就像晾在繩子上的一件衣服。啊！

狂風驟起摧肝膽，新禿白楊迎風折。
濃煙低垂如黑緞，海報拍動聲瑟瑟。

不賴啊，一點不賴。但他不想寫下去了 —— 實際上是寫不下去了。他摩挲著口袋裡的錢，卻不發出聲音，以免被那個靦腆的年輕人聽見。兩便士半，明天沒菸抽，他的骨頭痛起來。威爾斯王子樓上亮起一盞燈。他們應該是在擦拭吧臺了。

那個草莓鼻的老年人正在讀兩便士箱子裡一本愛德格・華萊士的書。遠處的電車轟隆作響。麥肯齊尼先生很少下樓到店裡來，而是在樓上的房間裡。他鬚髮皆白，手邊放著鼻菸盒，對著一本小牛皮封面的米德爾頓的《黎凡特之旅》在煤氣爐旁昏昏欲睡。

那個瘦瘦的年輕人突然意識到只有他一個人了，愧疚地抬頭一看。他是書店的常客，但從來不會在哪家店裡待過十分鐘。對書籍的渴慕和對招人白眼的恐懼一直在他心中交戰。不管在哪家店裡，十分鐘後他都會變得不安，覺得自己礙事了，然後就落荒而逃，並純粹出於緊張而買點什麼東西。他一言不發地遞過勞倫斯的詩集，從口袋裡彆扭地掏出三個弗羅林[016]。他遞給戈登的時候弄掉了一個。兩人同時彎腰去撿，頭撞到了一處。年輕人往後一站，有些臉紅。

「我幫您包起來。」戈登說。

但這個靦腆的年輕人搖搖頭——他結巴得太厲害了，凡是可以避免開口的時候他從不說話。他抓起書，溜了出去，那姿勢像是做了什麼丟臉的事。

戈登孤身一人了。他晃回門邊。那個草莓鼻的男人回頭張望著，捕捉到了戈登的視線，於是垂頭喪氣地走掉了。他正要把那本愛德格·華萊士的書偷偷塞進自己的口袋裡。威爾斯王子樓上的鐘敲響了三點十五。

叮咚！三點十五。三點半就會亮燈，四點四十五就要關門了，五點十五吃晚飯。口袋裡有兩便士半，明天沒菸抽。

突然，一陣強烈的無可抵抗的菸癮席捲了戈登。他已經下定決心今天下午不抽菸了。他只剩四根菸了，這是要留到今天晚上他「寫作」的時候的。因為沒有菸他就沒法「寫作」，菸就像空氣一樣。然而，他不得不

---

[016] 弗羅林：貨幣名，一弗羅林相當於兩先令。

抽根菸。他拿出他的「玩家」菸盒，抽出一根短菸。這純粹是愚蠢的放縱，這意味著今晚的「寫作」時間短了半小時，但這無法抗拒。帶著一種慚愧的快樂，他將那安撫人心的菸吸入了自己的肺中。

灰色的窗玻璃上，他自己的臉回望著他。戈登．康斯托克，《鼠》的作者，年不過三十 [017]，卻已經垂垂老矣，只剩二十六顆牙了。不過，維永 [018] 在同樣的年紀時也還默默無聞，讓我們感激這些小小的恩典吧。

他看著從 QT 醬料廣告上撕下的那根紙條飄動呼旋。我們的文明就要死去。它必然要死去。但它得不到善終。飛機不久就要來了。嗡嗡 —— 嗖 —— 嘭！整個西方世界都在烈性炸藥的咆哮中灰飛煙滅。

他看著暮色四合的街道，看著玻璃窗中自己臉龐的灰色反射，看著拖著步伐挪過的寒酸人影。他幾乎不自覺地吟道：

「這就是『倦怠』！—— 眼裡不由自主地噙滿淚水，它抽著水煙筒，幻想斷頭臺！」[019]

金錢，金錢！角桌食客！飛機的嗡鳴，炸彈的轟響。

戈登瞇眼望向鉛灰色的天空。那些飛機要來了。他在想像中看到它們現在正在飛來，一隊又一隊，數也數不清，如同蝗蟲組成的烏雲般遮蔽了天空。他噘起舌頭，微微抵著牙齒，發出嗡嗡的、像蒼蠅撲向窗玻璃的聲音，假裝那飛機的嗡鳴。此時此刻，這就是他熱切渴盼著，想要聽到的聲音。

---

[017] 原文為法文。
[018] 維永：Villon，法國詩人。
[019] 此為波特萊爾的詩作《惡之花．致讀者》中的句子，原文為法文。

房客

戈登頂著呼嘯的狂風往家走去。風把他的頭髮都刮到了腦後，讓他露出了一個前所未有的「飽滿」天庭。他的姿態向路人傳遞了一個資訊 —— 至少他希望是這樣 —— 如果他沒穿大衣的話，那純粹是因為興之所至。而實際上，他是把大衣當掉換了十五先令。

倫敦西北的柳圃路不能算貧民區，只是有些髒亂而陰沉。真正的貧民窟距此不到五分鐘的步程。那裡的出租屋裡一家五口睡一張床，如果有人死了，在埋葬之前就夜夜都和屍體睡在一起；小巷子裡，十五歲的女孩就被十六歲的男孩頂著坑坑窪窪的灰泥牆糟蹋了。但柳圃路本身還是竭力保持著一種可憐的中下階層的體面。甚至有戶房子裡還掛著一位牙醫的黃銅名牌。三分之二的房子裡，在客廳窗戶上的花邊窗簾的掩映下，掛著綠色的門牌，刻著銀色的「公寓」字樣，在飄動的葉蘭的葉片上方閃著光芒。

戈登的女房東維斯比奇太太，專做「單身紳士」的生意。臥室和客廳共用一間房，有煤氣燈，要自己解決取暖、洗浴（有個鍋爐房）等問題，吃飯是在一個墳墓般漆黑的餐廳裡，餐桌上擺著一個結著塊的調料瓶方陣。戈登會回家吃午飯，每週為此付費二十七先令六便士。

三十一號門頂的小窗上凝著霜花，從中透出煤氣燈黃色的光暈。戈登拿出鑰匙，在鎖孔裡摸索著 —— 這種房子裡的鎖和鑰匙從來不會完美匹配。幽黑的小門廳 —— 事實上只是個走道而已 —— 散發著洗潔劑、高麗菜、破布墊子、臥室汙水的味道。戈登瞟了一眼衣帽架上的漆盤。

當然了，沒有信來。一種鈍重的感覺，也不能說是痛苦，在他的胸中油然而生。蘿絲瑪麗可能寫了信！從她上次寫信來到現在已經有四天了。而且，他還寄了幾首詩給幾本雜誌，還沒被退回來呢。唯一能讓這個夜晚好受些的事就是到家時能發現有幾封信在等著自己，但他很少收到信，一週最多四五封。

門廳左邊是從來不用的會客室，然後就是樓梯，再過去的走道就通往廚房以及維斯比奇太太自己住的那間他人勿近的巢穴。戈登進來時，走道盡頭的那扇門微微開了一寸左右。維斯比奇太太的臉冒出來，簡短而狐疑地檢視了他一眼，又消失了。要想在晚上十一點前的任何時候，進出這棟房子而不被這麼審查一回，是大大的不可能。只是維斯比奇太太到底對你有何懷疑卻很難說，可能是怕你偷偷把女人弄進房子裡來。她是那種受人尊敬的惡毒女房東。她四十五歲左右，粗壯但敏捷，長著一張紅潤的、五官優美的臉蛋，卻有著駭人的觀察力，頂著一頭漂亮的灰色頭髮，卻永遠帶著委屈的神色。

戈登在窄小的樓梯跟前停了下來。上面有一個渾厚粗獷的嗓音正唱道：「誰會害怕大灰狼？」一個三十八九歲的大胖子，邁著那種胖人特有的「輕快」舞步，繞過樓梯轉角走了過來。他穿著一套合體的灰色套裝、黃色鞋子，戴著一頂俏皮的爵士帽，套著一件粗俗得令人震驚的、帶腰帶的藍色大衣。這是弗萊克斯曼，二樓的房客，示巴女王衛浴用品公司的旅行業務員。他手上戴著檸檬黃的手套，一邊下樓一邊向戈登敬了個禮。

「哈囉，哥們！」他快活地說。（弗萊克斯曼管所有人都叫「哥們」。）「過得怎麼樣？」

「太慘了。」戈登簡短地說。

弗萊克斯曼已經走到了樓梯底部。他熱情地伸出一條短粗的手臂，摟住了戈登的肩膀。

「開心點，老兄，開心點！你看起來像在送葬似的。我要去克萊頓酒吧（Crichton Arms）。一起去吧，喝一杯。」

「我去不了。我得工作。」

「噢，天哪！別那麼不近人情行不行？在這上面發呆又有什麼好處呢？到克萊頓酒吧去嘛，我們去捏捏女服務生的屁股嘛。」戈登躲開弗萊克斯曼的手臂。跟所有身子骨又小又弱的人一樣，他討厭別人碰他。弗萊克斯曼只是笑了笑，帶著那種胖人典型的好脾氣。他真是胖得嚇人。他的褲子繃得緊緊的，好像他是被溶化了以後灌進褲子裡的。但是當然了，像其他的胖子一樣，他從來不承認自己胖。只要能有任何辦法避免「胖」這個詞，就絕對沒有胖子會用。他們會用「壯實」這個詞 —— 或者，用更棒的「健壯」。一個胖子最高興的莫過於形容自己「健壯」了。弗萊克斯曼第一次見到戈登的時候就差點要說自己「健壯」了，但是戈登碧綠的眼睛裡透出的某種東西，打消了他這個念頭。他退而求其次，用了「壯實」。

「我承認，哥們，」他說，「我 —— 好吧，就是稍稍壯實了一點點。沒什麼不健康的，你明白。」他拍拍胸腹之間那條模糊的分界線。「都是上好的結實肌肉。實際上我腳下靈敏得很。但是 —— 好吧，我想你會說我挺『壯實』。」

「就像科特茲。」戈登建議道。

「科特茲？科特茲？就是老在墨西哥的大山裡徘徊的那哥們嗎？」

「就是那傢伙。他挺壯實的，但他有雙鷹眼。」

「啊？這可有意思了。因為我老婆有一次也跟我說過這樣的話。『喬治』她說，『你有著世界上最神奇的眼睛。你有一雙鷹一樣的眼睛。』她這麼說來著。這是她嫁給我之前的事，你能理解吧。」

眼下弗萊克斯曼和妻子分居了。不久前，示巴女王衛浴用品公司出人意料地給所有旅行業務員發了三十英鎊獎金，同時把弗萊克斯曼和另外兩名業務員送到了巴黎，去向各家法國公司推廣新款「女性魅力」天然口紅。弗萊克斯曼覺得沒必要跟妻子提這三十英鎊的事。當然了，他這趟巴黎之行真是過了好一段快活日子。就算現在，三個月過去了，他提起那段時光仍然要流口水。他以前總用些繪聲繪影的描述來逗戈登。瞞著妻子用三十英鎊在巴黎過十天！噢，太美了！但不幸的是，不知怎麼走漏了風聲。弗萊克斯曼回到家發現懲罰正等著他呢。他妻子用一個威士忌雕花玻璃瓶把他打了個頭破血流，那個瓶子是他們留存了十四年的結婚禮物，然後她就帶著孩子回娘家去了。弗萊克斯曼從此就開始了在柳圃路的流放生涯。但他毫不為此擔心。毫無疑問，這會過去的，這種事以前發生過好幾回了。

戈登再次試圖闖過弗萊克斯曼，逃上樓去。難受的是，在他心裡他渴望和他一起去。他太需要喝一杯了 —— 光是提到克萊頓酒吧就足以讓他口渴難耐了。但這當然是不可能的。他沒有錢。弗萊克斯曼伸出一隻手臂攔在樓梯前，擋住了他的去路。他是真心喜歡戈登。他認為他挺「聰明」—— 而「聰明」對他而言，是一種叫人親近的怪癖。而且，他討厭獨自一人，就算是走到酒吧的這點時間他也不願一個人。

「來嘛，哥們！」他慫恿道，「你要來一杯健力士振奮一下精神，這就是你要的。你還沒見過他們雅座酒吧新來的那個女孩呢。噢，小子！有個水蜜桃等著你去摘吶！」

「所以這就是你打扮得這麼人模人樣的原因囉，是不是？」戈登說著，冷冷地看著弗萊克斯曼的黃手套。

「你說中啦，哥們！唔，好一個水靈的妞啊！她可是個淺金髮色的漂亮女郎。而且她還懂事，那妞懂。我昨晚上給了她一支我們的『女性魅力』天然口紅。她經過我桌子時把她那小屁股扭得可歡了，你真該看看她那樣子。她是不是動心啦？是嗎？噢，天哪！」

弗萊克斯曼猥瑣地咯咯笑著。他的舌頭從兩片嘴唇之間露了出來。然後，突然，他假裝戈登就是那個淺色金髮的女郎，一把摟住他的腰，輕輕捏了他一下。戈登推開他。有一瞬間，去克萊頓酒吧的欲望如此強烈，差點就讓他屈服了。噢，去喝一品脫[020]啤酒！他簡直覺得那酒已經灌下他的喉嚨了。如果他有一點點錢就好了！就算只有七便士喝一品脫酒也好。但那有什麼用？口袋裡只有兩便士半。你總不能讓別人買酒請你喝啊。「噢，別纏著我了，拜託你！」他氣惱地說，然後走出弗萊克斯曼的控制範圍，頭也不回地上樓而去。

弗萊克斯曼把帽子戴上頭頂，向前門走去，有點掛不住面子。戈登悶悶地回想著，這些天來總是這樣。他總是在阻止友好的親近。當然歸根結柢還是錢的原因，總是錢的原因。口袋裡沒有錢，你就沒法友好，你甚至連文明有禮都做不到。一陣自憐的痙攣傳遍他的全身上下。他的心在渴望著克萊頓的雅座酒吧，那啤酒動人的芳香，那溫暖明亮的燈光，那歡樂的鼎沸人聲，那灑滿啤酒的吧臺上碰杯的聲響。錢哪，錢！

[020] 英美容量單位，一英制品脫等於五百六十八點二六一二毫升。

他繼續沿著漆黑的、散發著惡臭的樓梯往上走。想到頂層自己那間冰冷孤獨的臥室，他就覺得前面猶如末日。

三樓住著洛倫海姆，一個黝黑瘦弱，跟蜥蜴似的的傢伙，不知多大年紀、哪個種族。他每週透過做清潔工仲介能賺三十五先令。戈登總是很快地走過洛倫海姆的房門。洛倫海姆是那種在世上一個朋友也沒有，被對陪伴的強烈渴求摧毀了的人。他的寂寞實在太折磨人了，以至於只要你在他門外慢下步伐，他就很可能突然襲擊你，半拉半哄地讓你聽他那些冗長的妄想故事，說他如何誘惑了女孩子，如何開除了員工。而他的房子又冷又髒，一間寄宿臥室絕對沒有任何權利可以髒冷到這個地步。總是有沒吃完的一點麵包和人造奶油灑得到處都是。這房子裡還剩下另一位房客，是個什麼工程師，上夜班的。戈登只是偶爾見到他——一個大個子，長著一張冷酷而沒有血色的臉，室內室外都戴著一頂圓頂禮帽。

回到了自己的房間裡，在熟悉的黑暗中，戈登摸到了煤氣燈，把它點亮了。這間房中等大小，要用簾子隔成兩間又不夠，但對要靠一盞有氣無力的油燈來提供足夠的溫暖來說又太大了。房間裡的傢俱是你能想到的頂層裡間用的那種。鋪著白色床單的單人床，棕色亞麻氈的地板墊，洗手架子上放著的水壺和盆子，是那種廉價的白色器具，讓你一見到就不由自主地想到便壺。窗臺上有個綠釉花盆，裡面長著一株病懨懨的葉蘭。緊鄰著花盆，在窗戶下面有一張餐桌，上面覆著一張墨跡斑斑的綠色桌布。這就是戈登的「書」桌。他經歷了一番痛苦的鬥爭才哄得維斯比奇太太給了他一張餐桌，而不是她覺得適合頂樓裡間的所謂竹製「休閒」桌——只是個放葉蘭的架子。而且就算現在她也還有無盡的嘮叨，因為戈登從來不讓人「清理」桌子。這桌子上永遠都是亂糟糟的。它幾乎被亂七八糟的紙張蓋滿了，或許有兩百張布道紙，髒兮兮的，邊角捲曲，全都是寫了又劃劃了又寫 —— 這是一個髒亂的紙的迷宮，只有戈登才握有迷宮的鑰匙。所有東西上都有一層灰塵，還有幾個髒兮兮的小托盤，裝著菸灰和扭曲的菸蒂。除了壁爐架上的幾本書外，這張桌子和上面這些亂七八糟的紙，就是戈登這個人在這間房裡留下的唯一痕跡。

真是冷得不像話。戈登想把油燈點上。他舉起燈，感覺很輕，備用的油罐也是空的，一般要到週五才有油。他擦亮一根火柴，一團黯淡的黃色火焰不情願地爬上了燈芯。運氣好的話，這或許能燃上幾個小時。戈登扔掉火柴，目光落在了草綠色花盆裡的葉蘭上。這真是一株讓人格外噁心的植物。它只有七片葉子，而且似乎永遠也長不出新葉來了。戈登和葉蘭暗暗較上了勁。很多次他都偷偷地試圖將它殺掉 —— 讓它缺水而死，把滾燙的菸蒂摁在它的莖稈上磨，甚至在它的土裡混入鹽。但這可惡的東西偏偏能長命百歲。它們幾乎在任何情況下都能苟延殘喘，無精打采、病懨懨地存在著。戈登站起來，故意把自己手指上沾著的煤油擦在葉蘭的葉片上。

就在這時候，維斯比奇太太潑辣的聲音從樓梯下傳了上來。「康 —— 斯 —— 托 —— 克 —— 先 —— 生！」

戈登走到門邊。「怎麼了？」他朝樓下喊道。「你的晚飯已經等了你十分鐘了。你怎麼就不能下來吃了它呢？免得害我洗碗還得等你！」

戈登下樓了。餐廳在二樓，在後面，正對著弗萊克斯曼的房間。這是一間寒冷的、散發著封閉氣味的房間，就算在大中午也是昏慘慘的。這裡還有很多葉蘭，戈登從來沒確切地數清過有多少。它們放得到處都是 —— 餐具櫃上，地板上，「臨時」餐桌上，窗戶上有一花架的葉蘭，擋住了光線。在這片半明半暗間，在葉蘭的圍繞下，你會覺得自己像是置身於某個不見陽光的水族館裡，被水生花卉枯敗的葉片包圍著。破裂的煤氣燈在桌布上投下一道白色光圈，戈登的晚飯就在這光圈中被擺好了等著他。他背對壁爐坐下（壁爐裡沒有生火，而是放著一株葉蘭），就著加拿大奶油、用來引誘老鼠的起司和潘燕泡菜，吃掉了盤子裡的冷牛肉和兩片發脆的白色麵包，喝了一杯冰冷但發臭的水。

當他回到自己的房間時，油燈已經差不多燃起來了。他想著，這熱得足夠用來燒一壺水了。而且現在該準備晚上的重頭大戲了——他那不合規矩的茶水。他幾乎每天晚上都會泡一杯茶給自己，並嚴格保密。維斯比奇太太拒絕隨晚餐供應茶水給房客們，因為她「懶得多燒水」，但同時你在自己的臥室裡泡茶又是被嚴格禁止的。戈登噁心地看著桌上那堆紙。他賭氣地對自己說，他今天晚上一點工作也不做了。他會喝杯茶，抽掉剩下的菸，然後讀讀《李爾王》或者《夏洛克．福爾摩斯》。他的書放在壁爐架上，就在鬧鐘旁邊——「人人書庫」版的莎士比亞的書，《夏洛克．福爾摩斯》，維永的詩集，《羅德里克．蘭登歷險記》，《惡之花》，及一堆法語小說。但他最近除了莎士比亞的書和《夏洛克．福爾摩斯》以外，什麼也沒讀。同時，享用那杯茶。

戈登走到門邊，微微推開門，聽著。維斯比奇太太沒有動靜。你必須非常小心。她很有可能會偷偷上樓來，把你抓個現行。泡茶這事是這房子裡的大忌，僅次於帶女人進來。他悄悄閂上門，從床底下拖出自己的廉價行李箱，解開箱子上的鎖。他從中取出一個六便士的伍爾沃斯水壺、一包萊昂斯[021]茶葉、一罐煉乳、一個茶壺和一個杯子。它們都用報紙包著，以防磕出聲音。

他泡茶有一套固定的流程。首先他用水罐裡的水把水壺裝個半滿，

[021] 英國餐飲和食品製造業巨頭，創辦了很多連鎖餐廳、餐館、酒店。

再把它放到油爐子上。然後他跪下來，展開一張報紙。昨天的茶葉當然還在茶壺裡。他晃動茶壺，把它們倒出來接到報紙上，再用拇指把壺裡清理乾淨，把茶葉捲成一團。一會他要把茶葉偷運到樓下去，這是最危險的一步 —— 處理泡過的茶葉。這就跟凶手處理屍體一樣困難。至於杯子，他總是早上在臉盆裡清洗。這骯髒的事情，有時叫他噁心。在維斯比奇太太的房子裡竟要活得這麼偷偷摸摸的，真是咄咄怪事。你會感覺她總在監視著你，而她確實不管在什麼時候，都喜歡踮著腳上樓下樓，希望能在房客做壞事的時候把他們逮個正著。在這樣的房子裡，你連安安心心上個廁所都不行，因為會覺得有人在偷聽你的聲音。

戈登又拉開門閂，凝神細聽。啊！下面遠遠傳來一聲碗盤的輕響。維斯比奇太太正在清洗晚餐的餐具呢。那麼，下去應該是安全的。

他踮著腳尖下樓，把那包溼漉漉的茶葉緊緊抓在胸前。廁所在三樓。他在樓梯拐角處停下了，又聽了一會。啊！又是一聲碗盤的輕響。

警報解除！戈登・康斯托克，詩人（「擁有卓越的前景」，《泰晤士報文學增刊》如此說道），迅速地溜進廁所，把茶葉扔進下水道，然後拉動了水栓。接著他迅速回到自己的房間，重新閂上門，然後，小心翼翼地避免著噪音，泡了一壺新鮮的茶給自己。

房裡現在的溫度過得去了。茶和菸發揮了它們短暫的魔力。他的厭煩和憤怒稍稍緩解了一些。他到底該不該做點工作呢？他當然應該工作。每當他浪費了一整個晚上，事後他都會厭惡自己。他不大情願地把椅子推到桌旁。就連動一動那可怕的紙張叢林也需要費一番力氣。他把幾張髒亂的紙拖到面前，展開，看著它們。上帝啊，這麼亂！寫了又劃，劃了又寫，直到它們看起來像是做了二十次手術的衰朽不堪的癌症病人了。但那些沒被劃去的字跡，精緻而有「學者氣」。戈登可是吃了不少苦，費了不少力氣，才練成這筆「學者氣」的字，和他們在學校裡教他的那種醜陋的銅版印刷體大不相同。

或許他要工作，怎麼也要做一小會吧。他在紙堆裡翻找著。他昨天在寫的那個段落哪去了？這首詩可是個皇皇鉅著 —— 就是說，等它完成後會是巨長無比的皇皇鉅著 —— 會有兩千行左右，用典雅的韻腳描述倫敦的一天。它的名字叫做〈倫敦拾趣〉。這是個野心勃勃的宏大工程 —— 是那種只有擁有無盡閒暇的人才會去承擔的事情。戈登剛開始寫這首詩的時候沒有認清這個事實，但他現在認清了。他兩年前開始寫的時候是多麼輕鬆愉快啊！他會把一切都揮霍殆盡，墮入貧窮的泥潭，部分動機就是要寫這首詩。他那時是如此確定，他堪當此大任。但不知怎麼的，幾乎從一開始，〈倫敦拾趣〉就有問題。它對他來說太大了，這是事實。它從來沒有什麼真正的進展，只是散落成一系列碎片。而他兩年的辛苦就只落得這樣的結果 —— 只是些碎片，既不能各自成為完整的作品，也不能聯為一體。每一頁紙上，都是一隔數月寫了又改、改而再改的雜亂的詩行片段。能說絕對完成了的詩句還沒有五百行。而他也失去了再添新句的力氣，他只能四處修修補補，在一片混沌中胡亂摸索。這已經不再是他所創造的東西了，這只是他與之搏鬥的一個噩夢。

除此以外，整整兩年間他一無所出，除了幾首短詩 —— 或許總共有二十首。要靜下心來才能寫得出詩，在這一點上散文也是一樣的，他卻極少能做到。他「不能」工作的時候越來越多了。在各式各樣的人裡，只有藝術家敢說自己「不能」工作。但這的的確確是實情，確有不能工作的時候。又是錢，總是錢！缺錢就意味著不舒適，意味著世俗的憂慮，意味著沒有菸抽，意味著無時無刻不意識到失敗，最關鍵的是，它意味著寂寞。一星期兩英鎊你不寂寞還能怎樣？而在寂寞之中是絕對寫不出什麼好書的。萬分確定的是，〈倫敦拾趣〉絕不會是他設想的那首詩——實際上，萬分確定的是，它甚至永遠也完不成。而在他面對現實的剎那間，戈登自己也明白了這一點。

但他仍然在繼續寫這首詩，甚至因為這個原因更加賣力。這是他可以依附的一件事。這是他反擊他的貧窮和寂寞的一種方式。而且，畢竟有時創作的興致會回來，或者像是回來了。

它今晚就回來了，回來了一下——只是兩根菸的工夫。煙霧在肺裡繚繞，他把自己從殘忍的真實世界中抽離出來，驅使自己的心神進入寫作詩歌的黑暗深淵。煤氣燈在頭頂上唱著安神的歌謠。詞句成了生動而重大的事物。一年前寫的一個未完成的對偶句上標著的一個疑問的記號，抓住了他的目光。他反反覆覆地低聲吟誦這句。這句話有點什麼問題？一年前它看起來挺好；但是現在，它有些莫名的下作。他在橫格子紙堆裡翻找著，終於找到了一張背面什麼也沒寫的，於是把它翻過來重寫那個對偶句，寫了十幾個不同的版本，把每一個都反覆地低聲吟誦，最後沒有一個讓他滿意的。這個對偶句必須刪掉，它低劣而下作。他找到了原來的那張紙，用粗重的線條把那個對偶句劃掉。而他在做這件事的時候生出一種成就感，覺得時間沒有白費，好像毀滅大量的勞動在某種意義上也是創造似的。突然，樓下深處傳來的兩聲敲門聲，讓整棟房子為之一震。戈登一驚。他的心神從深淵裡逃了上來。郵差！〈倫敦拾趣〉被遺忘了。

他的心撲通撲通地跳。或許蘿絲瑪麗寫信來了。另外，還有那兩首他寄給雜誌社的詩。確實，其中一首他差不多已經當作丟了，不抱希望了。幾個月前，他把它寄給了一家美國報紙——《加利福尼亞評論》。

大概他們甚至懶得寄回來了。但另一首給了一家英國報紙——《報春花季報》。他對這一首抱有狂熱的期望。《報春花季報》是那種毒害人心的文學報紙，在那裡，時尚的娘娘腔和職業的羅馬天主教徒會手挽手並肩而行。它也是長期以來英國最有影響力的文學報刊。只要能在上面發表一首詩，就算功成名就了。戈登心裡明白《報春花季報》永遠不會刊登他的詩。他達不到他們的標準。不過，有時會發生奇蹟；或者，不是奇蹟，就是意外。畢竟，他們已經把他的詩留了六個星期了。如果他們不打算接受的話，還會把它留六個星期嗎？他試圖撲滅這瘋狂的希望。但最不濟也可能是蘿絲瑪麗寫信來了。她已經整整四天沒寫信了。或許，她要是知道這有多麼讓他失望的話，她就不會這麼做了。她的信——冗長的、拼寫糟糕的信，充滿了荒唐的笑話，抒發著對他的愛意——對他的意義之重大，遠遠超過她的想像。它們提醒著他，這世上仍然有人喜歡他。當某個畜生退回了他的一首詩時，這些信甚至能聊作彌補。事實上，雜誌社確實總是退回他的詩，除了《反基督教》，這本雜誌的編輯拉弗斯通和他有私交。

下面傳來拖沓的腳步聲。維斯比奇太太總要過幾分鐘才會把信拿上樓來。她喜歡擺弄它們，感覺一下它們有多厚，讀讀上面的郵戳，把它們舉到光下，窺視它們的內容，然後才把它們交給真正的主人。她對這些信件行使了某種初夜權。她覺得，它們既然進了她的房子，就至少部分屬於她了。如果你自己走到前門收自己的信，她就會憤憤地怨你。另一方面，她也抱怨拿信上樓的這番辛苦。你會聽見她的腳步非常緩慢地上來了，然後，如果有你的信，就會從樓梯的休息平臺上傳來粗重的喘氣聲——這就是叫你知道，是你害得維斯比奇太太爬了這麼久的樓梯，搞得她氣喘吁吁。最後，伴著一聲不耐煩的咕噥，信就塞到了你的門底下。

維斯比奇太太正在上樓。戈登聽著。腳步聲在二樓停住了，弗萊克斯曼有封信。腳步聲上來了，又在三樓停了下，工程師有封信。戈登的心痛苦地跳動著。來封信吧，求求你了上帝，來封信吧！又有腳步聲。上來的還是下去的？腳步聲越來越近了，肯定的！啊，不，不！聲音漸漸小了，她又下去了，腳步聲漸漸消失了，沒有信。

他再次拿起筆來。這完全是個徒勞的姿態。她終究是沒有寫信！那個該死的小畜生！他一丁點繼續工作的意願也沒有了。實際上，他沒法繼續了。失望已經帶走了他所有的心情。僅僅五分鐘前，他的詩在他看來還是一件活生生的事物；現在他明明白白地知道了，它就是毫無價值的廢話。隨著一陣神經質的噁心，他把散落的紙片揉到一起，把它們堆成一個雜亂的紙堆，塞到了桌子那邊去，塞到了葉蘭底下。他甚至連再看它們一眼也受不了了。

他站起來。現在上床睡覺還太早了，至少，他現在沒有睡覺的心情。他渴望來點娛樂——某種廉價而容易的東西。看著電影，坐享香菸和啤酒。沒用！做什麼都沒錢。他將讀著《李爾王》，忘掉這個骯髒的時代。然而，他最終從壁爐架上取下的是《福爾摩斯探案集》。燈裡的油快燃盡了，屋裡開始冷得瘆人了。戈登把被子從床上拖下來，裹在自己腿上，接著坐下來讀書。他右肘支在桌子上，雙手藏在外套下取暖，讀了一遍《斑點帶子案》。上方的汽燈罩在低聲嘆息，油燈的圓形火焰越燒越低，一點細弱的燈火，發出的熱量還比不過蠟燭。

在樓下維斯比奇太太的巢穴裡，十點半的時鐘敲響了十點半。晚上你總能聽見它的鐘聲。叮——咚，叮——咚——覆滅的音符！壁爐架上鬧鐘的滴答聲又傳入了戈登的耳中，隨之使他意識到了時間在邪惡地流逝。他看看周圍，又浪費了一個晚上。一小時又一小時，一天又一天，一年又一年，就這麼流走了。夜復一夜，總是一樣。寂寞的房間，沒有女人的床榻；灰塵、菸灰、葉蘭葉子。而他快三十歲了。出於純粹的自我懲罰，他把一團〈倫敦拾趣〉拖到面前，展開髒亂的紙頁，看著它們，就像看著作為死亡象徵的骷髏一樣。〈倫敦拾趣〉和《鼠》的作者是戈登·康斯托克。他的代表作，耗費兩年心血的成果（成果，確實！）—— 這一堆迷宮般的蕪雜詞句！而今晚的成就 —— 劃掉了兩行，兩行倒退而非進步。

檯燈發出一聲打嗝似的輕響後，熄滅了。戈登費了點力氣站起身來，把被子丟回床上。或許，最好在變得更冷之前上床睡覺。他慢步走向窗邊。但是等等，明天要工作，要先上好發條，定好鬧鈴。一事無成，一事沒做，就賺來了一晚的安眠。他過了好一會才找到脫衣服的力氣。也許有一刻鐘，他都穿得好好地躺在床上，雙手枕在腦袋下面。天花板上有一塊開裂的地方，形如澳洲的地圖。戈登想到可以不用坐起來就脫掉鞋襪的辦法。他抬起一隻腳，看著它。一隻小巧精緻的腳，沒有力量，和他的手一樣，而且它還很髒。他快有十天沒洗澡了，他為自己腳這麼髒而害臊，於是擺出耷拉的坐姿，脫了衣服，把衣服扔到地板上。然後他關了煤氣，鑽進了被子裡，因為赤裸而瑟瑟發抖。他總是裸睡，他的最後一套睡衣一年多前就上西天了。

樓下的鐘敲響十一點。隨著被窩裡的第一陣寒冷漸漸退去，戈登的思緒回到了他下午起了個頭的那首詩上。他低聲吟誦著那唯一一個完成了的詩節：

狂風驟起摧肝膽，新禿白楊迎風折。
濃煙低垂如黑緞，海報拍動聲瑟瑟。

這些七言的詩句平平仄仄。咔——嗒，咔——嗒！它那可怕的機械和空洞讓他驚懼，就像是某種無用的小機器在咔嗒咔嗒地走動。韻腳押著韻腳，咔——嗒，咔——嗒。就像一個發條娃娃在點頭。詩歌啊！最是無用。他清醒地躺著，意識到自己的無用，意識到自己三十年的光陰，意識到自己把自己的生活引入了一條怎樣的死胡同。

十二點鐘聲敲響。戈登伸直雙腿，床變得暖和而舒適了。在和柳圃路平行的街道上，某處一輛汽車射上來一束光，穿透百葉窗，把一片葉蘭葉子打出一個陰影，那形狀就像阿加曼農[022]的寶劍。

[022] 阿加曼農：古希臘神話中的人物，希臘邁錫尼國王，希臘諸王之王。他率軍取得了特洛伊戰爭的勝利，回鄉後被妻子夥同情夫殺死。

康斯托克家族

「戈登．康斯托克」是個非常爛的名字，但話說回來，戈登出生於一個非常爛的家庭。當然，名字裡的「戈登」是蘇格蘭風格。如今這種名字大行其道，不過是近五十年來英國蘇格蘭化的一部分。「戈登」、「科林」、「馬爾科」、「唐納德」—— 這些都是蘇格蘭獻給世界的禮物，除此之外，還有狼、威士忌、燕麥粥，以及巴里 [023] 和史蒂文森 [024] 的作品。

康斯托克家族屬於所有階層中最悲慘的一個，中層中產階級，是沒有土地的上流人士。在悽慘的貧困之中，他們甚至不能往自己臉上貼金，用自詡家道中落的「古老」家族來聊以自慰，因為他們根本不是什麼「古老」家族，他們不過是乘著維多利亞時代的繁榮風潮而興起，又比這陣風潮更快地衰落的眾多家族之一。他們相對富裕的時間至多不過五十年，正對應戈登祖父的有生之年 —— 他們叫戈登稱他康斯托克爺爺，儘管這位老人在他出生四年前就去世了。

康斯托克爺爺是那種即使在墳墓裡也發揮著重大影響力的人。生前他是個強硬的老混蛋。他從無產階級和外國人身上剝削了五萬英鎊，建了一座跟金字塔一樣經久耐用的紅磚宅邸給自己。他生了十二個孩子，活下來十一個。最終他因腦溢血而驟然逝世。在肯薩爾綠野公墓裡，他的子女為他立了一塊石碑，上面刻著如下碑文：

永遠懷念

[023] 巴里：指《彼得潘》的作者詹姆斯．馬修．巴厘（James Matthew Barrie）。
[024] 史蒂文森：指《金銀島》的作者羅伯特．路易斯．史蒂文森（Robert Louis Stevenson）。

塞繆爾・以西結・康斯托克
一位忠誠的丈夫，一位慈愛的父親，
一位正直虔誠的人。
生於西元一八二八年七月九日，
卒於一九 一年九月五日，
子女致哀，特立此碑。
願他在耶穌懷中長眠。

對這最後一句話，所有認識康斯托克爺爺的人做了些不敬的評論，這裡就不必複述了。但值得指出的是，刻著這些話的那塊花崗岩有近五噸重，放在這裡絕對有確保康斯托克爺爺不會從石頭下面爬起來的意思，儘管是無意間流露的意思。如果你想知道死者的親人們對他的真實看法，看看墓碑的重量就能了解個大概。

就戈登所知，康斯托克一家人都格外的愚鈍、寒酸，要死不活、有氣無力。他們的缺乏活力已經到了一個令人吃驚的程度。這當然都是康斯托克爺爺乾的好事。到他死的時候，他的孩子們全都已經長大成人了，有些已經人到中年，他早已成功榨乾了他們可能有過的任何精氣神。他像壓土機碾壓雛菊一般壓著他們，他們已經被壓平了的個性再也不可能有任何發展了。他們一個個全長成了那種頹唐、懦弱、一事無成的人。沒有一個男孩子有個正當的職業，因為康斯托克爺爺曾殫精竭慮地逼他們從事完全不適合他們的職業。他們中只有一個 —— 戈登的父親約翰 —— 違逆過康斯托克爺爺，膽敢在康斯托克爺爺的有生之年結婚。你根本無法想像他們中會有任何人能在這個世界上留下什麼印記，或者創造什麼東西，又或者毀滅什麼東西。他們既不會高興，也不會明顯地不高興，永遠都要死不活，就連一份體面的收入也賺不到。他們只是在一種貌似有教養的失敗氛圍中隨波逐流。他們的家庭就是那眾多壓抑的家庭之一，這在中層中產階級中十分普遍，在這樣的家庭裡什麼也不會發生。

從他幼年時期，戈登的親人們就讓他感到可怕的壓抑。當他還是個小男孩的時候，他的好些叔伯姑姑還活著。他們樣子都差不多 —— 灰暗、寒酸、不快樂，全都疾病纏身，全都無時無刻不在為金錢發愁，但又一直撐著，總也沒到破產那般天崩地裂的時候。即使在當時，就能注意到他們已經失去了繁衍的激情。真正有活力的人，不管有錢還是沒錢，都會像動物一樣自動地繁育後代。例如康斯托克爺爺吧，他自己就是十二個兄弟姐妹中的一個，而後又生養了十一個子女。然而這十一個孩子一共只生育了兩個後代，而這兩個 —— 戈登和他的姐姐茱莉亞 —— 到一九三四年，還一個孩子也沒生。戈登，康斯托克家的最後一名成員，生於一九〇五年，是意外懷孕生下的。而自那以後，這麼多年來家族裡沒有過一個新生兒，只有離世者。而且不僅是結婚和生育的問題，在各方面康斯托克家族都什麼也沒發生。他們每個人看起來都像是受了詛咒，似乎注定要過著絕望、寒酸、低三下四的生活。他們就沒一個人真的做過什麼事。他們是那種在任何可以想到的活動中，即使只是擠公車這種事，都會自動被擠到邊緣去的人。當然，他們全都是在金錢上毫無希望的笨蛋。康斯托克爺爺最終把他的財產差不多平均分給了他們，這樣一來，在賣掉那棟紅磚宅邸後，每個人都拿到了大約五千英鎊。而康斯托克爺爺剛入土，他們就已經開始揮霍那些錢了。他們沒一個有膽子把那錢花在刺激的事情上，比如浪費在女人或者賽馬上。他們只是讓它一點點地流走了，女人花在愚蠢的投資上，男人則花在有去無回的小生意上，一兩年後就消耗殆盡，只落得一個淨虧損。他們中一半以上直到入土也沒結婚。有些女人倒是在父親死後，中年晚婚，過得也不如意；但是男人們由於沒有本事做一份體面的工作，成了「結不起婚」的人。除了戈登的姑姑安吉拉外，他們全都連一個自己的家也沒有過，就住在該死的「房間」裡、墳墓般的旅館裡。年復一年，他們一個個死去，死於麻煩但又昂貴的小病，將他們的最後一分資產也吞噬盡了。有一個女人，戈登的姑姑夏洛特，在一九一六年進了克萊姆[025]（Clapham）的精神病院。英國的精神病院可真是擠得滿滿的啊！最多的正是中產階級那些沒人要的老處女，她們在維持著它們的運轉。到一九三四年，這代人裡只有三個人還活著。已經提到過的夏洛特姑姑和安吉拉姑姑——她運氣好，一九一二年被人哄著買了一棟房子和一份小額養老保險；還有就是華特叔叔，他靠著自己那五千英鎊裡剩下的幾百英鎊，經營著各種短命的「機構」來苟延殘喘。

戈登是在改小的舊衣服和燉爛的羊頸肉的氣氛中成長起來的。他父親和其他的康斯托克家族成員一樣，是個自己喪氣也因此讓別人喪氣的人，但他還有點腦子，也稍稍有些文學上的造詣。眼看他的頭腦是文藝類型的，而且他對任何有關數字的事物都有一種畏縮的恐懼，似乎只有康斯托克爺爺才會覺得應該讓他做個會計。於是他就做起了會計的工作，但是成績慘淡。他還總是出錢做些撐不過一兩年的合夥生意，而他的收入也起起伏伏，有時能漲到一年五百英鎊，有時又減到一年兩百，但總是趨向於減少。他在一九二二年去世，年僅五六歲，但已經飽經滄桑——他在過去的很長一段時間裡忍受著腎病的折磨。

由於康斯托克一家雖然窮，卻講究教養，所以認為需要浪費大筆開銷在戈登的「教育」上。這是多麼可怕的事啊，這份「教育」是個沉重的負

[025]　克萊姆：英格蘭倫敦南部蘭貝斯區的一個地名。

擔！這意味著，為了把兒子送進合適的學校（也就是一所公學或者類似的學校），一個中產階級要接連好幾年過著連打零工的水管工也瞧不上的日子。戈登被送到了故做姿態的破學校裡，一年的學費在一百二十英鎊左右。當然，就算這點費用也意味著家裡要做出可怕的犧牲。同時，比他大五歲的茱莉亞幾乎根本沒有接受什麼教育。實際上，她被送進過一兩所貧困骯髒的小型寄宿學校，但在她十六歲的時候她就被永遠地「帶走了」。戈登是「男孩」而茱莉亞是「女孩」，似乎在所有人看來，「女孩」自然就該為「男孩」做出犧牲。更何況，家裡早就認定戈登「聰明」。戈登既然有這份極好的「聰明」，一定會拿到獎學金，在人生路上大獲成功，重振家響 —— 理論就是這樣，而且沒有人比茱莉亞更加堅定地相信這一點。茱莉亞是個笨拙的高個女子，她比戈登高得多，長著一張瘦臉，脖子有點太長了 —— 是那種即使在風華正茂的時候，也讓人忍不住聯想到一隻鵝的女子。但她天性單純熱忱。她是個自甘無聞的女子，忙著打理家務、熨燙衣衫、縫縫補補，是天生要當老處女的人。即使才十六歲的時候，她就已經渾身散發著「老太婆」的氣息了。她把戈登當成偶像。他的整個童年她都在看護他，照顧他。就為了讓他能穿著合適的衣服去上學，自己穿得衣衫襤褸；把自己可憐的零用錢存起來，買聖誕禮物和生日禮物給他。當然，一等他年紀夠大了以後，他就用鄙夷來回報她，因為她不漂亮，也不「聰明」。

就算在戈登上的那些三流學校裡，也幾乎所有的男生都比他要闊綽些。他們當然很快就發現了他的貧窮，並讓他為此吃盡了苦頭。大概一個人能在孩子身上施加的最大的殘忍，就是把他送到一個別的孩子都比他富有的學校裡去。一個貧窮的孩子將承受的勢利之苦，是一個成年人幾乎無法想像的。在那些日子裡，尤其在預科學校時，戈登的生活就是一場長期的陰謀，一面要避免自己入不敷出，一面要假裝他的父母要比實際上闊綽。啊，那些日子的屈辱啊！比如說，每學期開始時那樁可怕的任務——向校長公開「上繳」身上帶回來的錢。要是你「上繳」的沒有十先令以上，其他男生就會發出那鄙夷、殘忍的竊笑。還有當其他人發現戈登穿著一件花了三十五先令買來的非定製套裝時的情景！在所有的事情中，戈登最難受的時候要數他父母來看他的時候。戈登那時候仍然是個信徒，真的會祈禱他的父母不要來學校。尤其是他的父親，是那種你情不自禁就會為他害臊的父親，一個行屍走肉般沒有生氣的男人，低低地彎著腰，衣服寒酸得不行，且過時得沒救了。他渾身散發著一種失敗、憂慮、厭倦的氣息。而且他有一個非常糟糕的習慣，當他道別的時候，會當著其他男生的面賞給戈登半克朗，於是所有人都能看到，只有半克朗，而不是應有的十先令！即使是二十年後，這段學校裡的記憶也仍然叫戈登顫抖。這一切的首要效果就是讓他對金錢產生了頂禮膜拜的敬意。在那些日子裡，他是真的討厭他那些貧窮纏身的親人——他的父母、茱莉亞，所有人。他討厭他們那骯髒的房子，他們的邋遢，他們那了無歡樂的人生態度，他們為了三便士、六便士而生的無窮無盡的憂慮和抱怨。到現在為止康斯托克家中最常說的口頭禪就是「那個我們買不起」。在那些日子裡，他對金錢萬分渴望，只有孩子才會有那樣的渴望。一個人怎麼就不該穿體面的衣服，有很多的糖果，能夠隨心所欲地常常去看電影呢？他為父母的貧窮而責怪他們，好像是他們故意要這麼窮的。他們為什麼不能像其他男生的父母那樣呢？在他看來，他們是喜歡貧窮。這就是孩子的思考方式。

但隨著他漸漸長大，他也漸漸變了——不是沒那麼不講道理了，確切地說，是以另一種方式不講道理了。到這時他已經在學校裡站穩了腳跟，所受的壓迫沒那麼強烈了。他的成績從來都不是非常好，他不努力，也沒拿到獎學金。但他成功地在符合自己胃口的文字裡發展自己的頭腦。他飽讀校長禁止學生們讀的書籍，對英國國教、愛國主義、老式男生領帶都形成了不合正統的看法。他還開始寫詩。一兩年後，他甚至開始投稿詩歌給《雅典娜神廟》、《新時代》、《西敏寺週刊》了，不過它們都被無一例外地被退稿了。當然，他還結交了一些和他一樣的男生。每一所公學裡面都有些自以為是的知識分子小圈子。而那時候，正是戰後的那幾年，英國充斥著革命觀念，就連公學也受了感染。年輕人們，即使是那些年紀太小無法戰鬥的年輕人，也都在盡其所能地和長輩們鬧脾氣。簡直可以說每一個稍有點腦子的人那時候都是革命者。同時，老年人 —— 就說那些六十歲以上的吧 —— 像母雞一樣團團轉著尖聲痛批這些「破壞思想」。戈登和他的朋友們懷著他們的「破壞思想」過了一段相當刺激的時光。整整一年，他們都在營運一份草根月報，叫做《布爾什維克》，是用膠版印製的。它宣揚社會主義、自由戀愛 [026]，倡導解體大英帝國，廢除陸海軍隊，等等。這非常有意思。每個聰明的十六歲男生都是社會主義者。在那個年紀，就算是相當拙劣的誘餌也能讓人看不到伸出的鉤子。以一種天真的孩子氣的方式，他開始摸索出金錢的門道。

他在比大多數人更小年紀的時候就明白了，所有的現代商業都是欺騙。不過更奇怪的是，地鐵站裡的廣告首先讓他清楚地意識到了這一點。像傳記作家們說的那樣，他沒有想到自己有一天也會在一家廣告公司裡任職。但他意識到的還不僅僅是商業就是欺騙這一事實。他所意識到的，並隨著時間流逝而越來越清楚的，是金錢崇拜已經上升為了一種宗教。或許這是我們僅存的唯一真實的宗教 —— 唯一能真正被人感知得

---

[026] 自由戀愛：指反對婚姻束縛，絕對自由的兩性關係。

到的宗教。金錢就是過去的上帝。善惡不再有意義，唯以成敗論英雄。因此出現了「混得好」這個意義深刻的短語。摩西的十誡已經減為了兩誡。一條是給老闆的——也就是上帝的選民，即金錢之道的教士——「汝當賺錢」；另一條是給員工的——他們是奴隸和下等人——「汝不可丟掉工作」。大約就在這時候，他碰到《穿破褲子的慈善家》，讀到食不果腹的木匠把所有的東西全都典當了，卻堅持保留他的葉蘭。自那以後，葉蘭對戈登而言就成了一種象徵。葉蘭，英國之花！我們的徽章上應該是它而不是獅子和獨角獸[027]。只要窗戶上還有葉蘭，英國就不會出現革命。

他現在不討厭也不鄙視他的親人們了——至少沒那麼厲害了。他們仍然讓他大感壓抑——那些貧窮而衰老的叔伯姑姑們，其中兩三個已經死了；還有他的父親，飽經滄桑、毫無生氣；他的母親，委頓頹唐，惶惶不可終日，而且「嬌弱」（她的肺很不好）；茱莉亞，才二十一歲的時候，就已經成了個本分順從的苦工，每天做十二個小時的工作，連一條像樣的裙子都從沒有過。但他現在明白了他們的問題究竟在哪裡。這不僅僅是因為缺錢。而是因為，他們沒有錢，精神卻還仍然活在金錢的世界裡——活在有錢是德無錢是罪的世界裡。不是貧窮，而是體面的貧窮拖垮了他們。他們已經接受了金錢法則，而在這套法則下他們就是敗寇。他們從來沒有豁出去的意識，從不會像下層貧民那樣，不管有錢沒錢，只管活下去。那些下層貧民是多麼正確啊！讓我們對全部家當只有四便士卻還敢搞大老婆肚子的工廠員工脫帽致敬！至少他的血管裡流的是血而不是錢。

戈登以一個男孩天真而自私的方式把這些全看透了。他認定，有兩

[027] 指英國皇家徽章，也是國徽，上面有獅子（代表英格蘭）和獨角獸（代表蘇格蘭）。

種生活方式。你可以富有，不然就主動地拒絕富有。你可以擁有金錢，不然就鄙視金錢。唯一致命的事情就是既崇拜金錢又沒法獲得它。他想當然地認為他自己永遠也賺不到什麼錢。他甚至幾乎沒想過他或許擁有某些天賦，能夠轉為財富。這就是他的老師們為他做的，他們灌輸給他，他是個擾亂治安的小混蛋，不可能在人生中「成功」。他接受了這一點。那麼，很好，那他就要拒絕這整個「成功」的勾當，他願把「不成功」當成自己的特別目標。寧為雞首，不為牛後，在這一點上，是寧做雞尾也不做牛尾。他十六歲的時候就已經知道了自己屬於哪一邊。他反對財神和他所有的卑鄙的教士。他對金錢宣戰，但當然是祕密宣戰。

他父親是在他十七歲的時候死的，留下了大約兩百英鎊。茱莉亞這時已經工作了好幾年。一九一八到一九一九年間她在政府機關裡上班，那之後她上了一套烹飪課程，然後在伯爵府（Earls Court）地鐵站附近一家噁心的女性化的小茶館裡找了份工作。她一週工作七十二小時，薪資二十五先令，含午餐和茶水。她每週從這筆錢裡拿出二十先令貢獻給家庭開支。很明顯，既然康斯托克先生已經死了，最好的辦法是讓戈登退學，讓他找份工作，並讓茱莉亞拿那兩百英鎊自己開一家茶館。但康斯托克家對錢的習慣性愚昧阻礙了這件事。不管是茱莉亞還是她母親都不肯讓戈登離開學校。帶著中產階級那種奇怪的理想化的勢利思想，她們寧願去濟貧院也不肯讓戈登在法定的十八歲之前離開學校。那兩百英鎊，或者其中的大半，必須用於完成戈登的「教育」。戈登任由她們這麼做了。他對金錢宣戰了，但這並不妨礙他可憎地自私自利。他當然害怕工作。哪個男孩不怕呢？在某個骯髒的辦公室裡搖筆桿子——上帝啊！他的叔伯姑姑們已經在陰沉地談論著「讓戈登安定下來」了。他們看一切事情都是從「好工作」的角度出發的。小史密斯在銀行找了個這樣的

「好工作」，小瓊斯在保險公司找了一個那樣的「好工作」。聽見他們說話就讓他噁心。他們似乎想讓每一個英國年輕人都被釘進「好工作」的棺材裡。

同時，錢也不能不賺。結婚前，戈登的母親是個音樂教師，甚至從那時起，當家裡的經濟狀況比平時還差時，她就時不時地收些學生。現在她決定自己要再度開始教課了。在郊區招學生相當容易 —— 他們住在阿克頓[028]（Acton）—— 有了這筆教音樂的費用，加上茱莉亞的補貼，她們大概可以再「撐過」接下來這一兩年。但康斯托克太太的肺現在不僅是「嬌弱」了。在她丈夫去世前為他看病的那位醫生把聽診器放到她胸口上，表情嚴肅。他告訴她要照顧好自己，注意保暖，吃些有營養的食物，而且，最重要的是，要避免勞碌。教鋼琴課這樣又煩又累的工作對她而言當然是最壞不過的事情。戈登對此一無所知，但茱莉亞知道。這是兩個女人之間的祕密，她們小心翼翼地瞞著戈登。

一年過去了，戈登這一年過得相當悲慘，他寒酸的衣服和稀少的零用錢越來越讓他難堪，也使得女孩子們成了他恐懼的對象。但是，《新時代》這一年接受了他的一首詩。同時，他母親在四面透風的客廳裡，坐在難受的鋼琴凳上，以兩先令一小時的價格教著課。然後戈登離開了學校。愛管閒事的胖子華特叔叔有一些生意上的熟人，他過來說，他一個朋友的朋友可以在一家紅丹[029]公司的會計部幫戈登找一份非常「好」的工作。這確實是個絕佳的工作 —— 對年輕人來說是個絕好的開始。如果戈登願意老老實實去工作，那他到現在或許已經混出個人樣了。戈登的靈魂卻鬧起了彆扭。他突然強硬起來，軟弱的人就會這樣，他甚至拒絕

[028] 阿克頓：英格蘭倫敦城西的一個郊區，以前為村莊。
[029] 紅丹：又名鉛丹、鉛紅，即四氧化三鉛，工業上常用作防銹顏料。

去試試這份工作，這嚇壞了全家人。

當然有過可怕的爭吵。他們不能理解他。對他們來說，有機會獲得這樣一份「好工作」卻拒絕了它，像是一種大不敬。他不停地反覆宣告他不想要「那樣的」工作。那他到底想要什麼？他們都在質問。他想「寫作」，他嚴肅地告訴他們。但他怎麼可能靠「寫作」為生呢？他們又問。而他當然無法回答。在他內心深處，他認為自己可以靠寫詩想辦法活下去，但這實在太荒唐了，甚至提都不用提。但不管怎樣，他不會去做生意，不會進入金錢的世界。他會找份工作，但不會是一份「好工作」。他們全都一點不明白他是什麼意思。他母親以淚洗面，就連茱莉亞也和他翻臉了，叔伯姑嬸（他們還剩下六七個人）全圍著他做著無力的抨擊，發著沒用的怒火。三天後發生了一件可怕的事情。正在吃晚飯的時候，他母親猛然劇烈地咳嗽起來，她一手撫著胸口，向前一倒，嘴裡噴出鮮血來。

戈登嚇壞了。儘管看起來很嚴重，但他母親並沒有死，不過當他們把她抬上樓去的時候她看起來命在旦夕。戈登趕緊去請醫生。一連幾天他母親都徘徊在鬼門關前，這都是四面透風的客廳和在日曬雨淋中長途跋涉惹的禍。戈登在房子裡無助地走來走去，愧疚和悲楚的感覺混雜在一起叫他難受。他雖不能確定，但隱約推測了他的母親是為了繳他的學費而摧毀了自己。於是他無法再和她作對了。他去找了華特叔叔，告訴華特叔叔他願意做那份紅丹公司的工作，如果他們讓他做的話。於是華特叔叔跟他的朋友說了，那位朋友又和他的朋友說了，戈登就被叫去，一位戴著很不合嘴的假牙的老先生做了個面試，並最終給了他這份工作，有試用期。他的起始薪資是一週二十五先令。他在這家公司做了六年。

他們從阿克頓搬了出來，在柏靈頓區某處一個荒涼的紅色公寓區裡找了一間公寓。康斯托克太太把她的鋼琴也帶來了，當她精神恢復些的時候，就偶爾教教課。戈登的薪資漸漸漲了，他們三人多多少少「撐過來了」。主要是茱莉亞和康斯托克太太撐著的。戈登在錢這上面仍然像個孩子那樣自私。他工作上做得也不特別差，大家說他對得起這份薪資，但不會是那種「混得好」的人。從某種角度說，他對工作的巨大鄙視讓事情變得更容易了。他可以忍受這種無意義的辦公室生活，因為他從來、一秒也沒有把這當作終身職業。某個時候，透過某個辦法，天知道是什麼時候什麼辦法，他會從中擺脫出來。畢竟，總還有他的「寫作」。或許某一天，他可以透過「寫作」來謀生。而如果你成了「作家」，你就會覺得自己擺脫銅臭味了，不是嗎？他在自己周圍見到的各色人等，尤其是那些年長些的男人，他們都叫他彆扭。崇拜財神就意味著這樣！要安定下來，要混得好，要為了一座別墅一株葉蘭出賣自己的靈魂！要變成那種戴著圓頂禮帽的典型的猥瑣小人——斯特魯布（Strube）的「小男人」[030]——那種馴良的小老百姓，六點十五就回家，把馬鈴薯肉餅和燉梨罐頭當晚飯，再聽半小時 BBC 的交響音樂會，然後，如果老婆「感覺有那心情」的話，就來點正當守禮的性交！這是什麼樣的命運呀！不，人不該這樣生活。人應該擺脫這些，擺脫銅臭味。這是他在策劃的某種陰謀，他像是鐵了心要與錢為敵，但這仍然是個祕密。辦公室裡的人從來沒懷疑過他有什麼不合正統的思想。他們從沒發現他在寫詩——倒也不是說真有多少可發現的，因為他六年間在雜誌上發表的詩還不足二十首。看外表，他和其他任何一個城市小職員別無二致——只是拉著吊環擠在地鐵車廂裡，早上揮師東去，晚上收兵西回的大軍中的一員而已。

[030] 指悉尼·斯特魯布（Sidney Strube）的漫畫人物形象公民約翰，是個總是戴著圓頂禮帽的小個子。

他母親死的時候他二十四歲，那時候這個家已經分崩離析了。康斯托克家的老一輩如今只剩下四個人了 —— 安吉拉姑姑、夏洛特姑姑、華特叔叔，還有一年後去世的另一個叔叔。戈登和茱莉亞放棄了那間公寓。戈登在道蒂街找了一間帶傢俱的房間（他覺得住在布魯姆斯伯里[031]略帶文藝氣息），而茱莉亞搬到了伯爵府，好離茶館近點。茱莉亞這時快三十了，看起來還要老得多。雖然還夠健康，但她從沒瘦得這麼厲害，而且還冒出了白髮。她仍然一天工作十二小時，而六年來她一星期的薪資才漲了十先令。經營茶館的那位嫻淑得可怕的淑女對她亦主亦友，所以就可以一面口口聲聲「親愛的」「小親親」地叫著，一面剝削欺負茱莉亞。母親死後四個月，戈登突然辭掉了工作。他沒有跟公司說任何理由。他們以為他將要「另謀高就」了，於是給了他非常好的評價，從這個結果看來，他挺幸運的。他甚至沒想過再找一份工作。他想破釜沉舟。從現在起他要呼吸自由的空氣，擺脫銅臭味。他並不是有意要等母親死了才做這件事，不過，是他母親的死促使他做了。當然，在家族剩下的人之間又引發了一場更加令人心寒的爭吵。他們認為戈登一定是瘋了。一次又一次，他試圖向他們解釋他為什麼不肯屈服於一份「好」工作的勞役，但全是徒勞。「但你要靠什麼生活呢？你要靠什麼生活？」就是他們所有人對他哀號的話。他拒絕嚴肅地考慮這個問題。當然了，他仍然暗藏著靠「寫作」謀生的念頭。這時候他已經認識了《反基督教》的編輯拉弗斯通。拉弗斯通不僅刊登他的詩歌，還偶爾想辦法弄些書評的工作給他。他的文學前景不再像六年前那般黯淡了。但是，「寫作」的欲望其實並不是他真正的動機。掙脫金錢世界才是他想要的。他隱隱期待著某種清寒的隱士生活。他有一種感覺，如果你真心鄙視金錢的話，就能有辦

[031] 布魯姆斯伯里：倫敦著名文化圈，曾是維吉尼亞．伍爾夫等知識分子聚居之處。上文中的道蒂街是距離布魯姆斯伯裡很近的一條街道。

法像天上的鳥一樣過下去。他忘記了天上的鳥不用付房租。閣樓上忍飢挨餓的詩人就是他對自己的設想。但不知怎的，詩人這餓挨得並沒什麼不舒服。

接下來的七個月真是毀滅性的。他嚇壞了，還差點精神崩潰。他知道了連續幾個星期吃麵包和人造奶油是什麼感受，在餓得半死的時候試圖「寫作」是什麼感受，典當衣物是什麼感受，在欠了三個月的房租後，女房東偷聽你的行蹤，而你瑟瑟發抖地偷偷溜上樓梯，又是什麼感受。更何況，那七個月他幾乎是什麼也沒寫。貧窮的首要效果就是殘殺思想。他明白了，好像這是什麼新奇的發現一樣，人就是無可救藥的金錢的奴隸，直到你有足夠的錢可以生活下去 —— 用醜惡的中產階級的話說，就是「有能力」。最終，在一場粗俗的爭吵之後，他搬出了他的房間，在大街上過了三天四夜，真是太慘了。他在大堤上遇見了另一個人，在那人的建議下，他在比林斯門海鮮市場（Billingsgate）裡度過了三個早上，幫著把運魚的推車沿著崎嶇的小山從比林斯門一路推到東市場（East cheap）路上去。你的酬勞是「推一個兩便士」，而這份工作會讓你的大腿肌肉痛得要死。有一大群人都在做這份同樣的工作，要等輪到你才能上。如果從早上四點到九點你能賺到十八便士，就算是幸運的了。做了三天，戈登就放棄了。這件事有什麼作用？就是把他打敗了。除了回家裡去，借點錢，再找份工作以外，別無他法。

但是這時，當然找不到什麼工作了。有好幾個月，他都在家裡吃白食。茱莉亞一直接濟他，直到耗盡了她自己那點積蓄裡的最後一分錢。這太可惡了。這就是他的清高造成的結果！他與抱負決裂，與金錢為敵，而這所有的一切不過導致他來吃姐姐的白食！而茱莉亞，他知道，痛心他的失敗要遠遠超過心疼自己的積蓄。她對戈登有過那麼高的期望。在康斯托克家的所有人裡，只有他一個人有本事「成功」。即使是現在，她也相信，某一天，他會有辦法重振家譽。他那麼「聰明」——只要他努力他肯定能賺到錢！整整兩個月，戈登都和安吉拉姑姑一起，住在她海格特（Highgate）的小房子裡。貧窮的、萎頓的、木乃伊似的安吉拉姑姑，自己都食不果腹。這段時間他都在瘋狂地找工作。華特叔叔幫不上他，他在商業界的影響力從來就不大，現在更是幾乎為零了。然而，最終以一種意想不到的方式，時來運轉了。茱莉亞的老闆的兄弟的朋友的朋友，幫戈登在新阿爾比恩廣告公司的會計部找了一份工作。

戰後，廣告公司在倫敦遍地開花——或者不叫開花，可以說是從腐敗的資本主義中滋生的點點菌斑——新阿爾比恩（The New Albion）就是其中之一。這是一家處於上升期的小公司，凡是接得到的各類廣告它都做。它為燕麥黑啤酒、自發性麵粉等設計過不少大幅海報，但它的主要陣線還是女帽及在女士畫報上做漫畫廣告，還有兩便士的週報上的小廣告，比如「治療女性失調的白玫瑰藥片」、「拉拉東加教授的星座播報」、「維納斯的七個祕密」、「破產者的新希望」、「業餘時間每週賺取五英鎊」、「賽普洛拉克絲洗髮精，撫平所有不聽話的翹髮尾」。當然有不少商業畫家受僱於他們。戈登就是在這裡第一次接觸到蘿絲瑪麗的，她在「工作室」裡幫助設計時裝圖樣。過了很長時間他才真正跟她說上話。一開始他只把她當成一個遙遠的人物，小巧黝黑，動作敏捷，富有吸引力但很令人發怵。當兩人在走廊上擦身而過時，她看他的眼神帶著諷刺，好像她對他了如指掌，而且覺得他有些可笑，然而她看他的頻率似乎有些不必要地高。他和她在業務上沒有任何關係。他是會計部的，只是一個每週三英鎊的小職員而已。

新阿爾比恩的一個有趣的地方是它在精神上完完全全的現代化。公司裡幾乎沒有一個人不是清清楚楚地明白，宣傳、廣告是資本主義有史以來製造的最航髒的騙局。在紅丹公司尚且殘存了一定的商業道德和實用精神。但這樣的東西在新阿爾比恩會遭到嘲笑。大多數員工都是美國化的、沒心沒肺、野心勃勃的類型。對他們而言，這世界上除了錢沒什麼是神聖的。他們已經形成了自己的犬儒觀念：大眾是豬，廣告就是在髒水桶裡的攪拌棍。但在這種犬儒主義下，又有著終極的天真，就是對財神的盲目崇拜。戈登不著痕跡地研究著他們。像以前一樣，他的工作做得過得去，他的同事們瞧不上他，他的內心世界毫無變化。他仍然鄙視並抗拒著金錢法則，遲早他要想辦法逃脫它，即使是現在，在經歷了第一次慘敗之後，他仍然在謀劃著逃脫。他身在金錢世界，但並不屬於它。至於他周圍的那幾類人，那些從不轉變的戴圓頂禮帽的小蛆蟲也好，那些野心家也好，那些美國商學院的豪車公子[032]也罷，他們簡直都讓他好笑。他喜歡研究他們那種奴性的「保住工作」的思考方式。他是個藏身於他們之中做記錄的異類。

有一天發生了一件奇怪的事。有個人碰巧在雜誌上看到了戈登的一首詩，然後宣揚說他們「有了個辦公室詩人」。當然其他的職員都笑話戈登，但沒有惡意。從那天起，他們就替他取了個綽號叫「吟遊詩人」。但儘管覺得好玩，他們也微微有些鄙夷。這確證了他們對戈登的看法，一個寫詩的傢伙可不大像能「混得好」的人啊。但這件事有了個意想不到的後續發展。當職員們差不多厭倦了開戈登玩笑的時候，公司的常務董事厄斯金先生卻叫他來，面試他，他此前一直極少注意戈登的。

厄斯金先生是個體型碩大、行動遲緩的男人，長著一張健康而沒表情的闊臉。從他的外表和他緩慢的語速，你可能會自信地推測他在做農

[032] Gutter-crawler 是指車技高超，喜歡沿著路行駛，搭訕女子的人。故譯為豪車公子。

業或者畜牧業。他的腦筋也和他的動作一樣遲緩，是那種什麼事情都要等別人都議論完了，他才剛聽說的人。這樣的人怎麼會掌管一家廣告公司的，只有資本主義的怪神仙們才知道。但他是個很叫人喜歡的人。他沒有那種常常和賺錢的能力相伴而生的，惜字如金、趾高氣昂的架子。而某種意義上，他的愚鈍也幫了他的忙。由於對流俗的偏見不敏感，他得以基於別人的優點來評價他們，結果，他非常善於遴選人才。戈登寫詩的消息，不僅遠沒有嚇到他，反倒有點打動了他。新阿爾比恩要的就是文學才俊。把戈登叫來後，他以一種催眠似的、旁敲側擊的方式來考量戈登，問了他幾個沒有定準的問題。他從來不聽戈登的回答，而是以「嗯，嗯，嗯」似的聲音斷句自己的問題。「寫過詩啊，他？哦，是嗎？嗯。而且在報紙上發表了？嗯，嗯。他們應該會為那種東西付你報酬吧？不多啊？不，應該不會吧。嗯，嗯。詩歌？嗯。有點難啊，那肯定的。要把每行都弄得一樣長啊什麼的。嗯，嗯。還寫別的東西嗎？故事之類的？嗯。哦，是嗎？很有意思。嗯！」

然後，沒有更進一步地提問，他就把戈登晉升到一個特別的職位，做新阿爾比恩的首席文案，克魯先生的祕書，但實際上是學徒。像所有其他的廣告公司一樣，新阿爾比恩也在不停地尋找具有一絲想像力的文案。這雖奇怪，但要找有能力的美工可比找能想出「QT好醬料，老公真需要」和「早餐脆麥片，孩子天天念」這種標語的人要容易。這時候戈登的薪資並沒有漲，但公司對他另眼相看了。運氣好的話，一年的時間他就可能成為一個訓練有素的文案。這絕對是個能「混得好」的機會。

他和克魯先生共事了六個月。克魯先生是個大約四十歲的滄桑男人，長著堅硬的髮絲，他常常把手指插到頭髮裡去刮。他在一間擁擠的小辦公室裡工作，牆上掛滿了的海報，都是他過去的輝煌戰績。他友善地將戈登收編麾下，向他演示其中門道，甚至願意傾聽他的意見。那段時間他們在做「四月雨露」的一套系列雜誌廣告，這是示巴女王衛浴用品公司（就是弗萊克斯曼的公司，真是巧）正要打入市場的神奇新款除臭劑。戈登懷著暗暗的憎惡開始了這份工作，但這時卻有了一個相當出人意料的發展。那就是，幾乎從一開始，戈登就顯示出了極高的文案天賦。他可以輕易地構思廣告，似乎他天生就是做這個的。那令人印象深刻揮之不去的生動短句，那漂亮整潔的短小段落，把萬千的謊言都糅入幾百個單字之中——這對他而言幾乎是信手拈來。他素來就有語言天賦，但這是他第一次成功地運用它。克魯先生認為他大有前途。戈登看到了自己的發展，首先感到驚訝，然後覺得搞笑，最後卻生出一種恐懼。那麼，這就是他的結果！編寫謊言把傻子們的錢從他們的口袋裡騙出來！他，一個想當「作家」的人，獲得的唯一成功就是寫除臭劑廣告，這真是可怕的諷刺。然而，這並沒有他想像得那麼奇怪。他們說，大多數文案，都是夢想成為小說家而不得的人；或者相反？

示巴女王對他們的廣告非常滿意，厄斯金先生也很滿意，戈登的薪水每星期漲了十先令。就在這時戈登害怕了。他終究是被俘虜了。他在下滑，下滑，滑進金錢的豬圈。再滑一點他就會一輩子陷在裡面。這些事情發生得真是奇怪。你對成功背過臉去，你發誓絕不「混得好」——即使你想「混得好」，你也誠心實意地相信自己做不到；然後發生了某個意外，某個純粹的運氣，你就發現自己幾乎不由自主地「混得好」了。他明白了，如果此時不逃脫，就永遠逃脫不了了。他必須要擺脫出來——擺脫金錢世界，要在自己陷得太深之前，徹底斬斷退路。

但這次他不會再因為挨餓而屈服了。他去找拉弗斯通，請求他的幫助。他告訴他，他想要某種工作，不是一個「好」工作，而是一個既能維持他的身體，又不會完全收買他的靈魂的工作。拉弗斯通完全理解了。不用跟他解釋工作和「好」工作的區別，他也沒有向戈登指出他做的這事有多荒唐。這就是拉弗斯通最好的一點，他總能明白別人的想法。毫無疑問，這是有錢的魔力，因為有錢人才能聰明得起。而且，因為他自己富有，他才能為別人找工作。僅僅過了兩週，他就告訴戈登可能有個事情適合他。有位麥基奇尼先生，偶爾會和拉弗斯通打交道。他是個相當潦倒的二手書商，正在尋找一位助手。他不想要一位熟練的助理，那要付全部薪資；他想要個看起來紳士，還能談論書籍的人 —— 某個能打動有書卷氣的顧客的人。這簡直就是「好」工作的反義詞。時間長，薪資可憐 —— 兩英鎊一星期 —— 而且沒有晉升的機會。這工作是個死胡同。而當然了，死胡同似的工作正是戈登所尋找的。他去見了麥基奇尼先生，一個昏昏欲睡的和藹的蘇格蘭老頭，長著一顆紅鼻子和被鼻菸熏髒了的白鬍子。他問也沒問就僱用了戈登。這時候，戈登的詩集《鼠》也正要出版了。他把它寄給了七位出版商，第七位接受了它。戈登不知道這是拉弗斯通做的。拉弗斯通和這位出版商有私交。他總是偷偷為不知名的詩人們安排這種事情。戈登認為未來向他敞開了。他功成名就了 —— 或者，照斯邁爾斯 [033] 的、葉蘭的標準來說，是「功不成名不就」了。

他在辦公室裡提前一個月遞了申請。這完全是一件痛苦的差事。當然，茱莉亞為他第二次放棄一份「好」工作而前所未有地沮喪。到這時候，戈登已經認識了蘿絲瑪麗。她並沒有試圖阻止他丟掉工作。橫加干涉是違背她的準則的 ——「你得過你自己的生活」，就是她一貫的態度。但她絲毫也不理解他為什麼這麼做。很奇怪，最讓他傷心的一件事是和

[033] 指塞謬爾．斯邁爾斯，一九世紀蘇格蘭作家，代表作為《自助者天助》，宣導人應該透過自身努力，自我完善，取得成功。

厄斯金先生的面談。厄斯金先生是個真正的好人。他不想讓戈登離開公司，也坦白地這麼說了。帶著一點笨拙的禮貌，他克制著沒罵戈登是個少不更事的傻瓜。但是，他卻問了他為什麼離開。不知怎麼的，戈登沒法讓自己避而不答，也無法說明——唯一能讓厄斯金先生理解的一個理由就是他為了追求一份薪資更高的工作。他面帶慚愧地開口說道，他覺得做生意不適合他，而他想從事寫作。厄斯金先生的態度模稜兩可，「寫作，呃？嗯。這年頭做那種事情更賺錢了嗎？不多啊，呃？不，不會吧。嗯。」戈登覺得自己很荒唐，看起來也一樣，他喃喃地說：「有一本書馬上就要出了。」「一本詩集。」他補充道，好不容易才發出這個詞。厄斯金先生偏頭看著他，然後才說：

「詩，呃？嗯。詩？靠這種事情謀生嗎，你想？」

「呃——不算謀生吧，確切地說。但可以幫襯幫襯。」

「嗯——好吧！你自己最清楚，我猜。任何時候你若是想找個工作了，就回我們這裡。我敢說我們可以幫你騰個位置。我們這裡容得下你這樣的人。可別忘了喲。」

戈登離開的時候，有一種討厭的感覺，他覺得自己表現得既不可理喻，又不知感恩。但他必須要這麼做；他必須要擺脫金錢世界。這很奇怪。整個英國的年輕人都在為沒有工作而心急如焚，而他戈登呢，明明說到「工作」這個字眼就感到噁心，不想要的工作卻硬塞到了他身上。而且，厄斯金先生的話在他腦海裡揮之不去。或許他說的是真心話。如果他真的選擇回去的話，很可能真有一個工作在等著他。所以他這破釜沉舟還不徹底。新阿爾比恩在他身前身後都是一個惡咒。

但剛開始的時候，他在麥基奇尼先生的書店裡是多麼開心啊！有一

會 —— 非常短暫的一小會 —— 他有一種真的脫離了金錢世界的幻覺。當然，跟所有其他的產業一樣，圖書業也是欺騙，但這是一項多麼不同的欺騙啊！這裡沒有喧嚷，不用「混得好」，也沒有豪車公子。圖書業凝滯的空氣沒有哪個野心家能忍受十分鐘。至於工作，這非常簡單。主要就是一天在店裡待十個小時的問題。麥基奇尼先生不是一個老壞蛋。當然，他是個蘇格蘭人，但辦事沒那麼蘇格蘭。不管怎麼說，他都不算貪婪，他最顯著的一個特點似乎是懶。他滴酒不沾，屬於某個基督教新教派，但這對戈登沒有影響。戈登在店裡做了約一個月的時候，《鼠》出版了。有不少於十三家報紙都評論了它！而且《泰晤士報文學增刊》版面說它展現了「卓越的前景」。直到幾個月之後，他才意識到《鼠》是個多麼無可救藥的失敗。

而直到這時，當他已經落到一星期兩英鎊的地步，也幾乎斷絕了自己賺更多錢的希望時，他才終於明白了他在奮戰的這場戰鬥的真正本質。它的壞處在於，放棄的光輝從不長久。一星期兩英鎊的生活不再是一個英勇的姿態，而成了一個骯髒的習慣。失敗是和成功一樣的巨大騙局。他扔掉了他的「好」工作，並永遠放棄了「好」工作。好，這是必須的。他不想回頭。但要假裝因為他的貧窮是他主動加在自己身上的，所以他就逃脫了貧窮附帶的種種弊病，這是沒用的。這並不是艱苦的問題。一星期兩英鎊不會真的吃什麼苦，而且就算真的吃苦，也沒關係。關鍵是缺錢在心智和靈魂上毀了你。心理上的呆滯，精神上的低俗 —— 當你的收入降到某個特定的水準以下後，它們就會不可避免地找到你身上。信念、希望、金錢 —— 只有聖人才能在沒有第三項的情況下擁有前兩項。

他越來越成熟了。二十七、二十八、二十九。到他這個年紀，未來就不再是玫瑰色的模糊憧憬，而變得實在而險惡了。他尚在人世的親人們的狀況越來越讓他沮喪。他越是長大，就越覺得自己和他們血脈相連。這就是他將要走上的道路。再過幾年，他就會變成那樣，就和那一模一樣。他甚至對茱莉亞也有這樣的感覺。他見她的次數要多於見他的叔伯姑姑。儘管他下了各式各樣的決心，絕不再這麼做了，但他還是隔三差五地向茱莉亞借錢。茱莉亞的頭髮白得很快，兩邊瘦瘦的紅臉頰上都刻上了一道深深的皺紋。她已經把自己的生活固化成了例行公事，而這並不叫她不快樂。她在店裡要工作，晚上在伯爵府的開間裡（三樓裡間，一週九先令，沒有傢俱）要做「縫紉」，偶爾和同她自己一樣寂寞的老處女朋友們聚會。這是典型的、身無分文的未婚女人會過的沉悶生活，她接受了它，根本沒意識到她的命運可以有何不同。但對她來說，她為戈登難過甚於為自己。家族日漸衰敗，親人接二連三逐個死去，什麼也沒留下，這在她心裡是一種悲劇。錢啊錢！「好像我們誰都沒賺什麼錢！」就是她掛在嘴邊的哀嘆。而在他們所有人中，戈登是唯一一個有機會賺錢的，而戈登選擇不去賺。他毫不反抗地和其他人沉入了同樣貧窮的深淵。第一次爭吵結束後，她太講究體面，不會再因他扔掉新阿爾比恩的工作而跟他「翻臉」了。但他的動機對她來說是非常沒有意義的。以她無言的女性的方式，她明白對錢的犯罪就是罪大惡極。

至於安吉拉姑姑和華特叔叔——噢天哪！這是怎樣的一對啊！他每次看他們一眼就覺得老了十歲。

例如華特叔叔。華特叔叔非常讓人沮喪。他六十七歲，靠著他的各類「機構」，守著他僅剩的一點遺產坐吃山空，他的收入可能每週接近三英鎊。他在柯西特街邊上有一個小小的房子當辦公室，而他自己住在荷蘭公園一家非常便宜的旅館裡。這是大有先例的，所有康斯托克家的男人都自然而然地漂泊在旅館裡。當你看著可憐的老大叔，還有他那顫巍巍的大肚子，他那支氣管炎的嗓音，他那寬大、蒼白、膽怯卻傲慢的臉龐，像極了薩金特[034]作的亨利・詹姆斯的畫像，那寸草不生的腦袋，那眼袋沉沉的雙眼，那永遠低垂的鬍子——他嘗試將它推成往上彎的樣子，卻徒勞無功。當你看著他的時候，你完全無法相信他什麼時候年輕過。難道你能想像一個這樣的傢伙血管裡曾有過生命的激盪？他爬過樹嗎，從跳臺上扎過猛子嗎，墜入過愛河嗎？他的腦筋有運轉的時候嗎？就算回到西元一八九〇年代早期，算起來他還年輕的時候，他可曾對生活發起過何種衝鋒？或許有幾次偷偷的心不在焉的尋歡作樂吧。在沉悶的酒吧裡喝過幾杯威士忌，去過一兩回帝國大道[035]，玩過幾個妓女，就是那種你可以想像得到的，博物館關門後，埃及木乃伊之間發生的骯髒而無趣的淫亂之夜。而那以後，就是在該死的寄宿公寓裡度過漫漫的平靜歲月，飽嘗生意失敗、寂寞和凝滯的滋味。

然而人到老年的叔叔大概並非不快樂。他有一個愛好吸引著他永不衰退的熱情，那就是他的病。按他自己的說法，他得過醫學字典裡所有的疾病，而且永遠不知疲倦地談論著它們。實際上，在戈登看來，似乎他叔叔所在的旅館裡——他偶爾去那裡——每一個人除了他們的病以外什麼也不談。垂垂老矣、面無血色的人們遍布整個黑漆漆的客廳，兩兩坐在一起，討論著病症。他們的談話就像鐘乳石和石筍間的滴滴答答。滴答，滴答。「你的腰痛怎麼樣啦？」鐘乳石對石筍說。「我看我的碳酸鈣讓我好點了。」石筍對鐘乳石說。滴答，滴答，滴答。

還有安吉拉姑姑，六十九歲了。戈登甚至常常不由自主地努力不讓

[034] 指美國畫家約翰・辛格・薩金特（John Singer Sargent），他是「當時的領軍肖像畫家」，曾為美國作家亨利・詹姆斯作肖像。

[035] 帝國大道：倫敦的帝國劇院曾經的一大特色，妓女們會定期在一片露天區域遊行，在西元一八九四年被取締。

自己想起安吉拉姑姑。

可憐、親切、好心、善良又令人沮喪的安吉拉姑姑啊！貧窮、委頓、面黃如紙、皮包骨頭的安吉拉姑姑啊！在她那位於海格特的可憐的半獨棟小房子裡，房子的名字叫荊棘坡（Briar brae）。在她那位於北方群山之間的宮殿裡，住著她，這位安吉拉，永遠的童貞女，既沒有和男人同居過，也沒有哪個活著的或入了土的男人能真正地說自己曾在陰影的掩護下為她的雙唇印上過情人親密的愛撫。她孤零零一個人住在一邊，一天到晚東轉西轉，手中拿著用倔強的火雞的尾羽製成的雞毛撣子，用這個擦拭葉片灰黑的葉蘭，拂拭華麗的從來不用的英國皇冠德貝瓷茶具。她還時不時地啜飲兩口黑色的紅茶，以撫慰她那嬌弱的心臟，既有「花橙」也有「白毫」，是科羅曼德[036]那幫小鬍子崽子跨越紅酒般深黑的大海運來給她的。可憐、親切、好心、善良，但整體而言並不可愛的安吉拉姑姑啊！她每年的養老金有九十八英鎊（每週三十八先令，但她還保持著中產階級的習慣，覺得自己的收入要按年而非每週多少來計算），而這裡面，每週有十二先令六便士花在了房費上。如果不是茱莉亞把自己的蛋糕、麵包、奶油從店裡偷運出來，她很有可能會時不時挨餓。當然，茱莉亞總是以「只是一點小東西，扔了可惜」的理由把它們拿出來，並莊重地假裝安吉拉姑姑其實並不需要它們。

但可憐的老姑姑，她也有自己的樂趣。公共圖書館距離荊棘坡只有十分鐘的步程，因而她晚年成了一名小說的熱衷讀者。結果，由於一九〇二年才開始讀小說，安吉拉姑姑總是比當下小說界的風潮要晚上好幾十年。但她仍在後面苦苦追趕，雖然力量微弱卻持之以恆。到了一九〇〇年代，她還在讀羅達·布勞頓（Rhoda Broughton）和艾倫·伍

[036] 柯洛曼德：紐西蘭的一個地區，曾以淘金和伐木業吸引了大量英國殖民者。

德（Ellen Wood）。在戰爭年月裡，她發現了霍爾．凱恩（Hall Caine）和瑪麗．奧古斯塔．沃德（Mary Augusta Ward）。一九一〇年代她在讀塞拉斯．霍金（Silas Hocking）和 H. 西頓．梅里曼（H. Seton Merriman），而到一九二〇年代時她就快要 —— 但還不算 —— 趕上讀 W.B. 馬克士威（W. B. Maxwell）和威廉．約翰．洛克（William J. Locke）了。她永遠也沒法再進一步了。至於戰後的小說家，她只遠遠地聽說過他們，知道他們道德淪喪，他們褻瀆神明，還有他們那傷風敗俗的「聰明」。但她有生之年是絕對讀不到他們的作品了。沃波爾（Walpole）我們知道，希琴斯（Hichens）我們也讀，但海明威，你是誰啊？好吧，這就是一九三四年的光景，這就是康斯托克家族僅剩的人物。華特叔叔，和他那些「機構」、那些疾病。安吉拉姑姑，在荊棘坡裡拂拭著英國皇冠德貝瓷茶具。夏洛特姑姑，仍然在精神病院裡靠著吃素苟延性命。茱莉亞，每週工作七十二小時，晚上就著開間裡小小的煤氣燈的火光做「縫紉」。戈登，年近三十，一邊做著一份愚蠢的工作，賺著一星期兩英鎊的薪水，一邊掙扎於一本將永遠再無任何進展的無聊的書，而這就是他唯一說得出口的人生目標。

可能康斯托克家還有些其他的遠親，因為康斯托克爺爺來自於一個有十二個孩子的家庭。但如果有誰還活著的話，那就是他們發達了，和窮親戚斷了來往，因為錢濃於血。至於戈登這一脈，他們五個人的收入加起來，除去夏洛特姑姑進精神病院時一次付清的那一大筆後，可能一年有六百英鎊。他們的年紀加起來有二百六十三歲。他們沒有一個人走出過英國，也沒打過仗、坐過牢、騎過馬、坐過飛機、結過婚、生過孩子。看起來他們沒有任何理由不會這樣繼續下去一直到死。一年，又一年，康斯托克家族裡什麼都沒發生。

屋漏偏逢連夜雨

狂風驟起摧肝膽，新禿白楊迎風折。

不過，實際上那天下午一絲風也沒有，幾乎和煦如春。戈登對自己吟誦他昨天開頭的那首詩，抑揚頓挫，語聲輕柔，單單只為了這聲韻中的樂趣。此時此刻他對這首詩很滿意。這是一首好詩 —— 反正完成以後會是一首好詩。他忘了昨天晚上它簡直叫他噁心。

密密匝匝的懸鈴木一動不動，掩映在繚繞的薄霧之中。電車從遠遠的下方小巷裡隆隆駛過。戈登沿著馬爾金山（Malkin Hill）往上走，穿過沒腳深的乾枯的落葉，擦出窸窣的聲響。落葉鋪滿了整個人行道，皺巴巴的，金燦燦的，猶如某種沙沙作響的美國早餐麥片，彷彿巨人國的女王把她的一整包特魯威早餐脆麥片順著山坡倒了下來似的。

真舒服啊，這無風的冬日！一整年裡最好的時光 —— 至少戈登此刻是這麼想的。戈登挺高興。一整天沒抽菸，全部家當只有一便士半和一個三便士的硬幣，能有這麼高興就很不錯了。今天是星期四，可以早關門，戈登下午休息。他要去保羅．多林家，保羅．多林是個評論家，住在柯勒律治園，在家舉辦文學茶話會。

他花了一個多小時來做準備。當你的收入為一星期兩英鎊的時候，社交生活就會非常麻煩。他吃完午飯馬上用冷水痛苦不堪地刮了下鬍子。他穿上了自己最好的一套衣服，這套衣服已經穿了三年了，但如果他能記著把褲子在床墊下面壓一壓，就還看得過去。他把自己的衣領翻了出來，並繫上領帶，這樣就看不出破的地方了。他用一根火柴棍在罐子裡刮了半天油，然後用油擦亮自己的鞋子。他甚至向洛倫海姆借了一根針，縫了襪子 —— 這是一項恐怖的工作，但總好過把露出腳踝的地方塗黑。他還弄了一個空的「金箔」香菸盒，把從自動售貨機上買來的唯一一根香菸放了進去。這只是為了看起來像那麼回事。你當然不能不帶菸就走到別人家去。但哪怕只有一根也是可以的，因為只要人們看到菸盒裡有一根菸，就會認為有一整盒，很容易就能假裝是意外而矇混過去。

「來根菸嗎？」你隨意地對某人說道。「哦，謝謝。」

你打開菸盒，然後流露出驚訝的神情。「該死！我只剩最後一根了。我還以為我鐵定有一整盒呢。」

「哦，我可不想奪走你的最後一根菸。來根我的吧。」對方說。

「哦，謝謝。」

而此後，當然會有主人家塞菸給你。但為了尊嚴的緣故，你必須有一根菸。

狂風驟起摧肝膽。他不久就會完成這首詩。他想任何時候完成都可以。奇怪，僅僅是要去參加一個文學茶話會就讓他如此興奮。當你的收入為一星期兩英鎊的時候，至少你不會對過多的人際交往感到疲倦。就連看看別人家的室內裝修也是一種享受。屁股下面有一張墊著墊子的扶手椅，還有茶啊菸啊女人的氣息啊 —— 當你對這些東西感到飢渴的時候，你就學會了欣賞它們。不過，實際上，多林的茶話會從來就沒有一點像戈登期盼的那樣。他事先想像的那些美妙、風趣、博學的談話從來沒發生過，也沒一點要發生的意思。實際上，就從來沒有過任何可以稱得上談話的東西；只有愚蠢的嘮嘮叨叨，哪裡的聚會都是這樣，在漢普斯特德 (Hampstead) 如此，在香港也一樣。從沒有哪個真正值得一見的人來過多林的聚會。多林自己就是頭不濟事的獅子，以至於他的跟隨者們幾乎連走狗都稱不上。他們中有好一半都是那些母雞腦子的中年女人，剛剛逃出基督教的五好家庭，正努力接受文學薰陶。明星見面會就是一群光鮮的毛頭小子來待上半個小時，圍在自己的小圈子裡，竊笑著談論另一些他們以綽號代稱的光鮮的毛頭小子。大部分時候，戈登都遊走在談話的邊緣。多林善良但有些馬虎，對每個人都介紹他是「戈登·康斯托克 —— 你知道的，那個詩人。他寫了那本超厲害的精采詩集，叫做《鼠》。你知道的。」但戈登還從沒遇見過一個真的知道的。那些光鮮的毛頭小子只看他一眼就算完事，並不理他。他三十多歲，老氣橫秋，顯然還身無分文。然而，儘管失望總是無可避免，他仍是多麼渴盼這些文學茶話會啊！不管怎麼說，這能讓他暫時擺脫寂寞。這就是貧窮的壞處，這反覆出現的東西 —— 寂寞。日復一日，從沒有個聰明人能說說話；夜復一夜，回到自己該死的房間裡，總是孤身一人。如果你家財萬貫、受人追捧，這或許聽起來挺有趣；但你若是不得已而為之，那又是多麼不同啊！

狂風驟起摧肝膽。車流輕而易舉地呼呼爬上山去。戈登嫉妒地盯著它們。到底誰會想要輛車呢？上流社會的女人們洋娃娃一般粉嫩的臉龐透過車窗注視著他。該死的傻不啦嘰的膝頭小狗，繫著鏈子打瞌睡的驕縱婊子。孤獨的狼也比諂媚的狗強。他想到清晨的地鐵站，黑壓壓的小上班族們一群群地衝向地下，就像螞蟻湧向巢穴一樣。一撥撥小小的螞蟻一樣的男人，個個都右手公事包左手報紙。對失業的恐懼如同蛆蟲一樣占據他們的心。它是如何地啃噬著他們啊，這隱祕的恐懼！尤其是在冬日，當狂風的威脅迴響在他們耳畔的時候。冬天，失業，濟貧院，大堤上的長椅！啊！

狂風驟起摧肝膽，新禿白楊迎風折。
濃煙低垂如黑緞，海報拍動聲瑟瑟。

電車轟隆馬蹄疾，陣陣寒音催人行。
職員向站忙奔襲，慄慄遠望東天頂。

各人心中同思量：

思量什麼呢？冬天來了。我的工作保得住嗎？失業了就意味著要去濟貧院。

割除汝之包皮 [037]，上帝說。舔老闆靴子上的黑鞋油。是的！

「握緊飯碗迎隆冬！」冰鋒刺骨悽悽惶，心頭思量惹愁容。

又是「思量」。不要緊。他們思量什麼呢？錢啊，錢！房租、費用、稅，孩子的學費、季票、靴子。還有養老保險政策和女僕的薪資。還有，我的上帝啊，要是妻子又懷孕了呢！還有昨天老闆講笑話的時候我笑得夠大聲嗎？還有吸塵器分期付款下次的還款。

他為自己的工整感到滿意，帶著一種將一片片拼圖放到位的感覺，工整地製出了另一個詩節：

房租水電加保險，氣煤靴子用人餉。
學費帳單分期錢，德拉格床要一雙。

不賴啊，一點不賴。一會就把它完成，再寫四五個詩節，拉弗斯通會刊登的。

一隻八哥坐在懸鈴木裸露的粗枝上，自憐地低聲啼鳴。在溫暖的冬

[037] 割禮：宗教儀式，男性割禮即切除全部或部分陰莖包皮。

日，八哥們以為嗅到了春天的氣息，就會這樣低鳴。一隻碩大的沙貓在樹根下一動不動地坐著，張著嘴，瞪著上面，流露出全神貫注的渴望，顯然是在盼著那隻八哥會掉到牠嘴裡來。戈登吟誦著他已經完成的四個詩節。這挺不錯。為什麼他昨晚會認為它機械、單薄、空洞呢？他是個詩人。他挺得更直了，甚至有些趾高氣昂的，帶著一個詩人的驕傲。戈登．康斯托克，《鼠》的作者。「擁有卓越的前景」，《泰晤士報文學增刊》如是說。也是〈倫敦拾趣〉的作者，因為這個很快就會完成。他現在知道了，只要他願意，他就能完成這首詩。他怎麼竟會對它感到絕望呢？可能要花三個月，到夏天出版就夠快的了。他的腦海中已經出現了〈倫敦拾趣〉「纖細」的白色硬裝外形了，那上好的紙張，那寬大的頁邊空白，那好看的卡斯隆（Caslon）字型，那精美的防塵書皮，還有那所有頂尖報紙上寫的評論。「一項傑出的成就。」——《泰晤士報文學增刊》，「一次大快人心的教條學院派的解放。」——《審讀》[038]。

柯勒律治園是一條潮溼陰暗而隱蔽的街道，是條死胡同，因此車流稀少。附庸風雅的文人騷客常常閒集於此，傳言說柯勒律治曾在一八二一年的夏天在那裡住過六個星期。看著那些朽壞的古董房子，遠離公路藏在陰溼的花園裡，掩映在濃密的樹蔭下，你會不由自主地感到一種過時的「文化」包圍著你。毫無疑問，有些房子裡，布朗寧知音會[039]仍在蓬勃發展，愛好文藝的女士們坐在知名詩人的腳邊，談論著斯溫伯恩（Algernon Swinburne）和華特．佩特（Walter Pater）。春天，花園裡散落著或黃或紫的番紅花，之後還有風信子，從貧瘠的青草叢中冒出來，猶如小小的風鈴。甚至連那些樹木，在戈登看來，也特意配合它

[038] 英國一九三二至一九五三年間的一本文學期刊。

[039] 白朗寧知音會：指羅伯特．白朗寧（英國詩人、劇作家）的愛好者自發組成的一個會社，定期集會討論白朗寧的作品。

們的環境，把自己扭成了拉克姆風格的怪異姿態。一個像保羅·多林這樣如日中天的評論家竟然會住在這種地方，真是怪事。因為多林是個糟糕得令人震驚的評論家。他為《星期日郵報》撰寫小說評論，每隔兩星期就能發現一本堪比沃波爾的偉大小說。你能指望他會住在海德公園角（Hyde Park Corner）的一家公寓裡嗎？或許這是他加在自己身上的一種苦修，好像住在高雅而不舒適的柯勒律治園，他就能安撫受傷的文學之神似的。

戈登走過轉角，同時在腦海裡把〈倫敦拾趣〉也轉了一行。然後他突然中途停了下來。多林家的大門看起來有點不對勁。哪裡不對呢？啊，當然！外面沒有停車。

他頓了頓，接著走了一兩步，然後又停了，就像一條嗅到了危險的狗。這大大地有問題。應該有些車的。總是有很多很多人來參加多林的聚會，且其中一半都會開車來。怎麼別人都還沒來呢？是他太早了嗎？但是不對啊！他們說了三點半，而現在至少三點四十了。

他匆匆走向大門。實際上他已經確定聚會確實推遲了。一陣寒意，猶如一片烏雲的陰影般，投到他身上。假設多林一家不在家呢！假設聚會推遲了呢！這個念頭儘管讓他絕望，他卻感到大有可能。這是他特別的心病，他特有的孩子氣的恐懼，揮之不去，那就是被請到別人家去做客，然後卻發現他們不在家。即使毫無疑問受了邀請，他也總是預備著會出現這樣那樣的岔子。他從來不敢肯定自己受人歡迎。他想當然地認為，人們會冷落他，忘卻他。到底為什麼不呢？他沒有錢。若你沒有錢，你的人生就是漫長的一系列冷落。

他推開了鐵門，它寂寞地嘎吱一響。潮溼的路上長滿了苔蘚，邊緣鋪著一些拉克姆風格的粉色石塊。戈登仔細地檢視著房子前門。他太習慣這種事情了。他已經練就了一種夏洛克·福爾摩斯的偵探技巧來判斷房子裡是否有人。啊！這下沒有多少疑問了。房子看起來挺冷清。煙囪裡沒有煙冒出來，窗戶上也沒有亮燈。室內一定比較黑了 —— 他們肯定要點燈吧？而且樓梯上一個腳印也沒有，這就下了定論。然而，他還是懷著一種迫切的希望拽了拽門鈴。當然是個老式的拉線門鈴。在柯勒律治園，裝電門鈴會被看成是低俗、沒文化。

「當，當，當！」鈴聲大作。

戈登最後的希望也破滅了。門鈴在空蕩蕩的屋子裡迴響，這空洞的叮噹聲錯不了！他再一次抓住把手，狠狠拉了一下，差點把線扯斷了。回應他的是一陣可怕的、刺耳的鈴聲。但這沒用，完全沒用，裡面一點腳步的響動也沒有，連僕人們都出去了。就在這時，他發現一頂花邊帽子、幾絲黑頭髮和一雙年輕的眼睛，正從隔壁房子的地下室裡偷偷看著他。是個女僕，來看看為什麼這麼吵。她捕捉到了他的目光，於是轉而看向不遠處。他知道自己看起來很傻。在一座空房子前面拉門鈴總是看起來很傻。然後他突然覺得那個女孩對他了如指掌 —— 了解聚會推遲了，也了解除了戈登以外人人都接到了此事的通知，了解這是因為他沒錢，不值得別人費事通知他。她知道。僕人們總是知道。

他轉身向大門走去。在那個僕人的注視下，他只能不以為意地慢慢走開，好像這只是讓他稍稍有點失望，這根本微不足道。但他的怒火讓他瑟瑟發抖，因而難以控制自己的動作。那些賤人！那些該死的賤人！竟然這麼耍他！邀請他來，然後改了日子，卻連跟他說一聲都懶得說！可能還有其他的解釋，他只是拒絕去想。那些賤人！那些該死的賤人！他的目光落在一個拉克姆風格的石塊上。他多麼想把這東西撿起來，砸到那窗戶裡面去！他用力地抓住門上鏽跡斑斑的鐵條，把自己的手都捏痛了，還差點拉壞了鐵條。生理的疼痛對他有好處，這能中和一下他心理的痛苦。這不僅是他被騙走了一個有人做伴的晚上，儘管這已經很過分。要緊的是那種無助的感覺，無足輕重的感覺，被冷落、被漠視的感覺 —— 他是個不值得掛懷的傢伙。他們改了日子，連說都懶得跟他說。告訴了所有人，就不告訴他。你沒錢的時候，別人就是這樣對待你！就是肆意地、冷血地侮辱你。實際上，多林很有可能是真的忘記了，並沒有惡意，甚至有可能他自己也搞錯了日子。但是不！他不肯去想這些。多林一家是故意這麼做的。他們當然是故意這麼做的！就是懶得告訴他，因為他沒有錢，所以就不重要。那些賤人！他迅速地走開了。他的胸中有一種尖銳的痛苦。人的接觸，人的聲音！但祈願又有什麼好處呢？他不得不一個人度過這個晚上，就和平時一樣。他的朋友那麼少，住得那麼遠。蘿絲瑪麗應該還在上班，而且她住在非常偏遠的地方，在西肯辛頓（West Kensington）的一家母恐龍守衛的女子宿舍。拉弗斯通住得近些，在攝政公園區（Regent's Park）。但拉弗斯通是個富人，有很多應酬，他在家的可能性總是很小。戈登甚至不能打個電話給他，因為打電話要兩便士，他沒有，他只有一便士半和一個三便士的硬幣。而且，既然沒錢，他又怎麼能去見拉弗斯通呢？拉弗斯通肯定會說「我們去酒吧」之類的！他不能讓拉弗斯通請他喝酒。他和拉弗斯通的友誼只能建立在他為自己買單的共識之上。

他拿出他唯一的一根菸，點燃了。快步行走時，抽菸並不能帶來任何樂趣給他，這只是個不管不顧的姿態。他沒太注意自己在往哪裡走，他只是想累壞自己，一直走一直走，直到愚蠢的身體上的疲憊淹沒多林一家的冷落。他大致在往南移動 —— 穿過康登鎮（Camden Town）的垃圾堆，沿著托登罕宮路（Tottenham Court Road）往下走，這時天已經黑了好一會了。他穿過牛津街（Oxford Street），透過柯芬園（Covent Garden），到了河岸街（Strand），然後從滑鐵盧橋（Waterloo Bridge）過河。夜色漸濃，寒氣襲人。他走著走著，怒氣漸漸消退了，但他的情緒無法從根本上好轉。有一個想法不斷侵擾著他 —— 一個他想遠遠避開，卻避之不及的想法。那就是關於他的詩的想法。他那空洞、呆傻、無用的詩！他怎麼竟會對它們抱有信心呢？想想，就在那麼短的時間之前，他還真的想像過連〈倫敦拾趣〉都能有一天大獲成功！現在，想到他的詩就叫他噁心，就像回憶起昨晚的頹廢一樣。他骨子裡清楚，他一無是處，他的詩也一無是處。〈倫敦拾趣〉永遠也完成不了。就算他活到一千歲，他也絕對寫不出一行值得一讀的詩句。帶著自我厭惡的情緒，他一遍又一遍地重複著他一直在創作的那四個詩節。天哪，都是些什麼廢話啊！韻腳押著韻腳 —— 叮噹，叮噹，叮噹！就跟一個空蕩蕩的餅乾罐一樣空洞。他一輩子就浪費在這種垃圾上面了。

他已經走了很長一段路了，可能有五到七英哩了。他的雙腳站在人行道上，發熱發腫。他在蘭貝斯區（Lambeth）的什麼地方，是一個貧民區，狹窄泥濘的街道在五十碼外就沒入了黑暗之中。周圍霧氣繚繞，零落的幾盞路燈如同孤星一般懸著，除了它們自己什麼也沒照亮。他餓得厲害。咖啡店水氣濛濛的窗戶和那粉筆寫就的標語 ——「一杯好茶，二便士。禁用茶缸。」—— 都在引誘他。但這沒用，他不能花他那個三便士的硬幣。他從幾個泛著回音的鐵路拱橋下走過，沿著小巷走上亨格福德橋（Hungerford bridge）。骯髒的水面上，在高樓廣告牌的輝光照耀下，東倫敦的垃圾，木塞、檸檬、木桶板子、一條死狗、幾片麵包，正嘩嘩沖向內陸。戈登沿著大堤走向西敏寺（Westminster）。大風颳得懸鈴木沙沙作響。狂風驟起摧肝膽。他抽搐一下，又是這句廢話！即使是現在，即使都十二月了，還有幾個可憐又邋遢的糟老頭子待在長凳上，把自己裹在報紙做的某種套子裡。戈登麻木地看著他們，他們管這叫流浪。他自己有一天也會淪落至此的。或許這樣還好些？他從不覺得真正的窮人有什麼可憐。那些穿得光鮮的窮人，那些中層中產階級，才需要可憐。

他走到特拉法加廣場（Trafalgar Square）。還有幾小時的時間要打發。國家美術館？當然早就關門了。肯定的，都七點十五了。還有四五個小時他才能睡覺。他繞著廣場走了七遍，走得很慢。四次順時針方向，三次逆時針方向。他雙腳痠痛，大多數長椅也都空著，但他不肯坐下。他只要停下來一瞬，對菸草的渴望就會來折磨他。查令十字街（Charing Cross Road）上的茶館都人聲鼎沸，猶如汽笛。有一次，一家萊昂斯茶館的玻璃門開了，噴出一陣熱烘烘的蛋糕香氣，這差點就打敗他了。畢竟，為什麼不進去呢？你可以在那裡坐上近一個鐘頭。一杯茶兩便士，兩個小麵包，每個一便士。算上那個三便士的硬幣，他有四便士半。但是不！那個該死的硬幣！收銀檯的女孩會笑話的。在豐富的想像中，他看見收銀檯的女孩一邊拿著他的三便士硬幣，一邊側頭對蛋糕櫃檯後的女孩咧嘴一笑。她們知道這是你最後的三便士。沒用。繼續走。別停下。

在霓虹燈慘淡的光芒下，人行道上熙熙攘攘。戈登在人流中穿梭著，一個矮小寒酸的身影，臉色蒼白，頭髮雜亂。人群從他身邊滑過，他躲著別人，別人躲著他。夜晚的倫敦有一種恐怖。這份寒冷，這份陌生，這份疏遠。七百萬人，來來往往，互不接觸，對彼此的存在幾乎毫無感知，就像水族箱裡的魚一樣。街頭擠滿了美女。她們大批大批地流過他身邊，要麼臉轉向一邊要麼對他視而不見，冷漠的美麗生靈，害怕男性的目光。她們中很多似乎都是獨自一人，或是和另一個女孩一起，真是奇怪。他注意到，獨自一人的女人遠遠超過和男人在一起的女人。這也是因為錢。與其跟著一個沒錢的男人，這世上有多少女孩寧願乾脆不要男人！

酒吧開門了，裡面流露出啤酒酸澀的氣息。人們如同涓涓細流，或單或雙地流入電影院。戈登在一個堂皇氣派的電影院外停了下來，在看門人疲憊的注視下，細細研究著那些照片。

《面紗》裡的葛麗泰．嘉寶（Greta Garbo）。他渴望進去，不是為了嘉寶，而僅僅是為了天鵝絨座位的那份溫暖和柔軟。當然，他討厭電影，就算出得起錢的時候也很少去看。為什麼要鼓勵這注定將取代文學的藝術？但是，它有一種遲鈍的吸引力。在溫暖的飄著煙氣香味的黑暗中，坐在柔軟的座位上，讓螢幕上明明滅滅的胡說八道慢慢淹沒你——感覺著它的陣陣愚蠢包圍你，直到你似乎在一片黏滯的海洋裡沉淪、中毒——畢竟，這正是我們需要的靈丹妙藥。適合孤家寡人的藥。當他走向皇宮劇院時，一個在門廊下尋覓客人的妓女注意到了他，她走上前來，擋住了他的去路。一個矮小壯實的義大利女孩，很年輕，長著大大的黑眼睛。她看起來挺可愛，而且挺開心，這可是妓女們少有的特質。有一瞬間他停下了自己的步伐，甚至允許自己與她的眼睛對視。她抬頭看著他，已經擺出架勢要讓厚厚的嘴唇露出一個微笑。為什麼不停下來和她說話呢？她看起來像是能理解他似的。但是不！沒有錢。他看向別處，閃到一旁，冷酷而迅速，這是一個男人因貧窮而造就的高尚。如果他停下來，然後卻讓她發現他沒有錢，她該多氣憤啊！他繼續往前走。就算說說話也是要錢的。

在托登罕宮路和康登路上走是折磨人的苦力活。他走得慢了，微微拖著步伐。他已經在人行道上走了十英哩了。更多女孩流過身邊，對他視而不見。獨自一人的女孩，和年輕人一起的女孩，和其他女孩一起的女孩，獨自一人的女孩。她們殘忍而年輕的眼睛越過他、穿透他，彷彿他不存在似的。他太累了，都沒力氣埋怨這個。他的雙肩屈服於疲憊，他佝身塌肩，不再努力保持他那挺立的姿勢和那「去你的」的架子。

「昔日尋我者，今日避我行。」[040] 你怎能責怪她們呢？他三十歲了，老氣橫秋，毫無魅力。為什麼該有哪個女孩願意再看他一眼呢？

他尋思著，一旦自己想吃東西了，就必須回家去 —— 因為維斯比奇大媽拒絕在九點鐘以後供應飯食。但想到他那寒冷的、沒個女人的臥室，就讓他噁心。爬樓梯，點煤氣，癱坐在桌子旁邊，還有幾個鐘頭要打發，卻無事可做，無書可讀，無菸可抽 —— 不，不能忍受。康登鎮上的酒吧滿滿的，人聲喧譁，儘管這才週四。三個女人，手臂紅紅的，和她們手裡的啤酒杯一樣矮胖胖的，正站在一家酒吧門外說著話。酒吧裡傳出粗礫的嗓音、香菸的煙霧、啤酒的香氣。戈登想到了克萊頓酒吧，弗萊克斯曼可能在那裡。為什麼不冒冒險？半杯苦啤酒，三便士半。算上那個三便士的硬幣，他有四便士半。畢竟，三便士的硬幣也是合法的貨幣嘛。

他已經口渴難耐了。讓自己想到啤酒是個錯誤。當他走向克萊頓酒吧時，他聽見有唱歌的聲音。那家堂皇氣派的酒吧似乎比平時更加燈火輝煌些。裡面在舉行一場什麼音樂會。二十個成熟的男性嗓音齊聲高唱：

「因 —— 為裡是個家裡走的傢伙，因為裡是個家裡走的傢伙，因 —— 為裡是個家裡走的 —— 傢 —— 伙。還嘰哩呱啦我們！」[041]

---

[040] 詩人湯瑪斯．懷亞特（西元一五〇三至一五四二年）著名詩作《他們躲著我》中的第一句：「They flee from me that sometime did me seek With naked foot, stalking in my chamber.」指曾經趨炎附勢巴結自己的人，現在卻一見自己就逃得飛快，說明世態炎涼。

[041] 模糊不清、沒意義的醉話。

至少，聽起來就是這樣。戈登走近了些，強烈的口渴刺痛了他。這些嗓音是如此遲鈍，透著無邊的酒氣。聽見這聲音眼前就自動浮現出一張張發達的水管工人的大紅臉龐。毫無疑問一定是他們在唱歌。他們在辦酒宴，紀念他們的主席、祕書、大素食者（Grand Herbivore），或者管他叫什麼吧。戈登在雅座酒吧外猶豫著。或許去大堂酒吧好些。大堂裡是酒桶裡打的散裝啤酒，雅座裡是瓶裝啤酒。他繞到酒吧的另一邊，嗆著啤酒味的聲音跟著他：

「喲嘰哩呱啦啊！還嘰哩呱啦啊！因 —— 為裡是個家裡走的傢伙，因為裡是個家裡走的傢伙 —— 」

有一瞬間他暈得厲害。但這是疲憊、飢餓還有口渴交織的結果。他可以想像那些水牛唱歌的房間有多舒適，熊熊的爐火，又大又亮的桌子，牆上掛著猛牛的照片。還能想像，當歌聲停頓時，二十張大紅臉龐埋到啤酒罐裡的樣子。他把手放進口袋裡確認那個三便士的小不點還在那裡。畢竟，為什麼不去？在酒吧大堂裡，誰會評頭論足？把這個三便士的硬幣拍到吧臺上，開玩笑似的遞過去。「本來想把那個攢著買聖誕布丁的呢 —— 哈哈！」哄堂大笑。他的舌頭似乎已經感到了散裝啤酒那金屬般的味道。

他用指尖摩挲著那個小小的硬幣，猶豫不決。水牛們又高唱起來：

「喲嘰哩呱啦啊！還嘰哩呱啦啊！因 —— 為裡是個家裡走的傢伙，因為裡是個家裡走的傢伙 —— 」

戈登走回雅座酒吧。窗戶上凝著霜花，並因內部的熱氣而霧濛濛的。然而，你可以透過一些裂縫看到裡面。他向裡窺視。是的，弗萊克斯曼在那裡。

雅座酒吧挺擁擠。從外面看和所有的房間一樣，顯得說不出的舒適。壁爐裡的火焰騰騰起舞，映照在黃銅痰盂上。戈登覺得自己簡直能透過玻璃聞到啤酒的氣味。弗萊克斯曼正撐在吧臺上，旁邊有兩個長著魚臉的夥伴，看起來像是比較上等的保險業務員。他一隻手肘頂著吧臺，一隻腳踏著欄杆，另一隻手上拿著一個盛著啤酒的玻璃杯，正和那個可人的金髮女服務生打情罵俏。她站在吧臺後面的一張椅子上，一面排列瓶裝啤酒，一面回頭俏皮地搭著話。你聽不見他們在說什麼，但你猜得出。弗萊克斯曼冒出幾句叫人難忘的俏皮話。兩個魚臉男人發出猥瑣的哈哈大笑。而那個金髮美人，對他低頭傻笑，半驚半喜，扭了扭她那漂亮的小屁股。

戈登的心難受不已。到裡面去，只要能到裡面去！待在溫暖和燈光之中，有啤酒有香菸，有人說說話，有女孩調調情！說到底，為什麼不去呢？你可以跟弗萊克斯曼借一先令，弗萊克斯曼會大大方方借給你的。他想像著弗萊克斯曼隨意的允許——「喂，喂，哥們！過得怎麼樣？啥？一先令？當然！拿倆吧。拿著，哥們！」——於是那個弗羅林幣就沿著灑滿啤酒的吧臺彈了過來。弗萊克斯曼是個不錯的人，以他的方式。戈登把手放在了迴轉門上。他甚至把它推開了幾英寸。香菸和啤酒溫暖的霧氣從裂縫裡溢了出來，一種熟悉的、讓人神清氣爽的氣味。然而當他聞到的時候，他的熱情消退了。不！不可能進去。他轉身走開了。他不能口袋裡只裝著四便士半就擠到那個雅座酒吧裡去。永遠不要讓別人請你喝酒！沒錢人的第一戒律。他離開了，沿著黑暗的人行道走下去了。

「因為裡是個家裡走的傢——伙——還嘰哩呱啦我們！喲嘰哩呱啦啊！」歌聲帶著一波波啤酒的微弱氣息，在他身後翻騰著，隨著距離拉遠而漸漸低了下去。戈登從口袋裡拿出那個三便士的小東西，把它拋進了黑暗之中。

他要走回家去，如果你能管這叫「走」的話。他充其量是在朝那個方向移動。他不想回家，但他不得不坐下來。他腿也痛壞了，腳也磨破了，而那個鄙陋的臥室就是全倫敦唯一一個他花錢買下了坐的權利的地方。他靜悄悄地溜進去，不過，照舊還是沒能靜到讓維斯比奇太太聽不見他的程度。她伸著腦袋繞過自己房門的角落，多事地瞥了他一眼。應該是九點剛過一點。如果讓她幫他弄頓飯的話，她可能會弄。但她會怨氣沖沖，並把這算做一個人情，而他寧願餓著肚子上床也不要面對這個。他開始上樓。他正走到第一段樓梯中間，突然從身後傳來兩聲敲門聲，把他嚇了一跳。郵差！也許蘿絲瑪麗來信了！信件口的活板被從外面頂了起來，然後，像蒼鷺反芻比目魚似的，一使力，把一大堆信件吐到了墊子上。戈登的心撲通一跳，有六七封信，這麼多信裡面肯定有一封是給他的！維斯比奇太太，像平常一樣，一聽見郵差的敲門聲，就衝出了她的巢穴。事實上，兩年來戈登一次都沒有成功地趕在維斯比奇太太染指之前拿到過一封信。她嫉妒地把信捧到自己胸前，然後，把它們一個個舉起來，瀏覽上面的地址。從她的神色看，你會覺得她是在懷疑每封信裡都裝著法院的文書、見不得人的情書或者墮胎藥的廣告。

「你有一封，康斯托克先生。」她酸溜溜地說著，把信遞給他。

他的心臟一抽，暫停了跳動。一個長條的信封，那就不是蘿絲瑪麗寫的。啊！地址是他自己的筆跡，那就是來自一家報紙的編輯。他目前有兩首詩「在外」，一首給《加利福尼亞評論》的，另一首給《報春花季報》的。但這不是美國的郵戳。而《報春花》收下他的詩至少過去六週了！上帝啊，還以為他們接受了呢！

他已經忘了蘿絲瑪麗的存在了。他道一聲「謝謝」，把那封信塞進自己的口袋裡，外表鎮靜地上樓去了，但他剛一脫離維斯比奇太太的視線，就立刻一步三級地往上蹦。他必須獨自拆那封信。他連房門都還沒走到，就開始摸索火柴盒，但他的手指抖得太厲害，以至於點煤氣的時候打落了壁爐架。他坐下來，從口袋裡拿出信，然後膽怯了。好一會，他無法鼓起勇氣拆開它。他把它舉到光下，感覺一下，想看看它有多厚。他的詩有兩頁紙。然後，他一邊大罵自己傻瓜，一邊撕開了信封。他自己的詩跌了出來，隨之出現的是一張平整的 —— 噢，多麼平整！ —— 印著字的仿羊皮紙條：

編輯倍感遺憾，無法刊用所附投稿。

紙條上裝飾著一片淒涼的月桂樹葉[042]的圖案。

戈登懷著無言的憤恨看著這東西。或許這世上再沒有像這樣無情的冷落了，因為沒有哪樣冷落是這般地不容分說、無可對答。突然間他討厭起自己的詩來，甚至猛地為它害臊起來。他感到這是有史以來最單薄最愚蠢的一首詩。他看也不看就把它撕成了碎片，丟進了廢紙簍裡。他將永遠把這首詩從自己的腦海裡清除出去。然而，那張拒稿條他卻還沒撕。他用手指摩挲著它，覺得它光滑得討厭。多麼精美的小東西，多麼漂亮的印刷。你一眼就能看出這是來自一家「好」雜誌社 —— 目中無人的上等雜誌，背後自有出版社的錢撐腰。錢啊，錢！金錢和文化！他做的是件傻事。妄想寄一首詩給《報春花》這樣的報紙！好像他們會接受他這種人的詩似的。光是看到那詩是手寫而非列印的，他們就能明白他是個怎樣的人了。他還不如去白金漢宮[043]遞張名片。他想到為《報春花》寫詩的那些人，一群多金的高雅人物組成的小圈子 —— 那些光鮮亮麗的

[042] 在古希臘，皮西安競技會（Pythian Games）的勝利者將會獲得月桂作為獎賞，象徵榮耀與勝利。後來，「桂冠詩人」成為對大詩人的重要褒獎，因此詩人喜愛月桂這一意象。

[043] 白金漢宮：英國皇室宮殿。

年輕動物，混著母親的乳汁吸吮金錢和文化的漿液。居然有試圖在那樣的花花世界裡一鳴驚人的想法！但他仍然要咒罵他們。那些賤人！那些該死的賤人！「編輯倍感遺憾！」幹嘛還把話說得那麼好聽？幹嘛不直截了當地說「我們不想要你這該死的詩。我們只要和我們是劍橋同學的詩。你這無產階級還是保持距離吧」？這些該死的、假惺惺的賤人！

最終他把那張拒稿條揉成一團，扔掉了，接著站了起來。最好趁自己還有力氣脫衣服的時候趕緊上床。床是唯一溫暖的地方。但是等等。要上發條，要定鬧鈴。他心如死灰地做完這個熟悉的動作後。他的目光落到了葉蘭身上。他在這間鄙陋的房間裡住了兩年了，在逝去的兩年時間裡一事無成。浪費掉的七百個日日夜夜，全都終結在孤寂的床上。冷落、失敗、侮辱，全都報不了仇。錢啊錢，都是錢！因為他沒有錢，多林一家冷落他；因為他沒有錢，《報春花》拒絕了他的詩；因為他沒有錢，蘿絲瑪麗不肯和他上床。社交上的失敗、藝術上的失敗、性愛上的失敗——它們全都一樣。缺錢就是這一切的根源。

他必須要對某個人或某樣東西作出反擊。他不能最後想著那張拒稿條去睡覺。他想到了蘿絲瑪麗。她到現在已經五天沒寫信了。如果她今晚來一封信，那麼就算是《報春花》季報的這個椎心之痛也不會有那麼厲害了。她口口聲聲說她愛他，卻不肯和他睡，甚至不肯寫信給他！她也和別人一樣。她鄙視他，遺忘他，就因為他沒有錢，所以就無關緊要。他要寫一封很長的信給她，告訴她被人忽視、侮辱是什麼感受，讓她看看她對他有多殘忍。

他找了一張乾淨的紙，在右上角寫下：

柳圃路三十一號，NW，十二月一日，晚上九點三十。

但寫完這點以後，他就發現自己無法再寫下去了。他萬念俱灰，就連寫封信都太過費力了。何況，這有什麼用呢？她永遠也不會明白。從來就沒有女人能明白。但他必須寫點什麼，寫點什麼傷害她的東西——這就是他此時此刻最想要的。他沉思了很久，最終，在紙的正中間寫下：

妳讓我心碎了。

沒有地址，沒有署名。看起來相當整潔，就只有這句話，在紙的正中間，是他那秀氣的「學者氣」的字跡。它本身幾乎就是一首小詩。這個想法稍稍讓他高興了些。

他把這封信塞進信封，出門在拐角處的郵局把它寄了出去，在自動售票機上買的一張一便士的郵票和一張半便士的郵票，花掉了他最後的一便士半。

拉弗斯通

「我們會在下個月的《反基督教》上刊登你的詩。」拉弗斯通在他二樓的窗戶上說道。

戈登站在窗下的人行道上，假裝已經忘了拉弗斯通所說的詩。當然，他心裡是記得的，他記得自己所有的詩。

「哪首詩？」他說。

「關於瀕死的妓女的那首。我們覺得它相當成功。」戈登發出一聲志得意滿的大笑，並成功將這笑聲化作娛人娛己的自嘲敷衍過去了。

「啊哈！一個瀕死的妓女！這確實可以說是我的一個題材。下次我寫一首關於葉蘭的給你。」

拉弗斯通漂亮的黑棕色頭髮勾勒出臉龐的輪廓。這張過於敏感、嫩如孩童的臉縮了縮，離窗戶遠了些。

「真是冷得受不了。」他說，「你最好上來，吃點東西什麼的。」

「不，你下來吧。我吃過晚飯了。我們去酒吧來點啤酒吧。」

「那好。等半分鐘，我穿個鞋。」

他們已經這樣談了幾分鐘了，戈登站在人行道上，拉弗斯通在上面靠著窗戶向外探著身子。戈登沒有透過敲門來宣告自己的到來，而是往窗玻璃上丟了一顆石子。只要能不去，他就絕不會踏足拉弗斯通的公寓內部。那間公寓的氣氛裡有種東西讓他難受，讓他覺得自己卑劣、骯髒、格格不入。它流露著鋪天蓋地的上流氣息，儘管是無意的。只有在大街上或者在酒吧裡，他才能覺得自己勉強算和拉弗斯通平起平坐了。拉弗斯通要是知道自己這間四室公寓，這間在他看來狹窄逼仄的小地方對戈登有著什麼樣的影響，他一定會震驚的。對拉弗斯通而言，住在攝政公園的荒郊野外裡簡直跟住在貧民窟裡沒什麼兩樣。他主動選擇了住在這裡，以求近朱者赤，就跟社交場上的勢利眼為了自己信紙上能有個「WI」的標誌，心甘情願住在梅費爾區[044]的馬廄裡完全一樣。他畢生追求脫離自己的階級，成為所謂的光榮的無產階級的一分子，這就是其中的一項舉措。像所有這類的追求一樣，這預先就注定了要失敗。從來沒有哪個富人能成功把自己偽裝成窮人，因為金錢，就像謀殺一樣，總是要露餡的。

在臨街的門上有一塊黃銅名牌上刻著：

P. W. H. 拉弗斯通

《反基督教》

拉弗斯通住在二樓，《反基督教》的編輯部辦公室在樓下。《反基督教》是一本中等偏上的月刊，有著極為強烈卻定位不清的社會主義傾向。整體上，它給人這樣一種印象：好像編輯是一位熱忱的非國教教徒，只是將對上帝的忠誠轉向了馬克思，並在這個過程中又和一幫自由體詩人打成了一片。這並非拉弗斯通真正的個性，只是他作為編輯過於心軟，結果只能聽憑投稿人擺布。基本上，只要拉弗斯通懷疑哪個作者快要餓死了，那麼他的任何東西都能在《反基督教》上發表。

拉弗斯通過一會就出現了，他沒戴帽子，套了一副長手套。你一眼就能看出來他是個富有的年輕人。他穿著多金知識分子的制服，一件老

[044] 梅費爾區（Mayfair）是倫敦的上流社區。

舊的花呢外套——但卻是一件由高級裁縫製作的、越老舊就越貴氣的外套——幾個十分寬鬆的灰色絨布口袋，一件灰色套衫，一雙破破爛爛的棕色鞋子。無論去哪裡，即使是時尚殿堂和上等餐廳，他都會特地穿上這些衣服，只是為了顯示他對上流社會陳規舊習的鄙夷。他沒有完全意識到，正是只有上流階層才能做這些事。雖然他比戈登大一歲，但他看起來卻還年輕些。他非常高，體型苗條，雙肩寬闊，有著上流社會年輕人那種典型的閒適和優雅。但他的動作和表情裡有一種奇怪的歉意。他似乎總在躲閃著，怕礙著別人似的。發表意見的時候，他會用左手食指指背揉揉鼻子。事實上，生活中的每時每刻他都在默默地為自己豐厚的收入感到抱歉。你只要提醒拉弗斯通他很富有，就能輕易讓他坐立難安，就跟你提醒戈登他很貧窮，讓他難堪一樣容易。

「你吃過晚飯了，我想？」拉弗斯通用他那極具布魯姆斯伯里氣質的聲音說。

「是啊，老早就吃過了。你沒吃嗎？」

「哦，吃了，當然。哦，吃了不少！」

此時是八點二十，而戈登從中午就沒進過食。拉弗斯通也沒有。戈登不知道拉弗斯通餓了，但拉弗斯通知道戈登餓了，而戈登也知道拉弗斯通知道這件事。然而，兩人都覺得應該假裝不餓。他們很少，或者從來沒有在一起吃過飯。戈登不肯讓拉弗斯通請自己吃飯，而他自己進不起餐廳，甚至連萊昂斯和 A.B.C 這樣的也去不了。這天是週一，他還剩五先令九便士。這或許足夠在酒吧裡喝幾杯啤酒，但不足以吃一頓像樣的飯。他和拉弗斯通見面時，總有一個心照不宣的約定，那就是除了在酒館消費的一先令左右外，他們不該做任何要花錢的事情。他們以這樣的方式維持著這個假像，假裝他們的收入並沒有天壤之別。

他們開始沿著人行道往下走，戈登悄悄貼近拉弗斯通。要不是當然不能做這種事，他就會挽住他的手臂。走在高挑秀氣的拉弗斯通身邊，他看起來脆弱、焦躁，而且寒酸得可憐。他喜歡拉弗斯通，在他面前總是惴惴不安。拉弗斯通不僅舉止富有魅力，而且有一種根源上的體面，一種對待生活的優雅態度，這是戈登在別的地方極少遇見的。毫無疑問，這和拉弗斯通富有的事實密不可分。因為金錢能買來所有的美德。金錢效力持久，與人為善，不弄虛作假，不曖昧不明，無非分之想。但在某些方面，拉弗斯通甚至不像個有錢人。那種伴隨財富而來的腦滿腸肥、腐化墮落，放過了他，或者說他透過自覺的努力逃脫了它的魔掌。他的整個人生實際就是在奮力逃脫這樣的墮落。正是為了這個原因，他放棄了自己的時間和大部分收入，來辦一份不受歡迎的社會主義月刊。而除了《反基督教》以外，在各個方面他都財源廣進。從詩人到街頭藝術家，一群乞丐都在一刻不停地指望著他。他自己一年靠八百英鎊左右為生。就算是這份收入也讓他萬分羞愧。他意識到，這不是真正的無產階級的收入，但是他從來沒學會怎麼靠更少的錢過日子。一年八百英鎊對他來說就是最低生活薪資了，就像一週兩英鎊對戈登一樣。

「你的工作怎麼樣了？」一會，拉弗斯通說。

「哦，老樣子。這是種平淡的工作。和老母雞們你一言我一語地聊聊休．沃波爾。我不反感這個。」

「我是說你自己的工作——你的寫作。〈倫敦拾趣〉進展還順利嗎？」

「噢，天哪！別提了。它快把我頭髮都愁白了。」

「一點進展也沒有嗎？」

「我的書沒有進展。它們都在退步。」

拉弗斯通嘆了口氣。作為《反基督教》的編輯，他慣於鼓勵垂頭喪氣的詩人們，這已經成了他的第二天性。他用不著別人告訴他，為什麼戈登「不能」寫作，為什麼如今的詩人們全都「不能」寫作，為什麼就算他們真的寫了，也是些乾巴巴的東西，就像一粒豌豆在一個大桶裡劈啪作響般空洞。他用同情而憂鬱的口氣說：

「當然，我承認這不是個有望寫詩的年代。」

「可不是嘛。」

戈登在人行道上跺了跺腳。他希望沒有提到〈倫敦拾趣〉。這讓他回想起自己那間鄙陋冰冷的臥室和葉蘭下面散落的髒亂的紙頁。他突然說：

「寫作這檔事啊，都是什麼玩意！坐在角落裡，折磨連反應都再也不反應的神經。這年頭還有誰想寫詩啊？相比之下，訓練跳蚤表演節目還更有用些。」

「不過，你不能任自己灰心。畢竟，你還是有些成果的，這可是現在很多詩人都比不上的呢。比如說，有《鼠》啊。」

「噢，《鼠》！想到它我就要吐。」

他滿懷厭惡地想起那本低劣的八開本小書。那四五十首單調、死板的小詩，每一首都像是貼著標籤的玻璃瓶裡的流產兒。「卓越的前景」，《泰晤士報文學增刊》這麼說來著。賣掉一百五十三本，其餘的都成了滯銷書。他做了個鄙視甚至是恐懼的動作，每個藝術家想到自己的作品時都有這樣的時候。「它死氣沉沉。」他說，「就跟瓶子裡早夭的胎兒一樣死氣沉沉。」

「哦，好吧，我想大部分書都是這樣的。這年頭你不能指望詩歌會大賣。競爭太大了。」

「我不是這個意思。我是說那些詩本身死氣沉沉。它們毫無生命力。我寫的每樣東西都像那樣。沒有生命、沒有血肉。不一定醜陋或者低俗，但是死氣沉沉 —— 就是死氣沉沉。」，「死氣沉沉」這個詞在他的腦海裡不住迴響，拓展出自己的一連串思緒鏈條。他補充說：「我的詩死氣沉沉是因為我死氣沉沉。你死氣沉沉。我們都死氣沉沉。死氣沉沉的世界中的死氣沉沉的人。」

拉弗斯通喃喃贊同，帶著一絲奇怪的愧疚。這下他們開始了他們最喜歡的話題 —— 反正是戈登最喜歡的話題：現代生活的虛無、混蛋、死氣。他們沒有哪次見面是不順著這話題說上至少半小時的。但這總是讓拉弗斯通感到非常不舒服。當然，從某種角度來說，他知道《反基督教》的存在正是要指出這一點 —— 腐化的資本主義下的生活是死氣沉沉、毫無意義的。但這個認知只是理論上的。當你一年收入八百英鎊的時候，不可能真的會有這種感受。大部分時候，當他不在想著煤礦工人、中國的低階工人、米德斯堡（Middlesbrough）的失業者的時候，他覺得生活是相當有趣的。而且，他有個天真的信念，認為過不了多久，社會主義就能匡正天下。在他看來，戈登似乎總在小題大做，所以他們之間存在著微妙的分歧，但拉弗斯通脾氣太好，不會把這個分歧挑明。

但對戈登而言卻不是這樣。戈登的收入是一星期兩英鎊。因此，對現代生活的憎恨，對親眼看到金錢文明在炸彈中灰飛煙滅的渴望，是一件他實實在在感覺到的事情。他們在沿著一條黑漆漆的整潔卻簡陋的居民街往南走，路邊有幾家拉著鐵捲門的商店。一棟房子白花花的圍牆上，「角桌食客」的大臉上掛著傻笑，在路燈下一片蒼白。戈登瞥見低層窗戶上有一株枯萎的葉蘭。倫敦！一幢幢簡陋孤獨的房子綿延幾英哩，還不算小公寓和單人間。沒有家，沒有社區，僅僅是一群群無意義的生命在一種懵懂的混沌中隨波逐流，漂向墳墓！他眼中的人都是行屍走肉。他只是在投射自己內心的痛苦，但這想法根本沒有困擾他。他的思緒回到星期三的下午，那個他渴望聽見敵人的飛機在倫敦上空嗡嗡亂轉的時候。他拉住拉弗斯通的手臂，停下來示意那張角桌食客的海報。

「看那裡那個該死的東西！看看它，就看看它！難道它不讓你想吐嗎？」

「美學上講它是很煩人，我保證。但我覺得這不大要緊。」

「這當然要緊 —— 在城裡貼著那樣的東西。」

「噢，嗯，這只是一個暫時的現象而已。資本主義的最後階段。我懷疑這是否值得擔憂。」

「但這其中的意義不止於此。看看那傢伙對我們咧嘴傻笑的樣子！你能看到我們的整個文明就寫在那裡。那種愚蠢、那種空洞、那種孤獨！看著這個你沒法不想到保險套和機關槍。你知道嗎，曾有一天我真的盼望會爆發戰爭？我當時在渴望戰爭 —— 幾乎是祈禱戰爭。」

「當然了，你看，問題是，歐洲一半的年輕人都在盼望同樣的事情。」

「讓我們希望確實如此吧。那麼或許就真會打起來了。」

「我的老弟啊，別！打過一次就夠了，肯定的。」

戈登繼續走著，有些焦躁。「我們如今過的這種生活！這不是生活，這是停滯，是半死不活。看看這所有該死的房子，和裡面那些毫無意義的人！有時我覺得我們都是屍體，只是在直挺挺地腐爛。」

「但你的問題所在 —— 難道你看不出來？ —— 是說得好像所有這一切是無可救藥的。這只是無產階級翻身之前必然發生的事情而已。」

「哦，社會主義！別跟我談社會主義。」

「你該讀讀馬克思，戈登，你真的應該。然後你就會明白這只是一個階段。不會永遠這麼下去的。」

「不會嗎？感覺它就像會永遠這麼下去呀。」

「不過是我們生不逢時而已。我們必須置之死地而後生，如果你明白我的意思的話。」

「我們已經死得透透的了。我沒看出來有多少後生的跡象。」

拉弗斯通揉揉鼻子。「噢，好吧，我想我們必須要有信心吧，還有希望。」

「你是說我們必須要有錢。」戈登陰沉地說。

「錢？」

「這是樂觀的代價。我敢說一週給我五英鎊，我就願意做個社會主義者。」

拉弗斯通看向一邊，有些不舒服。這金錢的勾當！走到哪裡你都躲不過它！戈登希望自己沒有說這話。當你和比自己富有的人在一起的時候，錢是絕對、千萬不能提的一件事。或者如果你提了，那就必須是抽象的金錢，是一個大寫的「錢」字，而不是實實在在的、在你口袋裡而不在我口袋裡的真金白銀。但這個該死的話題像個磁鐵一樣吸引著他。尤其灌了幾杯黃湯以後，他遲早要不可避免地談起一星期兩英鎊的生活有多混蛋，說些自怨自艾的細節。有時，純粹出於一陣神經質的衝動，故意想說錯話，他會冒出一些卑劣的坦白 —— 比如說，他已經兩天沒有菸抽啦，或者他的內衣破洞啦，他的外套當掉啦之類的。但他下定決心，這樣的事情今晚全都不應該發生。他們迅速從金錢的話題上轉開了，開始泛泛地談論起社會主義來。拉弗斯通已經努力了好幾年，要讓戈登皈依社會主義，結果卻連讓他對此感興趣都沒有做到。不一會，他們經過一家位於一條小巷拐角處的低檔酒吧。它周圍似乎圍繞著一片啤酒的酸澀氣息，這味道叫拉弗斯通反感。他本來要快步走開，但戈登停下了，他的鼻孔抽了抽。

「天哪！我可以來一杯。」他說。「我也可以。」拉弗斯通熱心地說。

戈登推開酒吧大堂的門，拉弗斯通跟上去。拉弗斯通勸自己說，他喜歡酒吧，尤其是下層酒吧。酒吧是真正屬於無產階級的。在酒吧裡，你可以平等地與工人階級交往 —— 反正理論上是這樣。但實際上，除非和戈登這樣的人一起外，拉弗斯通從來沒進過酒吧，而且他每次到那裡的時候都覺得自己像一條離了水的魚一樣。一股汙穢而寒冷的空氣包裹了他們。這是一間骯髒、低矮、煙霧繚繞的房間，地板上滿是木屑，擺著平整的牌桌，桌邊圍著好幾代酒鬼。一個角落裡坐著四個恐怖的女人，胸部鼓得跟瓜一樣大，一邊喝著黑啤酒，一邊怨氣騰騰地談論著一個叫克魯普太太的人。女掌櫃是個冷酷的高個子女人，披著黑色流蘇，看起來像是妓院的媽媽桑。她站在吧臺後面，交疊著兩隻有力的小臂，觀看四個工人和一個郵差進行飛鏢比賽。你不得不蹲身躲避飛鏢才能穿過房間。這時出現了短暫的靜默，人們都好奇地掃視著拉弗斯通。他顯然是位紳士。

他們可不常在這種大堂酒吧裡見到他這樣的人。

拉弗斯通假裝沒有注意到他們在盯著他。他慢慢走向吧臺，脫下手套，摸了摸他口袋裡的錢。「你要什麼？」他隨意地說。

但戈登已經擠到了前面，把一先令拍到吧臺上。總是為第一輪酒買單！這是他的榮譽觀。拉弗斯通走向唯一的一張空桌子。一個靠在吧臺上的工人撐著手肘轉了轉身，給了他一記悠長、無禮的眼神。「花——花——公——子！」他在想。戈登端著兩個裝著深黑色普通麥芽酒的品脫玻璃杯回來了。這是便宜的厚玻璃杯，幾乎跟果醬罐一樣厚，黑乎乎、油膩膩的。啤酒上正冒著一層薄薄的黃色泡沫。空氣中瀰漫著濃重刺鼻的菸草味。拉弗斯通瞥見吧臺邊放著一個裝得滿滿的痰盂，於是轉開了目光。他腦海裡閃過一個念頭，覺得這啤酒是從某個爬滿甲蟲的酒窖裡，透過一根幾公尺長的黏糊糊的管子抽上來的，而那些玻璃杯這輩子都沒洗過，只是在啤酒水裡涮了涮。戈登非常餓。他可以來點麵包和起司，但如果點餐的話，就暴露了他沒吃晚飯這個事實。他喝了一大口啤酒，點了一根菸，這讓他稍稍忘了自己的飢餓。拉弗斯通也吞下一小口左右，然後鄭重其事地放下了玻璃杯。這是典型的倫敦啤酒，令人作嘔，而且回味起來有一種化學品的味道。拉弗斯通想到了勃根地的葡萄酒。他們繼續爭論社會主義的事。

「你知道嗎，戈登，你真該開始讀馬克思了。」拉弗斯通說，不像平時那般滿臉歉意了，因為啤酒可怕的味道讓他著惱。

「我寧願讀漢弗萊·沃德夫人。」戈登說。

「但你難道看不出來，你這態度是沒有道理的。你總是在痛批資本主義，但你卻不願意接受唯一可能的替代品。採取龜縮政策是不可能撥亂反正的。要麼資本主義，要麼社會主義，總是要接受一個。沒有辦法逃脫。」

「我告訴你，我根本懶得管什麼社會主義。光是想到它我就要打哈欠。」

「但你究竟有什麼要反對社會主義的呢？」

「只有一件要反對，那就是沒人想要它。」

「哦，這話說得多荒唐啊！」

「這就是說，沒人能明白，社會主義實際上到底意味著什麼。」

「但依你看，社會主義到底意味著什麼呢？」

「哦！某種阿道斯．赫胥黎的《美麗新世界》，只是沒那麼搞笑。在一家模式化的工廠裡每天工作四小時，捆緊螺釘編號六〇〇三。小耳朵飯食堂裡用防油紙供應定量的食物。社會主義徒步旅行，從馬克思招待所走到列寧招待所，再走回來。每個轉角都有三家人流診所。當然，照它的話說全都滿好的。只是我們不想要它。」

拉弗斯通嘆了口氣。他每個月都要在《反基督教》上批判一次這個版本的社會主義。「好吧，那我們究竟想要什麼？」

「天知道。我們只知道我們不想要什麼。這就是我們當今的問題。我們左右為難，就跟布里丹之驢[045]一樣。只是有三個選項而非兩種，而這三個都讓我們想吐。社會主義只是其中之一。」

「那另外兩個是什麼？」

「哦，我想是自殺和天主教吧。」

拉弗斯通笑了笑，流露出一個反宗教者的震驚。「天主教！你把那也當作一個選項嗎？」

「嗯，它對知識分子來說有著持久的誘惑力呢，不是嗎？」

「我可不會稱之為知識分子。當然，雖然有個艾略特。」

[045] 十四世紀法國哲學家布里丹提出，一頭理性的驢子在左右兩堆完全一樣的草料前會因為無法抉擇而餓死。

拉弗斯通承認道。「那就還有很多很多，我打賭。我敢說在大教堂的羽翼之下相當愜意。當然，有點瘋狂 —— 但不管怎樣，你在那裡也會覺得安全的。」

拉弗斯通若有所思地揉揉鼻子。「在我看來，這似乎只是另一種形式的自殺而已。」

「某種意義上是。但社會主義也是一樣。至少它是一種無奈之舉。但我不能自殺，真正的自殺。那太懦弱太溫和了。我絕不會把我的一席之地拱手讓與他人。我要先把我的敵人了結幾個再說。」

拉弗斯通又笑了笑，「那誰是你的敵人呢？」

「哦，任何一年賺五百英鎊以上的人。」

出現了一陣不舒服的沉默。拉弗斯通的收入，在繳了所得稅後，大概有一年兩千英鎊。這就是戈登一直糾結的東西。為了掩飾這一刻的尷尬，拉弗斯通舉起玻璃杯，硬起頭皮面對那噁心的味道，吞下了約三分之二的啤酒 —— 怎麼說都足夠給人他已經喝完了的印象。

「乾了！」他說，帶著假意的熱情，「是時候讓我們喝掉另一半了。」

戈登把他的杯子喝空了，讓拉弗斯通拿了過去。他現在不介意讓拉弗斯通買酒了。他已經買了第一輪，榮譽感得到了滿足。拉弗斯通自覺地走向吧臺。他一站起來，人們就開始盯著他。那個工人仍然靠在吧臺上，啤酒罐碰也沒碰過。他靜靜地、無禮地凝視著他。拉弗斯通決心再也不喝這種骯髒的普通麥芽酒了。

「請來兩杯雙份威士忌，好嗎？」他不好意思地說。那位陰沉的女掌櫃一瞪。

「什麼？」她說。

「請來兩杯雙份威士忌。」

「這裡沒威士忌。我們不賣烈酒。我們是啤酒屋。」

那個工人在鬍子下若隱若現地微微一笑。「—— 無知的花花公子！」他在想，「在一家啤酒屋裡要威士忌。」拉弗斯通蒼白的臉上微微一紅。他直到這時才知道，有些窮酒吧辦不起烈酒執照。

「那就巴斯[046]吧，好嗎？兩瓶一品脫裝的巴斯啤酒。」

沒有一品脫裝的瓶子，他們只得要了四個半品脫裝的。這是一家非常窮的酒屋。戈登心滿意足地喝了一大口巴斯啤酒。這比散裝啤酒酒精含量高些，沿著他的喉管嘶嘶燒了過去。由於他肚裡空空，酒就有點上頭。他立刻覺得多了些哲思，也多了些自憐。他已經下定決心不要開始對貧窮滿腹牢騷，但現在他終究還是要開始了。他突兀地說：

「我們說的這都是些屁話。」

「什麼都是屁話？」

「所有關於社會主義啊資本主義啊現代世界的狀態啊還有天知道什麼的這些。我他媽的才不管現代世界的狀態。除了我自己和我在乎的人，就算全英國的人都要餓死了，我也不關心。」

「你這不是有點誇張了吧？」

「不。我們所談的這一切 —— 我們只是在投射我們自己的感受。這全都是由我們口袋裡的東西決定的。我上竄下跳地說倫敦是個死氣沉沉的城市，說我們的文明要死去了，說我希望爆發戰爭，還有天知道說了些什麼。而這全部的意義就是我的薪資是一星期兩英鎊而我希望它是五英鎊。」

---

[046] 巴斯是英國著名啤酒品牌。

這又一次拐彎抹角地提醒了拉弗斯通他的收入。他用左手食指緩緩地摸了摸鼻子。

「當然，我在一定程度上是支持你的。畢竟，這就是馬克思所說的。任何意識形態都是一種經濟狀況的反映。」

「啊，但你只是從馬克思的書來理解這一點！你不知道靠一星期兩英鎊艱難度日是什麼意思。這不是艱苦的問題 —— 再沒什麼能有艱苦那麼體面。而是那種該死的、卑劣的、骯髒的憋屈。接連幾個星期獨自生活，因為你沒有錢的時候就沒有朋友。自稱作家卻從來沒作出過什麼東西，因為你總是筋疲力盡無法寫作。你住在一種骯髒的地下世界。一種精神的下水道。」

他這下開始了。每次他們在一起待久了，戈登一定會開始說這些惡言惡語。這是最卑鄙的行為。這讓拉弗斯通萬分尷尬。然而戈登不知怎的就是忍不住。他必須要對某人傾訴自己的煩惱，而拉弗斯通就是唯一理解的人。貧窮，和其他所有骯髒的傷口一樣，必須要偶爾暴露出來。他開始談論自己在柳圃路上生活的噁心細節。他大談汙水和高麗菜的氣味、餐廳裡結著塊的調料瓶、噁心的食物、葉蘭。他描述了自己偷偷摸摸泡茶，並把泡過的茶葉扔進廁所的把戲。拉弗斯通愧疚又可憐地坐著，盯著自己的玻璃杯，雙手慢慢晃動著它。他能感到，貼著自己右邊胸口的地方有一個方形的東西在指責他，那是一個小筆記本，據他所知，裡面有八張一英鎊的紙幣和兩個十先令的紙幣，就躺在自己厚厚的綠色支票簿旁邊。這些貧窮的細節是多麼可怕啊！倒不是說戈登描述的真算什麼貧窮。這頂多是貧窮的邊緣。但真正的窮人又怎樣？米德斯堡那些七個人擠一間房、一星期二十五先令的失業者又怎樣？當還有人在那樣生活的時候，你怎敢口袋裡揣著好幾英鎊的鈔票和支票簿逍遙自在？

「真該死。」他無力地喃喃了幾遍。他在心裡想著 —— 這是他無可改變的反應 —— 如果提出借給他十英鎊的話，不知道戈登願不願接受。

他們又喝了一杯，又是拉弗斯通付的錢。然後他們出門上了街，差不多到分手的時候了。戈登每次和拉弗斯通在一起最多一兩個小時。和富人的交往，就像造訪高原一樣，永遠必須簡短。這是一個無月無星的夜晚，只有一陣滏漉漉的風在吹。夜晚的空氣、啤酒和水濛濛的燈光讓戈登獲得了一種淒涼的清醒。他認為對一個富人，即使是像拉弗斯通這樣正派的有錢人，解釋貧窮真正的殘酷之處也是不可能的。也正因如此，解釋這一點就更加重要。

「你讀過喬叟的《律師的故事》[047] 嗎？」

「《律師的故事》？我印象中沒有。是講什麼的？」

「我忘了。我想到了開頭的六節，他討論貧窮的那部分。它是怎麼讓每個人都有權利踐踏你，讓每個人都想踐踏你的！它讓人們討厭你，知道你沒有錢。他們侮辱你，只是因為侮辱你好玩，知道你無法回擊。」

拉弗斯通感到痛心。「哦，不，肯定不是的！人們沒那麼壞。」

「啊，那是你不知道發生了什麼事。」

戈登不想聽人說什麼「人們沒那麼壞」。他懷著一種痛苦的歡樂，牢牢抓著這個想法不放，認定因為自己窮，所以每個人必定都想來侮辱他。這和他的人生哲學相輔相成。突然，他不能自已地談起過去兩天裡腦海中一直折磨著他的那件事 —— 他週四的時候從多林一家那裡受到的冷落。他不知羞恥地把整件事都和盤托出。拉弗斯通很驚訝。他不明白戈登這麼小題大做是為了什麼。為了錯過一個可怕的文學茶話會而失

[047] 指喬叟名作《坎特伯里故事集》中第五個故事，律師所說的故事。

望，在他看來這簡直荒唐。就算你給錢請他去，他也不會去參加文學茶話會的。和所有富人一樣，他對人類社會避之不及的時候要遠多於尋求與人交往的時候。他打斷戈登道：

「你知道嗎，你真的不該這麼容易生氣。畢竟，那樣的事情無關緊要。」

「不是這件事本身有什麼要緊，而是它背後的精神。是怎麼僅僅因為你沒錢，他們就自然而然地冷落你的。」

「但這很有可能是個誤會什麼的。為什麼該有誰冷落你呢？」

「『你若為窮人，兄弟生嫌惡。』[048]」戈登執拗地引用道。拉弗斯通就算對死人的觀點也很恭敬，於是揉了揉鼻子。

「喬叟這麼說的？那我恐怕不敢苟同喬叟的意見。人們不嫌惡你，說不上。」

「他們有。而且他們嫌惡得對。你就是討人嫌。就像李施德林（Listerine）口香片的廣告說的一樣。『他為何總是孤身一人？口臭毀了他的事業。』貧窮就是精神上的口臭。」

拉弗斯通嘆了口氣。毫無疑問戈登是在無理取鬧。他們繼續邊走邊爭論，戈登情緒激動，拉弗斯通不以為然。在這樣的爭論中，拉弗斯通面對戈登是無能為力的。他覺得戈登誇大其詞了，可是他從來不想反駁他。他怎能反駁呢？他富有，戈登貧窮。你怎能和一個真正貧窮的人爭論貧窮？

「還有你沒錢的時候，女人們都是怎麼對你的！」戈登接著說，「這就是這可惡的金錢勾當的另一個問題——女人！」

---

[048] 為《律師的故事》中的詩句。

拉弗斯通相當沮喪地點點頭。這在他聽來比戈登之前一直說的要有道理些。他想到了赫邁妮·斯萊特（Hermoione Slater），他自己的女朋友。他們已經戀愛兩年了，但總是懶得結婚。那樣「太麻煩了」，赫邁妮總是說。當然，她挺有錢，或者說她的家裡人有錢。他想到她的雙肩，寬闊、光滑、青春逼人，從她的衣服裡露出來時如同人魚出海；還有她的皮膚和秀髮，透著莫名的溫暖和慵懶，如同陽光下的麥田。一提起社會主義，赫邁妮總要打哈欠，甚至連讀讀《反基督教》也不肯。「別跟我說那些下層人民。」她常常說，「我討厭他們。他們發臭。」而拉弗斯通深深地愛著她。

「當然，女人確實麻煩。」他承認道。

「她們不只是麻煩，她們是該死的詛咒。我是說如果你沒有錢的話。如果你沒有錢，她們看到你都覺得討厭。」

「我想這樣說有些過分了。事情沒有那麼殘酷。」

戈登不聽。「既然女人是這個樣子，那談論什麼社會主義啊什麼其他主義啊，都是胡扯！女人想要的從來就只有錢。有錢為她自己、兩個孩子、德拉格傢俱和葉蘭買一棟房子。她們能想像的唯一的罪惡就是不想賺錢。從沒有女人用除了收入以外的東西來衡量一個男人。當然，她對自己不會這樣說。她說他真是個好男人——意思是他有很多錢。而如果你沒有很多錢，你就不好。在某種意義上，你丟人，你有罪，你對葉蘭犯了罪。」

「你老在說葉蘭。」拉弗斯通說。

「這是個至關重要的題材。」戈登說。拉弗斯通揉揉鼻子，不舒服地看向一旁。

「你看，戈登，你不介意我問問吧 —— 你有女朋友嗎？」

「噢，天哪！別說起她！」

然而，他說起蘿絲瑪麗來了。拉弗斯通從沒見過蘿絲瑪麗。這一刻戈登連蘿絲瑪麗長什麼樣都記不得了。他記不得他是多麼喜歡她，她又是如何喜歡他，記不得在他們僅有的幾次見面中，他們在一起時總是多麼開心，記不得她是多麼耐心地忍受著他幾乎叫人忍無可忍的種種。他什麼都不記得，除了她不肯和他睡覺，還有她到現在有一個星期沒寫信了。在夜晚的潮氣中，肚子裡裝著啤酒，他覺得自己是個被遺棄被無視的傢伙。蘿絲瑪麗對他「很殘忍」—— 這就是他對此事的看法。僅僅為了折磨自己也讓拉弗斯通不舒服，這讓他感到一種變態的快感，他開始創造一個假想中的蘿絲瑪麗的形象。他把蘿絲瑪麗塑造成一個麻木不仁的傢伙：她既覺得他可笑，卻又有些鄙視他；她玩弄他，與他保持著一條手臂的距離，而只要他再更有錢一點點，她就會投懷送抱。而拉弗斯通從沒見過蘿絲瑪麗，並非全然不信他的說辭。他插話道：

「但是我說，戈登，你看。這個女孩，沃特 —— 沃特洛（Waterlow）小姐，你是說她的名字叫這個嗎？—— 蘿絲瑪麗；她到底是不是真的喜歡你呢？」

戈登的良心扎了他一下，儘管並沒扎得很深。他不能說蘿絲瑪麗不喜歡他。

「哦，是的，她確實喜歡我。我敢說她非常喜歡我，以她自己的方式。但還不夠，你看不出來嗎？我沒有錢，她就沒法足夠愛我。都是錢。」

「但錢肯定沒有那麼重要吧？畢竟，還有其他東西。」

「什麼其他東西？你看不出來一個男人的全部人格都是和他的收入連結的嗎？他的人格就是他的收入。你沒有錢的時候怎麼能吸引女孩？你穿不起體面的衣服，你不能帶她去吃飯看戲，週末也不能帶她去度假，你不能隨身散發出愉快有趣的氣息。如果要說這種東西無關緊要，那是胡扯。這確實要緊。如果你沒有錢，你們連個見面的地方都沒有。蘿絲瑪麗和我每次見面不是在大街上就是在畫廊裡。她住在某個骯髒的女子宿舍裡，而我那個賤人女房東不肯讓女人進房子。在可怕的溼漉漉的大街上東遊西逛 —— 蘿絲瑪麗就是把我跟這些東西連繫起來。你難道看不出來這會怎樣讓一切浪漫煙消雲散？」

拉弗斯通很難過。連帶自己女朋友出門的錢都沒有，這一定糟糕透了。他努力讓自己鼓起勇氣說點什麼，但失敗了。帶著愧疚，也帶著慾望，他想到了赫邁妮的身體，像一顆成熟溫暖的水果一般赤裸的身體。運氣好的話，她今天晚上會來他公寓裡。很可能她現在正等著他呢。他想到米德斯堡的失業者。性飢渴在失業者中氾濫成災。他們走到公寓附近了。他抬頭望向窗戶。是的，窗戶裡燈亮了。赫邁妮一定在那裡呢。她自己有一把彈簧鎖的鑰匙。

當他們走進公寓的時候，戈登向拉弗斯通貼近了一些。夜晚將盡，他必須和自己喜愛的拉弗斯通分開，回到自己汙穢寂寞的臥室裡去了。而所有的夜晚都是這樣結束的，穿過漆黑的街道，回到寂寞的房間，沒有女人的空床。而拉弗斯通會說「上來吧，來嗎？」而戈登會堅定地說：「不。」永遠不要和你愛的人一起待得太久 —— 沒錢人的另一戒律。

他們在臺階底下停下來。拉弗斯通將一隻戴著手套的手放到扶手上的一個鐵箭頭上。

「上來吧，來嗎？」他說著，毫無說服力。「不了，謝謝。是時候我該回去了。」

拉弗斯通的手指握緊了那個箭頭。他繃起身體，似乎要往上走了，卻沒有走。他越過戈登的頭頂看向遠處，扭捏地說：

「我說，戈登，你看。我說句話，你不會生氣吧？」

「什麼？」

「我是說，你知道。我討厭你和你女朋友那樣子。不能帶她出來約會，等等一切。這種事情太糟糕了。」

「其實沒什麼的。」

一聽到拉弗斯通說這太「糟糕」，他就知道自己誇大其詞了。他希望自己之前沒有說那麼愚蠢的自傷自憐的話。人們會不由自主地說些這樣的事情，事後又會後悔。

「我敢說我誇張了。」戈登說。

「我是說，戈登，你看。我借給你十英鎊吧。請那女孩出來吃幾次飯。或者週末出去玩之類的。可能這會大有不同。我討厭想到 ——」

戈登苦澀地、近乎凶狠地皺起眉頭。他後退一步，似乎要避開一個威脅，或一項侮辱。可怕的是，說「好」的誘惑幾乎征服了他。那十英鎊可以做多少事情啊！他的頭腦中閃過自己和蘿絲瑪麗在餐廳桌旁的景象 —— 一盤葡萄和桃子，一位鞠躬不迭、殷勤招待的侍者，一瓶放在柳條筐裡的布滿灰塵的深色葡萄酒。

「絕不！」他說。

「我真的希望你願意接受。我告訴你我願意借給你。」

「謝謝。但我寧願留住我的朋友。」

「這話說得不是太 —— 呃，太資產階級了嗎？」

「你覺得我要是從你那裡拿了十英鎊，那是借嗎？我十年也還不回來。」

「哦，好吧！這也沒有多麼要緊。」拉弗斯通看向一邊。

終究還是得說出來 —— 他發現自己常常莫名其妙地要被迫做出這可恥的、討厭的坦白！「你知道，我有很多很多錢。」

「我知道你有。這正是我不肯向你借的原因。」

「你知道嗎，戈登，有時候你就是有點 —— 呃，死腦筋。」

「我敢說確實如此。我無能為力。」

「哦，好吧！那就晚安。」

「晚安。」

十分鐘後，拉弗斯通和赫邁妮一起乘計程車向南駛去。她之前一直在等他，坐在臥室的火爐前一張巨大無比的扶手椅上，睡著了，或者快要睡著了。不管何時，只要沒有什麼特別的事可做，赫邁妮總會很快睡著，就像動物一樣，而她越睡就越健康。當他走向她的時候，她醒了，伸了一個撩人的、慵懶的懶腰，半是對他微笑，半是打哈欠。在火光的映襯下，一邊臉頰和裸露的手臂呈現出玫瑰色。不一會，她控制住哈欠，對他打招呼：

「哈囉，菲力浦！你這半天都去哪裡了？我等得花都謝了。」

「哦，我和一個朋友出去了。戈登·康斯托克。我想妳應該不認識他。那個詩人。」

「詩人！他跟你借了多少錢？」

「沒有。他不是那種人。事實上，他對於錢傻得很。但在他自己那方面，他非常有天賦。」

「你和你那些詩人啊！你看起來累了，菲力浦。你什麼時候吃的晚飯？」

「呃 —— 實際上，沒吃晚飯。」

「沒吃晚飯！為什麼？」

「哦，好吧，妳看 —— 我不知道妳會不會明白。是一種意外，是這樣的。」

他解釋了一下。赫邁妮放聲大笑，身子挺起來一些。「菲力浦！你真是個傻瓜老混蛋！忍著不吃飯，就為了不傷害那個小畜生的感情！你必須馬上吃點東西。當然你的下人回家去了。你為什麼不養一些真正的僕人呢，菲力浦？我不喜歡你過的這種低三下四的日子。我們出去到莫迪利亞尼吃個晚飯。」

「但是已經十點多了。他們關門了。」

「胡說！他們一直開到兩點。我打電話叫計程車。我不會讓你餓死自己的。」

在計程車上，她靠在他身上，仍然昏昏欲睡，她的頭枕在他的胸口上。他想到米德斯堡那些七個人擠一間房、一星期二十五先令的失業者。但女孩的身體重重地壓在他身上，而米德斯堡相當遙遠。而且他餓得不像話。他想到了自己在莫迪利亞尼最喜歡的那張角桌，想到那家廉價酒吧和它的硬長凳，陳舊的啤酒臭味，還有黃銅痰盂。赫邁妮在睡意矇矓地對他說教。

「菲力浦，你為什麼一定要過這樣糟糕的生活呢？」

「但我沒過糟糕的生活啊。」

「不，你在過。你明明不窮，卻要裝窮，住在那個逼仄的公寓裡，不用僕人，還和所有這些可怕的人來往。」

「什麼可怕的人？」

「哦，就像你這個詩人朋友這樣的人。所有那些為你的報紙寫稿的人。他們這樣做只是為了從你這裡揩油。當然我知道你是個社會主義者，我也是。我是說這年頭我們都是社會主義者。但我不明白為什麼你要把自己的錢拱手送人，和那些下層階級交朋友。你可以既當社會主義者也過好日子啊，我的意思就是這樣。」

「赫邁妮，親愛的，請不要稱他們為下層階級！」

「為什麼不？他們就是下層階級啊，不是嗎？」

「這是個非常討厭的說法。稱他們為工人階級吧，不行嗎？」

「那就工人階級吧，要是你喜歡的話。但他們照樣發臭。」

「妳不該說這種話。」他無力地抗議。

「你知道嗎，菲力浦，有時候我覺得你喜歡那些下層階級。」

「我當然喜歡他們。」

「多噁心啊。多麼荒唐地噁心啊。」

她安靜了，心滿意足地不再爭吵。她的雙臂環抱著他，如同一個沉睡的女妖。她吐納著女人的芬芳，這是一種反對所有利他主義、所有公平正義的強而有力的無言動員。在莫迪利亞尼餐廳門外，他們付清了計程車費，正要向門口走去，突然從他們前方的鋪路石裡，彷彿一下子冒出來一個瘦長的男人。他擋住了他們的去路，像是一隻乞憐的牲畜，懷著迫切的渴望，然而又萬分膽怯，好像害怕拉弗斯通會打他似的。他把臉湊到拉弗斯通面前，那是一張可怕的臉，泛著魚肚白，濃密的鬍鬚一直蔓延到眼睛處。從顆顆蛀牙間吐出幾個字：「一杯茶，先生！」拉弗斯通噁心地一閃身躲開他。他的手不由自主地移向自己的口袋。但就在同一瞬間，赫邁妮抓住他的手臂，把他拉向了餐廳裡面。

「如果我不管你，你會把自己身上的每一分錢全都給他的。」她說。

他們走到角落裡他們最喜歡的那張桌子旁。赫邁妮把玩著幾個葡萄。但拉弗斯通非常餓。他點了自己一直在想的烤牛排，還有半瓶薄酒萊紅葡萄酒。那位胖胖的、白髮蒼蒼的義大利侍者，是拉弗斯通的老朋友。他端來了還在冒煙的牛排。拉弗斯通切開牛排，這鮮嫩的肉真可愛啊！在米德斯堡，失業者們擠在發臭的床上，肚子裡裝著麵包、人造奶油和沒加奶的茶水。他安安穩穩地坐在這裡吃牛排，就跟偷了一條羊腿的狗一樣可恥地興高采烈。

戈登快步向家走去。天很冷。十二月五日 —— 現在真是冬天了。割除汝之包皮，上帝說。潮溼的夜風惡狠狠地颳過赤裸的樹木。狂風驟起摧肝膽。他週三開了頭，現在完成了六節的那首詩，回到了他的腦海中。這一刻他並不討厭它。和拉弗斯通說說話總能振奮他，真是奇怪。似乎僅僅是和拉弗斯通接觸就能莫名地讓他安心。即使他們的談話令人不快，他也會在離開時感到自己終究不是那麼失敗。他用半大的聲音吟誦著那六個完成的詩節。它們不賴，一點不賴。

但他在腦海裡斷斷續續地回想著他對拉弗斯通說過的話。他對自己說過的一切念念不忘。貧窮的屈辱！這就是他們不能理解也不願理解的事情。不是艱苦 —— 一星期兩英鎊你不會吃苦，就算吃了也不要

緊 —— 但就是屈辱，那種可怕的、該死的屈辱。它讓每個人都有權利踐踏你。每個人都想踐踏你。拉弗斯通不相信，他太善良了，這就是原因。他認為你可以窮，但仍然能被當成一個人來對待。但戈登更明白。他一邊走向房子，一邊對自己重複，他更明白。

大廳的托盤上有封信在等著他。他的心撲通一下。最近所有的信都能讓他興奮。他一步三級地上了樓，把自己關進屋裡，點燃了煤氣燈。信是多林寫的。

親愛的康斯托克 —— 你週六沒來真是太遺憾了。有些人我想讓你見一見呢。我們確實告訴過你這次是週六而不是週四，不是嗎？我妻子說她肯定告訴過你。不管怎樣，我們二十三日將舉行另一場聚會，算是聖誕前的聚會吧，大概在同樣的時間。那時你會來嗎？這次不要忘了日期哦。

愛你的

保羅・多林

戈登的肋骨下傳來一陣痛苦的震顫。多林是在假裝這全是個誤會 —— 假裝沒有侮辱過他！誠然，實際上他週六不可能去那裡，因為週六他必須去店裡上班。但是，重要的是這份好意。

當他重讀到「有些人我想讓你見一見」這幾個字的時候，他的心痛苦不已。看看他這該死的運氣！他想到自己可能見到的那些人 —— 例如，高級雜誌的編輯們。他們可能會給他一些書請他評論，或者約他寫詩，或者天知道什麼事。有一剎那他感到強烈的誘惑，要相信多林說的是真的了。或許說到底他們真的告訴過他是週六而不是週四。或許如果他搜尋一下自己的記憶還能記起來這事 —— 甚至可能發現那封信本身就躺在那堆紙裡。但是不！他不肯去想它。他壓抑住了那陣誘惑。多林一家就是故意侮辱他的。他窮，所以他們侮辱了他。如果你窮，人們就會侮辱你。這就是他的信條。要堅信這一點！

他走到桌邊，把多林的信撕得粉碎。葉蘭聳立在花盆中，呈現呆滯的綠色，它無精打采，可憐兮兮的，盡顯病態的醜陋。當他坐下時，他把它拉到面前，若有所思地看著它。他和葉蘭之間有一種用憎惡結成的親密。「我還是會打敗你的，你這混——」他對著灰塵撲撲的葉片低語道。

然後他在紙堆裡翻找一通，終於找著了一張乾淨的，拿出筆來，用他那小巧、工整的字型，在紙的正中間寫下：

親愛的多林——關於來信：去你 xx 的。

你真誠的

戈登・康斯托克

他把它塞進信封，寫下地址，然後馬上出門從自動售票機上買了郵票。今晚就把它寄出去：這些東西早上再看就變樣了。他把它丟進郵筒。看來又有一個朋友上西天了。

蘿絲瑪麗

女人這事啊！真是太煩人！我們不能快刀斬亂麻地解決，真是太遺憾了，或者至少像動物那樣 —— 幾分鐘乾柴烈火的情慾釋放，然後就過幾個月冰冷的禁慾生活。就拿公雞來說吧。他不說什麼「敬請原諒」也沒說什麼「勞駕啊您」，就跳到了母雞背上。而一完事後，這整樁事情就被他拋到了九霄雲外。他甚至再也不會注意他的母雞了，他無視她們，或者僅僅在她們過於靠近他的食物時啄她們。也不會有人苛求他供養自己的子孫後代。幸運的雞啊！萬物之靈長又是多麼的不同，總是在自己的記憶和自己的良心之間徘徊不決。

今晚戈登甚至沒有假裝做什麼工作。他吃完晚飯馬上就出去了。他一面慢慢向南走去，一面想著女人。這是一個溫和多霧的夜晚，更像秋天而不是冬天。今天是週二，他還剩四先令四便士。他如果願意的話，可以去克萊頓酒吧。毫無疑問，弗萊克斯曼和他的朋友們已經在那裡縱酒狂歡了。但是，克萊頓酒吧在他沒錢的時候看似天堂，而在他有能力去那裡的時候，卻顯得無聊又噁心了。他討厭那個酸臭的、處處有啤酒液的地方，還有那景象、聲音、氣味，所有喧鬧而無禮的男人們。那裡沒有女人，只有那個女服務生，掛著淫蕩的笑容，似乎許諾了一切，又似乎什麼諾也沒許。

女人啊女人！霧氣懸在空中一動不動，將二十碼外的一個個行人化為了鬼影。但在路燈柱下小小的一汪燈影中，能瞥見幾個女孩的臉龐。他想到了蘿絲瑪麗，想到了普遍意義上的女人，然後又想到了蘿絲瑪麗。

整個下午他都在想她。他是懷著一種怨憤想著她那小巧、強健的身體的。他至今未見過那身體赤裸的樣子。我們身體裡充滿著椎心蝕骨的慾望，卻又禁止得到滿足，這是多麼該死的不公平！為什麼一個人僅僅因為沒錢就要被剝奪這個權利？這看起來是如此自然，如此必須，是人類如此不可被剝奪的權利。當他沿著漆黑的街道行走，穿過寒冷而凝滯的空氣時，他的胸中油然生出一種奇怪的充滿希望的感覺。他有些相信在前方黑暗中的某處，一個女人的身體正等著他。但他也知道，沒有女人在等，甚至蘿絲瑪麗也沒有。她甚至已經八天沒寫信給他了。這個小畜生！整整八天沒寫信！而她已經知道自己的信對他有多大意義了！多麼明顯，她已經不再喜歡他了，他的貧窮、他的寒酸，他不厭其煩地糾纏著要她說愛他，這些都只是讓她噁心！很有可能她再也不會寫信了。她厭煩了他 —— 厭煩他，因為他沒錢。你還能指望什麼呢？他無法掌控她。沒有錢，因此就沒有掌控權。男人使盡渾身解數，除了錢，又還能用什麼來維繫一個女人呢？

一個女孩獨自沿著人行道走了過來。他在路燈柱下的燈光裡與她擦身而過。一個工人階級的女孩，可能有十八歲，沒戴帽子，一張臉如野玫瑰般嬌豔。當她發現他在看自己時，迅速地轉開了腦袋。她害怕遭遇他的目光。她穿著一件單薄的絲質雨衣，腰上繫著腰帶，她年輕的肢體在雨衣下顯得柔軟而苗條。他差點要轉身尾隨她。但這有什麼用？她會跑掉或者報警。時間的魔法，讓我金絲轉銀髮[049]，他想。他三十歲，滿面滄桑。還有哪個值得擁有的女人願意再看他一眼？

女人這事啊！或許你結了婚會有不同的感受？但他很久之前就發誓

[049] 此為化用喬治．皮爾（George Peele，西元一五五六？至一五九六年）的詩句：His golden locks Time hath to silver turned.

反對婚姻了。婚姻只是財神為你設下的一個陷阱。你咬了誘餌，跌入陷阱，然後就被拴上了某個「好」工作的腳鐐，直到他們用馬車把你運到肯薩爾綠野公墓裡去。那是什麼樣的人生啊！在葉蘭的影子下進行守禮合法的性交。推著嬰兒車，還要鬼鬼祟祟地偷情。東窗事發後，妻子用威士忌雕花玻璃瓶把你打個頭破血流。

然而他認為，從某種意義上來說，結婚是必須的。如果婚姻算糟糕，那麼替代選項則更加惡劣。有一刻他希望自己是結了婚的，他渴望它的困難、真實和痛苦。而且不論順境逆境，不論貧窮富有，婚姻必定是牢不可破的，直到死亡將你們分開。古老的基督教理性用偷情來調解婚姻。如果你非得偷情，那就偷吧，但不管怎樣還是要講點臉面，所以稱之為偷情。別搞什麼美國式的靈魂伴侶那一套鬼話。你玩你的，然後偷偷摸摸地回家，如果從你的鬍鬚上滴下了禁果的汁水，那就承擔後果。任威士忌雕花玻璃瓶把你打個頭破血流，任由喋喋不休的嘮叨、燒糊的飯菜、孩子的啼哭、岳母婆婆戰場上的電閃雷鳴降臨。或許那樣比可怕的自由還更好些？至少，那樣你會知道自己是真真正正地活著的。

但話說回來，一星期兩英鎊你怎麼能結婚呢？錢啊錢，總是錢！關鍵問題是，婚姻之外，不可能存在和女人維繫的正當關係。他在腦海中回溯自己十年的成人生活。一張張女人的面孔流過他的記憶。有過大概十來個女人，或者說是蕩婦。就像一具屍體靠近另一具屍體[050]。而且就算不是蕩婦，也仍然骯髒，總是骯髒的。一切總是開始於一種冷血的任性胡來，而又終結於某種卑鄙、麻木的拋棄。這也是因為錢。沒有錢，你和女人交往起來就不能直截了當。因為你沒有錢，你就無法挑三揀四，只能接受你弄得到手的女人。然後，你就不得不擺脫她們。專一，和其他所有的

[050] 原文為法文，化用波特萊爾《惡之花》中詩句：Comme au long d'un cadavre un cadavre étendu.

美德一樣，也是要花錢來買的。何況僅僅是他反抗金錢法則，不肯在一個「好」工作的牢獄裡安頓下來這一事實 —— 一件沒有哪個女人能理解的事情 —— 就已經在他和女人的所有交往中造成了一種無常和欺騙的性質。放棄金錢，那他也該放棄女人。要麼替財神當牛做馬，要麼就不要女人 —— 只有這兩個選擇。而這兩個都是一樣的天方夜譚。

從近前方的小街裡，一束白色的燈光劃破迷霧，傳來了街頭小販的叫賣聲。這是盧頓路 (Luton Road)，每星期有兩個晚上會辦跳蚤市場。戈登轉向左方，進了市場。他常常來這條路。這裡人山人海，你只能在一個個攤位間露出的扔滿菜葉的小道上艱難地擠出一條路來。攤位上的東西在懸吊燈泡的照射下，放射出豔麗的色彩 —— 砍下的深紅色肉塊，一堆堆橘子、花椰菜和白色菜花，僵硬呆滯的兔子，在搪瓷水槽裡打著轉的活鰻魚。拔了毛的雞鴨一排排地掛著，挺著赤裸的胸部，就像赤裸的衛兵在閱兵遊行。戈登的精神恢復了些。他喜歡這份噪音，這份忙亂，這份活力。無論何時，只要看到街頭市場，你就知道英國還有希望。但即使在這裡他也感覺到了自己的孤獨。到處都有女孩們三五成群地聚在一起，滿臉渴望地徘徊在一個個廉價內衣的攤位邊，和跟在她們身後的年輕人聊天閒談、放聲大笑。誰都沒空看戈登一眼。他走在他們中間，像個隱形人一樣，只是當他經過時，他們的身體會避之不及。啊，看那裡！他不由自主地停下了。有個攤位上，三個女孩正俯身看著一堆絲綢刺繡內衣，神情專注，她們的臉緊緊湊在一起 —— 三張年輕的臉龐，在刺眼的燈光下猶如花一樣，臉貼著臉，圍成一簇，如同美洲石竹或夾竹桃上的一叢花朵。他心動了。當然，沒有人看他！一個女孩抬頭一看。啊！她像是受了冒犯的樣子，慌忙又轉開了目光。一陣不易察覺的紅潮像潑墨水彩一樣漫上了她的臉龐。他眼中那直勾勾的、色瞇瞇的精光嚇著她了。昔日尋我者，今日避我行！他接著走。如果蘿絲瑪麗在這裡就好了！他現在原諒她不寫信給自己了。他可以原諒她任何事，只要她在這裡就好。他知道她對自己有多麼大的意義，因為她是所有女人中唯一一個願意將自己從寂寞的羞辱中解救出來的。

這時他抬頭一看，看見了一樣讓他的心撲通直跳的東西。他趕忙調整自己雙眼的焦點。有一刻他以為這是自己想像出來的。但是不對！那就是蘿絲瑪麗。

她正穿過一個個攤位沿著小巷走來，就在二三十碼外。就好像他的慾望將她召喚出來了一般。她還沒看到他。她走向他，一個小巧斯文的身影，敏捷地在擁擠的人群和腳下的泥濘間穿梭而過。她戴著一頂黑色的平頂帽，就像哈羅公學的男生們戴的那種草帽，帽子幾乎藏住了她的臉，也蓋住了她的眼睛。他開始向她走去，並叫著她的名字。

「蘿絲瑪麗！嗨，蘿絲瑪麗！」

一個在攤位上抓鱈魚，圍著藍色圍裙的男人轉身瞪了他一眼。由於人聲嘈雜，蘿絲瑪麗沒有聽見他的聲音。他又叫了一聲。

「蘿絲瑪麗！我說，蘿絲瑪麗！」

他們這時只有幾碼遠了。她嚇了一跳，抬起頭來。「戈登！你在這裡做什麼？」

「妳在這裡做什麼？」

「我來看你的。」

「但妳怎麼知道我在這裡呢？」

「我不知道。我總是走這條路。我從康登鎮地鐵裡出來。」

蘿絲瑪麗有時會到柳圃路來看戈登。維斯比奇太太會酸溜溜地告訴他「有個年輕女人來見你」，然後他就會下樓來，他們去街上走一走。蘿絲瑪麗從來不能上樓，甚至走進大廳都不行。這是這房子的一個規定。看維斯比奇太太說到「年輕女人」時的口氣，你還以為她們是傳播鼠疫的老鼠呢。戈登抓著蘿絲瑪麗的上臂，作勢要把她拉到自己懷裡。

「蘿絲瑪麗！噢，再次見到妳真是太開心了！我真是寂寞得不行了。妳之前怎麼不來呢？」

她甩開他的手，往後退出他的接觸範圍，從自己斜斜的帽簷下給了他一記表示憤怒的白眼。

「放開我，馬上！我對你非常生氣。你寄了那封殘酷的信給我以後，我真的差點就不來了。」

「什麼殘酷的信？」

「你清楚得很。」

「不，我不清楚。哦，好吧，讓我們從這裡出去吧。找個我們能說話的地方，這邊走。」

他拉起她的手臂，她再次甩開了他，但繼續走在他身邊。她的步伐比他要快要小，在他身邊走的時候，顯得像是一個極為小巧、敏捷、青春的東西，就像他養了個什麼活潑的小動物似的，比如一隻松鼠，在他身邊一蹦一跳的。事實上，她並不比戈登的個子矮多少，也只比戈登年輕了幾個月而已。但沒有人會把蘿絲瑪麗說成是年近三十的老處女，儘管事實上她是。她是個強健敏捷的女孩，頭髮又黑又直，一張三角形的小臉上生著濃濃的雙眉。這是一張那種人們在十六世紀的畫像裡見到的，小巧生動、稜角分明的臉。你第一次看到她摘帽子的時候會嚇你一跳，因為在她的頭頂上，有三根白髮在漆黑秀髮的映襯下猶如銀絲一般閃閃發光。她從來懶得拔白頭髮，這就是蘿絲瑪麗的典型做派。她仍然覺得自己是個風華正茂的女孩，所有其他人也都如此認為。但細看之下，你就會發現，時光的痕跡在她臉上已經十分明顯。

有蘿絲瑪麗在身邊，戈登走得更有底氣了。他為她驕傲。人們在看她，因此也會看他。他對女人們來說不再是隱形人了。一如平時，蘿絲瑪麗穿得相當好看。她怎能靠一星期四英鎊做到這點，實在是個謎。他尤其喜歡她戴的那頂帽子 —— 是那種當時風靡一時的平頂帽，模仿了教士的鏟形寬邊帽。它本質上有一種輕佻的意味。它向前方翹起的弧度，以某種難以名狀的方式和蘿絲瑪麗的背影構成了一種撩人的和諧。

「我喜歡妳的帽子。」他說。

她的嘴角情不自禁地閃過一抹微笑。「它確實挺漂亮。」她說著用手輕輕拍了拍帽子。

但她還在假裝生氣。她小心翼翼地不讓他碰到自己的身體。他們一走到攤位盡頭，上了主路，她就停下腳步，陰沉地面對著他。

「你寫那樣的信給我是什麼意思？」她說。

「什麼樣的信？」

「說我讓你心碎了。」

「妳確實是的。」

「看起來是這樣，不是嗎？」

「我不知道。感覺上肯定是這樣。」

這話是用半開玩笑的口氣說的，卻讓她更加仔細地看著他 —— 看著他那蒼白灰敗的臉龐，他未經修剪的頭髮，他整個邋裡邋遢、不修邊幅的樣子。她立刻心軟了，但她蹙起了眉頭。為什麼他不肯照顧好自己呢？這就是她腦子裡的想法。他們靠得更近了。他摟住了她的雙肩。她讓他這樣做了，並且用自己小巧的雙臂環住他的身體，用力地抱緊了他，半是深情，半是氣惱。

「戈登，你真是個悲慘的人！」她說。

「我為什麼是個悲慘的人？」

「你怎麼就不能好好地照顧自己呢？你成了個完美的稻草人了。看看你穿的這些可怕的舊衣服。」

「它們適合我的窘況。靠著一星期兩英鎊，哪能穿得體面呢，妳懂的。」

「但總用不著搞得像個破布袋子一樣跑來跑去吧？看看你外套上的這鈕扣，都裂成兩半了！」

她摸了摸那個裂開的鈕扣，然後突然把他那條褪色的沃爾沃斯牌領帶舉到一邊。她以某種女性的辦法，推知了他的襯衫上沒有鈕扣。

「果然，又這樣！一個釦子都沒有。你太差勁了，戈登！」

「我跟妳說吧，我沒法為這種事操心。我的靈魂超越鈕扣。」

「但為什麼不把它們給我，讓我來為你把它們縫上呢？還有，噢，戈登！你今天甚至沒刮鬍子。你真是邋遢得徹徹底底。你至少花點心思每天早上刮刮鬍子吧。」

「每天早上都刮，我可刮不起。」他倔強地說。

「你這是什麼意思，戈登？刮鬍子又不要錢，要嗎？」

「是的，要。樣樣都要錢。乾淨、體面、精力、自尊——樣樣都要。全都是錢。我不是已經跟妳說過千萬次了嗎？」她又捏了捏他的肋

骨 —— 她強壯得叫人吃驚 —— 並對他皺起眉頭，審視他的臉龐，如同一個媽媽看著一個調皮卻又讓自己莫名喜愛的孩子那樣。

「我好傻啊！」她說。

「怎麼傻？」

「因為我這麼喜歡你。」

「妳喜歡我嗎？」

「我當然喜歡。你知道我喜歡。我愛慕你。我真是傻。」

「那就到黑暗的地方來。我想吻你。」

「想想被一個連鬍子都沒刮的男人吻是什麼樣子！」

「呃，那對你來說是個全新的體驗嘛。」

「不，不是，戈登。認識你兩年了，不是了。」

「噢，好吧，反正來吧。」

他們在房屋背後找到了一條近乎黑暗的小巷。他們所有的親熱都是在這樣的地方進行的。他們唯一能有點隱私的地方就是在大街上。他把她的肩膀按在粗礫而潮溼的磚牆上。她積極地抬起自己的臉龐面對著他，以一種渴望的熱情緊抓著他，就像個孩子。然而，自始至終，儘管他們身體緊貼著身體，卻仍然像是有一面盾牌阻隔在他們中間。她像個孩子一樣親吻他，因為她知道他期待被吻。總是這樣，只有在極少數時刻他才能喚醒她體內生理慾望的苗頭，而就連這樣她似乎後來也會忘記，於是他總是不得不從頭再來。總感覺她那小巧、體形優美的身體有一種防備的意味。她渴望了解生理性愛的意義，但她也害怕它。這會摧毀她的青春，摧毀她那青春的無性世界 —— 她選擇生活其中的世界。

他把自己的嘴和她的分開，好跟她說話。

「妳愛我嗎？」他說。

「當然，傻傻地愛著。你為什麼總是問我這個？」

「我喜歡聽你說愛我。不知怎麼地，不聽你親口說出來，我總覺得不能確定你的心意。」

「但為什麼呢？」

「哦，呃，你可能改變主意了。畢竟，我算不上是少女所期望的那種夢中情人。我三十歲了，而且這年紀就老氣橫秋了。」

「別這麼荒唐，戈登！聽你這麼說話，誰都以為你一百歲了呢。你知道我和你年紀一樣。」

「是的，但沒有老氣橫秋。」

她用自己的臉頰蹭著他的臉，感受著他幾天沒刮的鬍鬚的粗糙觸感。他們的腹部緊貼在一起。他想到了自己一直想要她卻從沒得到過她的這兩年時光。他幾乎雙唇貼在她耳畔，喃喃說道：

「妳到底會不會跟我睡？」

「會，總有一天我會的。但不是現在。總有一天。」

「老是『總有一天』。『總有一天』說到現在都有兩年了。」

「我知道。但我沒辦法。」

他把她按在牆上，扯掉了那頂可笑的平頂帽，把自己的臉埋進她的秀髮中。靠她這麼近，卻全無意義，這實在是折磨人。他將一隻手伸到她的頷下，抬起她小巧的臉龐面對自己，努力在伸手不見五指的黑暗中分辨她的五官。

「說，妳願意，蘿絲瑪麗。求求妳！說！」

「我知道我以後會的。」

「是的，但不是以後 —— 現在。我不是說此時此刻，但是要快。等我們有機會的時候。說，妳願意！」

「我不能。我沒法保證。」

「說『好』，蘿絲瑪麗。拜託妳說吧！」

「不。」

他一面仍然輕撫著她看不見的臉龐，一面吟誦道：

「Veuillez le dire donc selon. Que vous estes benigne et doulche, Car ce doulx mot n'est pas si long. Qu'il vous face mal en la bouche.」[051]

「這是什麼意思？」

他翻譯了一遍。

「我做不到，戈登。我就是做不到。」

「說『好』，蘿絲瑪麗，求求妳。說『好』肯定和說『不』一樣容易。」

「不，不是的，這對你來說是夠容易。你是個男人。對女人來說這是不一樣的。」

「說『好』，蘿絲瑪麗！『好』 —— 這個字多容易。來吧，現在，說吧。『好！』」

「誰都會以為你是在教鸚鵡說話呢，戈登。」

「噢，該死的！別拿這事開玩笑。」

---

[051] 原文為法文，是維永的詩句，大意為：請你說吧，以你的善良和柔情，因為你嘴邊難以吐露的話語，不過是個短暫的言詞。

爭吵沒有多少作用。一會，他們出來到了街道上，繼續往南走。蘿絲瑪麗那迅捷俐落的動作，屬於一個知道如何照顧自己，卻主要把生活當成玩笑的女人，從這樣的動作和整體的氣質中，你可以大致猜出她的出身教養和她的心態背景。她是一個食不果腹的大家庭裡最小的孩子，家人們仍然散落在中產階級之中。她家總共有十四個孩子，父親是一位鄉村律師。蘿絲瑪麗的姐姐們有的結婚了，有的是學校老師或在經營打字局[052]；哥哥們有的在加拿大務農，有的在錫蘭的茶園，或在印度軍隊某些籍籍無名的部隊裡。像所有經過了豐富的少女時代的女人一樣，蘿絲瑪麗想一直做個少女。這就是為什麼她在性上面如此不成熟。她將一個大家庭裡宣揚的無性氛圍保留到了之後的人生中。她也將公平競爭和寬容[053]的理念吸收到了骨子裡。她寬宏大量，根本不會被精神欺凌。她熱愛戈登，幾乎容忍了他的一切。在她與戈登相識的這兩年裡，她一次也沒有為他不去嘗試過一份體面的生活而責怪他，以此就能衡量，她寬容到什麼程度了。

戈登對這一切都心知肚明。但這時候他想著別的事情。在路燈柱周圍蒼白的光圈中，在蘿絲瑪麗嬌小、瘦削的身影旁，他覺得自己粗魯、寒酸、骯髒。他真希望自己今天早上刮過鬍子。他偷偷把手伸進口袋，摸了摸他的錢，有些害怕 —— 這是他揮之不去的恐懼 —— 自己可能掉了一枚硬幣。但是，他能感覺到一個圓形物體的磨花邊，這是他現在最主要的一枚硬幣。還剩四先令四便士，他尋思著他不可能帶她去吃晚餐。他們得像平時一樣，沿著街道沉悶地走來走去，或者頂多去萊昂斯喝杯咖啡。該死！沒錢的時候你怎麼能玩得開心？他若有所思地說：

[052] 指代人手打各類材料，按字數收費的公司。
[053] Live and let live，指與人為善，寬容與自己不同的生活方式。

「當然全都要歸到錢上來。」

這話說得莫名其妙。她抬頭驚詫地看著他。

「你是什麼意思，全都要歸到錢上來？」

「我是說我的生活裡一切都出了問題的這副樣子。總是錢錢錢，錢就是一切的根源。而尤其是妳我之間。這就是為什麼妳並不真的愛我。我們之間有一層金錢的隔膜。每次我吻妳的時候我都能感覺到它。」

「錢！這和錢有什麼關係，戈登？」

「錢和一切都有關係。如果我更有錢，妳就會更愛我。」

「我當然不會！我為什麼要那樣？」

「妳不由自主。難道妳看不出來，如果我更有錢，我就更值得愛嗎？現在看著我！看看我的臉，看看我穿的這些衣服，看看關於我的其他一切。你認為我如果一年有兩千英鎊會像這樣嗎？我要是更有錢，就會是一個不一樣的人。」

「如果你是一個不一樣的人，我應該就不愛你了。」

「這也是胡說。但這樣來看吧。如果我們結婚了，妳會和我睡覺嗎？」

「你這問的什麼問題！我當然會。要不然，結婚有什麼意義呢？」

「那好，假設我收入可觀，生活幸福，妳會嫁給我嗎？」

「說這個有什麼好處，戈登？你知道我們結不起婚。」

「是的，但假如我們可以。妳會嗎？」

「我不知道。是的，我會，我敢說。」

「那不就對了！這就是我說的——錢！」

「不，戈登，不！這不公平！你是在曲解我的意思。」

「不，我沒有。妳心底也有這金錢的勾當，每個女人都有。妳現在希望我有個好工作了，不是嗎？

「不是像你所說的那樣。我希望你能賺更多錢 —— 是的。」

「而且妳認為我應該留在新阿爾比恩，不是嗎？妳想讓我現在就回去，為 QT 醬料和特魯威早餐脆麥片寫廣告語，是不是？」

「不，我不是。我從沒這麼說過。」

「可妳是這麼想的。任何女人都會這麼想。」

他也知道他完全是在無理取鬧。蘿絲瑪麗從沒說過的一件事，很可能她根本說不出口的事，就是他應該回阿爾比恩。但此時此刻他甚至根本不想講什麼道理。性方面的失望仍在刺痛他。懷著一種哀傷的勝利感，他想到自己畢竟是對的。正是金錢阻隔在他們之間。錢啊錢，都是錢！他劈里啪啦開始了半是認真的長篇大論：

「女人！她們把我們所有的想法都變成了什麼樣的胡說八道啊！因為人們離不開女人，而每個女人都要人們付出同等的代價。『拋掉你的體面，賺更多的錢。』 —— 這就是女人的話。『拋掉你的體面，舔掉老闆靴子上的汙跡，然後買一件比隔壁屋的女人更好的毛皮大衣給我。』妳眼之所見的每個男人都有一個女人像一條人魚一樣掛在他的脖子上，把他拖得越來越低 —— 低到普特尼（Putney）某間可怕的半獨棟小別墅裡去，還帶分期付款的傢俱，一臺便攜收音機，和窗戶上的一株葉蘭。是女人讓一切進步成了可能。倒不是說我相信什麼進步。」他相當意猶未盡地補充了一句。

「你都在胡說八道些什麼啊，戈登！好像什麼都該怪在女人頭上似的。」

「終究是要怪她們。因為是女人真正相信金錢法則。男人遵守這法則。他們必須要遵守，但他們並不相信它。是女人在維持它的運轉。女人和她們的普特尼別墅、她們的毛皮大衣、她們的寶寶和她們的葉蘭。」

「不是女人，戈登！女人沒有發明金錢，有嗎？」

「是誰發明的並不重要，關鍵是，是女人在崇拜它。女人對金錢有一種神祕的感情。善惡在女人心裡不過意味著有錢沒錢。看看妳和我。妳不肯跟我睡覺，僅僅是因為我沒錢。是的，這就是原因。」他捏著她的手臂不讓她出聲。「妳一分鐘前剛剛承認，如果我有一份體面的收入，妳明天就會跟我上床。這不是因為妳唯利是圖。妳並不想讓我付錢給妳，讓妳陪我睡覺。沒有那麼低階。但妳內心深處有一種神祕的感覺，覺得不知怎的一個沒錢的男人配不上妳。他是弱者，算不上真男人 —— 妳就是有這樣的感覺。海克力斯（Hercules），既是力量之神也是金錢之神 —— 妳看蘭普里爾 [054] 就會發現這一點。是女人維持著所有神話的運轉，女人！」

「女人！」蘿絲瑪麗用一種不同的腔調重複了一遍，「我討厭男人們老是說女人的那副樣子。『女人這個』『女人那個』的 —— 好像所有的女人全都一模一樣！」

「當然所有的女人全都一模一樣！除了一份安全的收入和兩個孩子、一座普特尼的半獨棟別墅和窗戶上的葉蘭以外，哪個女人還有什麼別的需求？」

「哦，妳和妳的葉蘭！」

---

[054] 指英國古典文學學者約翰．蘭普里爾（John Lemprière）。他創作了大量考證古典文學名稱的著作。

「恰恰相反，你的葉蘭。是你們這個性別養著它們。」

她捏了捏他的手臂，放聲大笑。她真不是一般的好脾氣。

而且，他說的這些顯而易見的胡說八道，甚至都沒有激怒她。戈登對於女人的誹謗事實上是一種變態的玩笑，實際上，整個性別戰爭說到底都只是一個玩笑。因為同樣的理由，你根據自己的性別扮成女權主義者或者反女權主義者非常好玩。他們一邊繼續走，一邊就男女之爭這個永恆而愚蠢的問題開始了一場激烈的辯論。因為他們見一次就要來一次，所以這場辯論的每次交鋒總是大同小異。一個說男人殘忍，一個說女人無情；一個說女人總是受制於人，一個說女人本來就該受制於人；一個說看看耐心的格麗塞爾達[055]，一個說看看阿斯特子爵夫人[056]；一個說一夫多妻和印度教的寡婦算什麼，一個說在潘科斯特媽媽[057]大聲疾呼的日子，每個良家婦女都在吊帶襪上戴著捕鼠器，看見男人都手癢得恨不得閹了他又算什麼？戈登和蘿絲瑪麗從不會厭倦這樣的談話。兩個人都歡快地笑話著另一個人的荒唐。他們之間有一場快樂的戰爭。即使在針鋒相對，他們也高興地手挽著手，緊緊地貼在一起。他們很高興。實際上，他們深深地愛著彼此。每個人對另一個來說都是一個歷久不衰的笑話，也是一件價值連城的稀世珍寶。一會，遠處出現了一盞霓虹燈紅藍相間的光暈。他們已經走到了托登罕宮路的路口。戈登摟住她的腰，帶她向右一轉，走進了一條漆黑的小巷。他們在一起太開心了，非得要親吻。他們在路燈柱下緊緊擁在一起，仍在笑個不停，兩個敵人胸貼著胸。她用自己的臉頰蹭著他的臉。

---

[055] Griselda，民間傳說人物，以其溫順耐心聞名。

[056] 指南西．阿斯特（Nancy Astor，西元一八七九至一九六四年），沃爾道夫．阿斯特（Waldorf Astor）子爵的妻子，英國首位女下議院議員，以雄辯著稱。

[057] 指艾米琳．潘科斯特（西元一八五八至一九二八年），英國政治活動家，激進的女性參政運動領導者。

「戈登，你真是個親愛的老混蛋！我情不自禁地愛著你，哪怕你鬍子拉碴，劣跡斑斑。」

「妳真的愛嗎？」

「真真正正。」

她的手臂仍然環抱著他，她微微往後傾了傾身，用自己的腹部頂住他的肚子，透出一種純真的嫵媚。

「這輩子還真是值得一過啊，是不是，戈登？」

「有時候。」

「要是我們能再稍微多見見就好了！有時候我幾個星期都見不到你的面。」

「我知道這很糟糕，妳不知道我有多討厭獨自一人的夜晚。」

「似乎做什麼都從來沒時間，我甚至要接近七點才能離開那個可怕的辦公室。你星期天自己都在幹嘛呢，戈登？」

「哦，天哪，到處閒逛，可憐兮兮的，就跟所有其他人一樣。」

「為什麼我們不找時間去鄉下走一走呢？那樣我們就可以整天都在一起了。比如說下週日？」

這話讓他心中一凜。這讓他又想到了錢，他半個小時前才成功將它逐出腦海。鄉間旅行要花錢，遠遠超過他的承受能力。他用一種曖昧不明的口氣，把整件事轉入了抽象領域：

「當然，星期天的里奇蒙公園（Richmond Park）還不算太差，或是漢普特斯西斯公園。尤其妳要是早上在人潮還沒到那裡的時候進去更好。」

「哦，但是讓我們直接去鄉下吧！比如薩里（Surrey）的哪裡，或者去伯恩漢山毛櫸林（Burnham Beeches）。它在這個時節真是太可愛了，地上鋪滿落葉，你可以走上一天也碰不到一個人。我們將步行很遠很遠，然後在一家酒吧吃個飯。這會很好玩的。我們去吧！」

金錢勾當又回來了。甚至像伯恩漢山毛櫸林那麼遠的旅行都會花掉整整十先令。他心算了一下。他或許能搞定五先令，茱莉亞可以「借」他五先令，也就是給他五先令。同一時間，他記起了自己再不跟茱莉亞「借」錢的誓言，這個誓言被不斷立下，又被不斷破除。

他用和之前一樣的口氣隨意地說：「這會非常有趣的。我想我們或許能做到。不管怎樣，這周晚點我會讓妳知道的。」

他們從小街裡出來了，仍然手挽著手。轉角有個酒吧。蘿絲瑪麗踮著腳，抓著戈登的手臂作為支撐，勉強透過下半截霜霧氤氳的窗戶向裡張望。

「看，戈登，那裡有個鐘。快九點半了，難道你不餓得慌嗎？」

「沒。」他馬上撒了句謊。

「我餓，我簡直要餓死了。我們進去要點東西上哪吃去吧。」又是錢！再過一會，他就必須要承認他的全部家當只有四先令四便士了——這四先令四便士要撐到週五。

「我什麼也吃不下。」他說，「我敢說我或許能喝下一杯酒。我們去喝點咖啡什麼的吧。我想我們能找到一家在營業的萊昂斯餐廳。」

「哦，別去萊昂斯！我知道有一家非常棒的義大利小餐廳，就在這條路上。我們要吃拿坡里義大利麵，再來瓶紅酒。我愛死義大利麵了，我們去吧。」

他的心一沉，這樣沒好處，他只得坦白。他們兩個人在義大利餐廳吃晚飯的花費不可能少於五先令。他幾乎生氣地說：

「實際上，這時間我差不多該回家了。」

「哦，戈登！這就走？為什麼？」

「哦，好吧！如果妳非要知道，我的全部家當只有四先令四便士。而且這是要撐到週五的。」

蘿絲瑪麗停住腳步。她太生氣了，於是用盡全力捏住了他的手臂，故意要弄疼他、懲罰他。

「戈登，你真是個混蛋！你是個徹頭徹尾的傻瓜！你是我見過的最難以形容的傻瓜！」

「我為什麼是傻瓜？」

「因為重要的不是你有沒有錢！我是在邀請你和我共進晚餐。」他從她手中抽出他的手臂，站得離她遠了些。他不想看她的臉。

「什麼！妳覺得我會走進一家餐廳，然後讓妳付我的晚餐錢嗎？」

「但為什麼不行呢？」

「因為沒人能做那種事。沒有這種事。」

「『沒有這種事』！待會你要說『這不公平』了是吧。什麼『沒有這種事』？」

「讓妳請我吃飯。男人可以請女人，女人不能請男人。」

「哦，戈登！我們是生活在維多利亞時代嗎？」

「是的，就這種事來說，我們就是。觀念轉變沒那麼快。」

「但我的觀念已經轉變了。」

「不，它沒變。妳覺得它變了，但它沒有。妳是被作為一個女人養大的，妳會不由自主地像一個女人那樣行動，無論妳自己有多麼不願意。」

「但你說的像一個女人那樣行動到底是什麼意思呢？」

「我告訴妳，說到這種事情，每個女人都一樣。女人會鄙視依賴她、吃軟飯的男人。她可能說自己不會，她可能以為自己不會，但是她會。如果我讓妳請我吃飯，妳就會鄙視我。」他已經轉過身去了。他知道自己表現得多麼可惡。但不知怎的他不得不說這些話。人們 —— 甚至是蘿絲瑪麗 —— 一定在為他的貧窮而鄙視他的這種感覺太過強烈，無法克服。他只能透過硬邦邦、酸溜溜的獨立宣言來維護他的自尊。蘿絲瑪麗這次是真的傷心了。她抓著他的手臂把他扳過來，讓他面對著她。她以一種急切的姿勢，將自己的胸頂住他，顯得生氣而又強烈要求被愛。

「戈登！我不許你說這種話。你怎麼能說我居然會鄙視你呢？」

「我告訴妳，如果我任自己吃妳的軟飯，妳就會不由自主地鄙視我。」

「吃我的軟飯！你用的什麼詞啊！我請你吃一次晚飯，怎麼就成了吃我的軟飯了！」

他能感覺到那兩個堅挺渾圓的小巧乳房，就在自己的胸口下。她仰視著他，皺著眉頭，卻泫然欲泣。她覺得他莫名其妙、不可理喻、殘忍狠心。但她近在咫尺的身體讓他走神。此時此刻他唯一記得的就是兩年來她從來沒有以身相許。她在唯一重要的事情上不肯滿足他。既然在最根本的問題上她退縮了，那還假裝愛他又有什麼好處呢？他帶著一種殘忍的快樂補充道：

「某種意義上妳確實鄙視我。哦，是的，我知道妳喜歡我。但是妳畢竟沒有對我太認真。我對妳來說有些像笑話。妳喜歡我，不過我配不上妳 —— 這就是妳的感覺。」

這是他之前說過的話，但卻有些不同，現在是他的真心話，或者說得像他的真心話。她語帶哭腔地吼道：

「我沒有，戈登，我沒有！你知道我沒有！」

「妳有。這就是為什麼妳不肯和我睡覺。我之前沒有告訴過妳這一點嗎？」

她又仰頭看了他一瞬，然後猛然將自己的臉埋進了他的胸口，彷彿在躲避一記重拳。這是因為她的淚水決堤了。她伏在他的胸口上放聲大哭，生他的氣，恨他，而又像個孩子般緊緊抓著他。正是她抓著他時那種孩子氣的樣子 —— 只把這當作一個讓她哭泣的男性胸膛 —— 最讓他受傷。懷著一種自我厭惡，他想起了另一個以一模一樣的方式伏在他胸上哭泣的女人。似乎面對女人，他唯一能做的，就是弄哭她們。他摟著她的雙肩，笨拙地撫摸著她，試圖安慰她。

「你都把我弄哭了！」她害臊地說。

「對不起！蘿絲瑪麗，親愛的！別哭了，求求妳，別哭了。」

「戈登，最親愛的！你為什麼非要對我這麼殘忍呢？」

「對不起，對不起！我有時候就是不由自主。」

「但是為什麼呢？為什麼？」

她已經止住了哭泣。她平靜多了，鬆開了他，摸索著找東西擦眼睛。他們倆都沒有手帕。她不耐煩地用手背擦去了眼中的淚水。

「我們怎麼總這麼傻！好了，戈登，就體貼一次吧。到餐廳裡來，吃點晚飯，讓我來付錢。」

「不。」

「就這一次。別管那老套的金錢勾當。就算是讓我高興高興。」

「我告訴妳，我沒法做那種事。我必須要堅持我的原則。」

「但你是什麼意思，堅持原則？」

「我已經對金錢宣戰了，我要遵守規則。第一條規則就是絕不接受施捨。」

「施捨！哦，戈登，我真的覺得你是個傻子。」

她又捏了捏他的肋骨。這是和解的訊號。她不理解他，大概永遠也不會理解他，但她接受他本來的樣子，甚至基本上沒有反抗他的無理取鬧。當她仰起頭來吻他的時候，他注意到她的嘴唇有些鹹味，有一滴淚珠落到了這裡。他緊緊摟住她，那種生硬的戒備感已經從她的身體裡消失了。她閉上眼睛，倒在他身上，跌進他懷裡，好像她的骨頭都軟了，她的雙唇張開，她小小的舌頭尋覓著他的舌，她極少這樣做。突然，他意識到她的身體屈服了，他似乎確定他們的鬥爭結束了。現在，她是他的了，隨時任他拿走。不過，或許她並不完全明白自己在奉獻什麼，這僅僅是一個寬容的本能動作，只是希望安撫他——消除那不值得愛、沒有人愛的討厭感覺。她並沒有說任何這種話，似乎是她身體的感覺在說。但即使這就是恰當的時間恰當的地點，他也不能要她。這一刻他愛她，但對她並沒有慾望。只有在將來某個時候，當他頭腦中沒有言猶在耳的爭吵，也意識不到自己口袋裡有四先令四便士的糾纏的時候，他的慾望才會回來。

一會，他們分開了嘴，但還是緊緊摟在一起。「好傻啊，我們這樣吵架，是不是，戈登？我們見面的時候那麼少。」

「我知道，都是我的錯，我控制不了。有些事情激起了我的脾氣。追根究柢都是錢，總是錢。」

「噢，錢！你過於在意這個了，戈登。」

「不可能。這是唯一值得在意的事情。」

「但是，不管怎樣，我們下週日要去鄉下的，是不是？去伯恩漢山毛櫸林之類的。如果我們能去那就太好了。」

「是的，我想去。我們早點出發，在外面逛一整天。我會想辦法籌到車費的。」

「但你會讓我付我自己那部分錢，不是嗎？」

「不，我寧願我來付，但不管怎樣，我們會去的。」

「你真的不肯讓我請你吃晚飯嗎——就這一次，就為了說明你信任我？」

「不，我不能。對不起。我已經告訴過妳為什麼了。」

「哎呀，天哪！我想我們該說晚安了。天快暗了。」

但他們繼續談了很長時間，長到蘿絲瑪麗終究還是沒吃上晚飯。她必須在十一點前回到住處，否則母恐龍們會生氣的。戈登走到托登罕宮路的路口搭乘電車。這比坐巴士便宜一便士。他坐在樓上的木頭座位上，擠在一個髒兮兮的小個子蘇格蘭人旁邊，那人讀著足球決賽的新聞，噴著酒氣。戈登非常高興，蘿絲瑪麗要成為他的情人了。狂風驟起摧肝膽。伴著電車轟隆的樂聲，他低聲默唸詩中已經完成的七個詩節。

一共要有九節，這挺好。他對它、對自己都很有信心。他是個詩人。戈登·康斯托克，《鼠》的作者。他甚至對〈倫敦拾趣〉也再次恢復了信心。

他想到了週日。他們將會九點鐘在柏靈頓站見。這會花掉十先令左右，就算要當掉他的襯衫他也要籌到這筆錢。而她將成為他的情人，如果機會合適的話或許就在這個週日。雖然嘴上沒有說過一個字，但兩人已經莫名達成了約定。

求求上帝，讓週日天氣晴朗吧！現在已是隆冬，如果那天是個明媚無風的日子——一個幾乎熱烈得如同夏天，讓你可以在枯黃的草地上躺上幾小時而絲毫不覺得冷的日子，該有多幸運啊！但這樣的日子沒有多少，每個冬天頂多有十一二天。週日很可能會下雨，他懷疑他們究竟能不能有機會出門。除了戶外，他們無處可去。倫敦有那麼多對情侶都「無處可去」，只能去大馬路上和公園裡，那裡沒有隱私，而且總是很冷。沒錢的時候，想在寒冷的天氣裡做愛可不容易。小說裡對「永遠沒有合適的時間和地點」這個主題挖掘得還不充分。

乘興而來，敗興而歸

煙塵從煙囪中直直升起，映襯著灰紅色的天空。

戈登八點十分趕上了二十七路車。街道仍然沉陷在週日的睡夢中。各家門前臺階上尚未取走的牛奶瓶靜靜地等待著，如同一個個小小的白色哨兵。戈登手上有十四先令 —— 確切地說是十三先令九便士，因為車費花了三便士。有九便士是他從薪資裡存下來的 —— 戈登知道，這對這周接下來的日子意味著什麼！還有五便士是跟茱莉亞借的。

他週三晚上去茱莉亞處串了個門。茱莉亞的房間在伯爵府，雖然只是一個三樓的裡間，但和戈登那間粗陋的臥室有所不同。這是一間開間，兼做臥室和客廳，重點在客廳。茱莉亞寧願餓死，也不會忍受戈登所處的那種骯髒環境。幾年間，她一桌一椅地漸漸累積起了傢俱，確確實實每一件都代表著一段半飢半飽的日子。有一張近乎能讓人誤認成沙發的沙發床，還有一張氨燻橡木小圓桌、兩件「古董」硬木椅子、一個裝飾性腳凳，以及一個蓋著印花布的德拉格牌扶手椅，扶手椅是用十三個月分期付款買的，放在小小的煤氣爐前。各式各樣的架子上放著爸爸媽媽、戈登、安吉拉姑姑的裱框照片，還有一本白樺林的日曆，這是某人的聖誕禮物，上面烙畫著「康莊大道，一往無前」幾個字。茱莉亞讓戈登萬分沮喪。他總是告訴自己，應該多去看看她，但實際上除了去「借」錢以外，他從不接近她。戈登敲了三次門後 —— 找三樓要敲三次門 —— 茱莉亞帶他上樓進了自己房間，然後在煤氣爐前跪下來。「我再把火點上。」她說，「你想喝杯茶吧，是不是？」他注意到這個「再」字。這房裡冷得不像話，今晚沒有點過火。茱莉亞一個人時總會「節約用氣」。當她跪下時，他看著她狹長的脊背。她的頭髮白得多厲害呀！整縷整縷的都灰白了。再白一點，就可以直接叫做「白頭髮」了。

「你喜歡喝濃茶，不是嗎？」茱莉亞吐著氣，用溫和的、鵝一樣的動作吹了吹茶杯。

戈登站著喝完了茶，眼睛盯著白樺木日曆。說出來！了結這事！但他差點就沒了勇氣。這可惡的吃白食真是卑鄙！這麼多年他找她「借」的錢，加起來都有多少了？

「我說，茱莉亞，我萬分抱歉 —— 我不想問妳，但是妳看 —— 」

「怎麼了，戈登？」她靜靜地說。她知道接下來是什麼。

「妳看，茱莉亞，我萬分抱歉，但妳能不能借我五先令？」

「可以，戈登，我想可以。」

她找出藏在衣物抽屜底部的那個又小又破的黑色皮夾。他知道她在想什麼。這意味著買聖誕禮物的錢又少了些。這就是她現如今生活中的頭等大事 —— 聖誕節，送禮物：在茶館關門後的深夜裡，在燈火寥落的街頭，穿梭搜尋，走過一個又一個便宜貨櫃檯，挑揀出女人們莫名其妙愛不釋手的那些垃圾。手帕香囊、信件分隔架、茶壺、美甲套裝、烙著格言的白樺林日曆。一年到頭，她都在從自己可憐的薪資裡一點點摳出來「某某的聖誕禮物」，或者「某某的生日禮物」。難道去年聖誕，她不是因為戈登「喜歡詩歌」，就送了綠色摩洛哥皮革精裝的《約翰．德林沃特詩選》給他，結果讓他賣了半克朗嗎？可憐的茱莉亞！戈登拿著他的五先令，盡可能體面地快速離開了。為什麼不能向一個富朋友借錢，卻可以向一個食不果腹的親戚借呢？但是，家人當然「不算」。

在巴士頂上他算了算帳。手裡有十三先令九便士。兩張到斯勞(Slough)的當天往返車票，五先令。巴士費，就算再加兩先令吧，七先令。酒館裡的麵包、起司和啤酒，就算每人一先令，九先令。茶水，每份八便士，十二先令。買菸一先令，十三先令。這樣還剩下九便士應急。這些錢能撐過去。那這周剩下的日子怎麼辦？買菸的錢一分都沒剩了！但他拒絕為此擔心。不管怎樣，今天將值得這番辛苦。

蘿絲瑪麗準時和他碰了頭。她的一個優點就是從不遲到，而且就算這麼大清早她也精神飽滿、興致高昂。和平常一樣，她穿得相當漂亮。她又戴著那頂仿鏟形寬邊帽，因為他說過他喜歡這帽子。他們幾乎獨享了整個車站。這個巨大的灰色空間，髒亂而荒涼，有一種汙穢不潔的空氣，彷彿還沒從週六夜晚的放蕩中甦醒過來。一個鬍子拉碴、打著哈欠的工作人員跟他們說了去伯恩漢山毛櫸林的最佳路線，於是不一會，他們坐在一輛三等蒸汽車上向西駛去。倫敦悽清的荒野漸漸展現，又讓位給狹窄、烏黑的原野，上面點綴著卡特牌小肝藥的廣告。風平浪靜，暖意融融。戈登的祈禱實現了，這是一個無風的日子，簡直和夏天無異。你可以感覺到太陽就藏在霧氣後，運氣好點的話，一會就會放晴了。戈登和蘿絲瑪麗萬分開心，開心得不像話。走出倫敦有一種瘋狂大冒險的感覺，長長的「鄉下」的一天就要在他們前方展開。蘿絲瑪麗已經有好幾個月沒有踏足過「鄉下」了，戈登也有一年了。他們緊緊挨坐在一起，膝蓋上攤著《星期日泰晤士報》。(Sunday Times) 但是，他們沒有看報紙，而是看著原野、牛羊、房屋、空空的火車、沉睡的大工廠一一閃過。兩個人都非常享受這趟火車之旅，甚至希望能坐得更久一點。

到了斯勞，他們下車，搭乘一輛可笑的巧克力色直達巴士前往法納姆平民區。斯勞仍在半睡半醒間。蘿絲瑪麗現在記起了他們以前去法納姆平民區的路。沿著一條布滿車轍的馬路走下去，就會豁然開朗，來到一片鮮美潮溼的茂密草地，光禿禿的小樺樹點綴其間。遠處是山毛櫸林。每一根枝每一片葉都一動不動。樹木猶如鬼魅一般，在靜謐潮溼的空氣中挺立著。蘿絲瑪麗和戈登都為這可愛的一切而歡呼雀躍。這露水，這靜謐，這樺樹光滑的枝幹，這腳下柔軟的草葉！然而，一開始他們有些膽怯，感覺格格不入，倫敦人出了倫敦就會這樣。戈登覺得好像自己之前好長時間都一直生活在地下似的。他感到自己無精打采，不修邊幅。他們走路的時候，他溜到蘿絲瑪麗身後，這樣她就不會看到他皺紋交錯、毫無血色的臉了。而且，他們還沒走多遠就已經上氣不接下氣了，因為他們只習慣在倫敦行走。在開頭半個小時裡他們幾乎沒有說話。他們一頭扎進樹林裡，開始向西而行。他們並不太清楚自己在往哪裡走，哪裡都行，只要遠離倫敦就好。一株株山毛櫸在他們四周拔地而起，樹皮光滑如同皮膚，再加上根部的隆起，彷彿奇怪的陰莖。它們根部處寸草未生，只有乾枯的落葉鋪得厚厚的，使得遠處的山坡看起來猶如黃銅色的綢緞。萬籟俱寂。不一會，戈登和蘿絲瑪麗並肩而行。他們手牽手沿著車轍走，飄入其中的黃銅色枯葉在腳下沙沙作響。有時他們走出樹林到了馬路上，路過荒涼的大宅子，那曾經是馬車時代的鄉村豪宅，現在卻荒無人煙，賣不出去。路的遠方，霧氣掩映著樹籬，呈現出一種奇怪的紫棕色，光禿的草木在冬天就會呈現這種棕色茜草似的顏色。周圍有幾隻鳥 —— 有時是松雞，在樹木之間穿行；還有野雞，拖著尾巴晃徘徊悠走過馬路，簡直和母雞一樣溫馴，好像知道自己在週日是安全的。但在半個小時裡，戈登和蘿絲瑪麗一個人也沒碰到。睡眠籠罩著鄉野，難以相信他們離倫敦不過二十英哩。

不一會，他們就走得神清氣爽了。他們恢復了元氣，精神抖擻。在這樣的日子裡，你會覺得，如果有必要，你能走上一百英哩。突然，他們又走到了馬路上，樹籬上滿是露水，閃動著鑽石般的光彩。陽光穿透了雲層，金光斜斜灑下，原野一片黃澄澄的，萬事萬物都冒出了精美絕倫、出人意料的繽紛色彩，就像某個巨人國的孩子打翻了一盒新顏料。蘿絲瑪麗抓住戈登的手臂，把他拉到自己身邊。

「噢，戈登，多麼可愛的一天啊！」

「確實可愛。」

「還有，哦，看啊看啊！看那片田野裡那一大群兔子！」不錯，在田野那頭，有數不清的兔子在吃草，簡直像一群羊。突然樹籬下出現了一陣騷動，原來有隻兔子躺在這裡。它從草叢中的巢穴裡蹦出來，濺起一片露水，挺著白色的尾巴，沿著田野一路猛衝而去。蘿絲瑪麗撲到戈登懷裡。天氣格外地溫暖，暖如夏日。他們將身體貼在一起，體會著與性無關的歡愉，就像孩子一樣。在這戶外曠野之中，他可以無比清晰地看到她臉上時光的痕跡。她快三十了，看起來也像這年紀，他快三十了，看起來還要老些；而這毫無關係。他摘掉那頂可笑的平頂帽，她頭頂上的三根白髮閃著銀光。這一刻他不希望它們消失。它們是她的一部分，因此也可愛起來。

「和妳單獨在一起多麼開心啊！我真高興我們來了！」

「而且，噢，戈登，想想我們可以有一整天都在一起！而且本來很可能會下雨的。我們多幸運啊！」

「是啊。我們來燒點祭品給不死的神明吧，待會就做。」他們興高采烈。一路走著，他們對見到的一切都生出過分的熱情：對他們撿到的一根松雞羽毛，覺得它藍如天青礦石；對一汪平靜的池水，覺得它如同黑玉鏡面，深處倒映著根根粗枝；對樹上長出的真菌，覺得它們是怪物橫著長的耳朵。這是因為樹皮太光滑，而且樹枝從莖幹上長出來的樣子像是奇怪的四肢。戈登說樹皮上的小樹瘤像乳房的乳頭，高處樹皮光滑烏黑的蚪曲樹枝，像彎曲的象鼻。他們為了比喻爭來爭去，按照他們一貫的作風，時不時激烈地吵起來。戈登開始替他們路過的每樣東西尋找醜陋的比喻來逗她。他說角樹的黃褐色葉片像伯恩・瓊斯[058]畫的少女的秀髮，而常春藤光滑的莖鬚纏繞著大樹，像狄更斯的女主角勾人的手臂。有一次他堅持要毀掉一些淡紫色的傘菌，因為他說它們讓他想起一幅拉克姆的插畫，他懷疑有精靈在繞著它們跳舞。蘿絲瑪麗罵他是頭沒有靈魂的豬。她蹚過一片山毛櫸落葉，它們足有她膝蓋深，在她周圍沙沙作響，像是一片沒有重量的紅金色大海。

「噢，戈登，這些葉子！看看陽光灑在它們上面的樣子！就像金子一樣。真的像金子。」

「還童話裡的金子呢。再過會妳就滿嘴巴里[059]了。事實上，如果妳想要一個確切的比喻的話，它們不過是馬鈴薯湯的顏色。」

「別跟頭豬似的，戈登！聽聽它們沙沙作響的聲音。『稠密得像秋天的繁葉，紛紛落滿了華籠柏絡紗的溪流。』[060]」

「或者像一片美國早餐麥片。特魯威早餐脆麥片。『早餐脆麥片，孩子天天念。』」

「你是個畜生！」

她大笑。他們牽手走過，在齊踝深的落葉中窸窣而行，放聲高喊：

---

[058] 指 Edward Burne-Jones（西元一八三三至一八九八年），英國畫家。

[059] 指《彼得潘》作者巴里。

[060] 此為彌爾頓《失樂園》中詩句。

「稠密得像早餐脆麥片，紛紛落滿了韋林花園城（Welwyn Garden City）[061]的盤子。」

這太好玩了。不久，他們走出了林區。現在已經有很多人出門來了，但如果你遠離主路，還是見不到多少車輛。有時他們聽見教堂的鐘聲，就繞道避開去教堂的人群。他們開始穿越稀疏的村落，村落邊郊傲然高聳著遺世獨立的仿都鐸風格的別墅和車庫，還有月桂灌木和荒敗的草地。戈登玩鬧著大罵別墅，以及它們所屬的該死的文明——屬於股票經紀人和他濃妝豔抹的老婆的文明，屬於高爾夫球、威士忌、通靈板[062]，還有名叫喬克的亞伯丁犬的文明。他們又這樣走了四英哩左右，一路暢談，頻頻爭吵。天空飄過幾朵薄雲，但幾乎一絲風也沒有。

他們的腳痠得厲害，肚子也越來越餓。談話自然而然便開始轉向食物。他們都沒有錶，但他們穿過一個村落時，看到酒館開門了，所以一定已經過了十二點。他們在一家酒館門外猶豫不決。酒館名叫「一鳥在手」，看起來相當低劣。戈登贊成進去，他暗暗尋思，在這樣的酒館裡，麵包起司和啤酒最多只花一先令。但蘿絲瑪麗說這地方看起來噁心，事實也確實如此，她希望能在村落那頭找到一家宜人的酒館。他們想像著一間舒適的酒吧廳堂，有一張橡木長椅，或許牆上的玻璃架上還有一條圓滾滾的梭魚。

但村裡再沒別的酒吧了，不一會，他們又進入了曠野，一幢房子也看不到，連路牌都見不著一個。戈登和蘿絲瑪麗警覺起來。到兩點酒館就關門了，然後就找不到食物了，除非能在哪家鄉村糖果店買一包餅乾。一想到此，他們就更加飢腸轆轆。他們精疲力盡地翻過一座巍峨的

---

[061] 英國哈特福郡的一個花園城鎮。

[062] 一種木製平板，上面標有各類字母、數字等，用於與鬼魂對話，進行占卜。

大山，希望能在山那邊找到一個村莊。沒有村莊，但下面遠處蜿蜒著一條墨綠的河，沿河似乎散落著一個大鎮子，還有一座灰色橋梁橫跨河面。他們甚至不知道那是什麼河 —— 當然是泰晤士河。

「謝天謝地！」戈登說，「那下面肯定有很多酒館。我們最好就進最先找到的那家。」

「好，我們就這麼做。我快餓死了。」

但當他們靠近城鎮時，那裡似乎安靜得出奇。戈登懷疑人們是不是全都在教堂，或是在吃週日會餐，直到他意識到這地方完全荒無人煙。這是泰晤士河上的克里克漢（Cricket ham-on-Thames），是那種避暑旺季才會住人，其餘時候都陷於冬眠的河邊小鎮。它沿著河岸蜿蜒了一英哩有餘，而且完全是由船屋和平房組成的，現在全都窗扉緊閉，空無一人。到處都沒有一點活物的跡象。但是，他們最終碰到了一個肥胖而冷漠的紅鼻子男人。他長著參差不齊的鬍子，坐在一張摺疊椅上，旁邊的縴道上放著一罐啤酒。他正在用一根二十英呎長的釣竿釣魚，平靜的綠色水面上，兩隻天鵝繞著他的浮標打轉，每當他把魚餌拉起來時，牠們就想乘機偷走魚餌。

「您能告訴我們哪裡能弄著點吃的嗎？」戈登說。

那個胖男人似乎料到了這個問題，並為此暗自竊喜。他看也不看戈登，就作了回答。

「你什麼吃的也弄不到。在這裡你弄不到。」他說。

「但這不可能！你是說這整片地方就一間酒吧都沒有嗎？我們可是從法納姆平民區一路走過來的。」

胖男人鼻子一哼，若有所思，眼睛仍然盯著浮標。「我說你可以去試試拉文斯科洛夫酒店（Ravenscroft hotel）吧。」他說，「大約過去半英哩。我猜他們會弄點什麼給你，前提是他們開著的話。」

「但他們是開著的嗎？」

「可能開也可能不開。」胖男人得意地說。

「那你能告訴我們現在幾點了嗎？」蘿絲瑪麗說。

「剛過一點十分。」

那兩隻天鵝跟著戈登和蘿絲瑪麗沿著縴道走了一小段，顯然是指望他們餵點吃的。看來拉文斯科洛夫酒店開著的希望不大。這整片地方都有種悽清而骯髒的氣氛，旅遊勝地在淡季時就是這樣。平房的木板已經龜裂，白色的油漆片片剝落，窗戶上灰塵撲撲，幾乎看不見內部陳設。就連河岸沿線零星點綴的自動售貨機也故障了。似乎鎮子那頭還有一座橋。戈登埋怨個不停。

「我們有機會的時候卻不進那家酒吧，真是該死的傻瓜！」

「噢，親愛的！我真是要餓死了。我們是不是最好掉頭回去，你覺得呢？」

「沒用的，我們來的這一路上沒有酒吧。我們必須繼續走。我想拉文斯科洛夫酒店在那座橋對面。如果那是主幹道的話，它還有可能開著。不然我們就慘了。」

他們拖著步伐總算過了橋。他們的腳現在酸透了。但是看哪！終於出現了他們要找的東西，因為就在橋那邊，在一條私家道路上，矗立著一座大氣堂皇的酒店，後院的草地一直蔓延到河邊。它顯然開著。戈登和蘿絲瑪麗急切地向它走去，然後停住腳步，氣餒了。

「它看起來貴得嚇人。」蘿絲瑪麗說。

它確實看起來很貴。這是一個俗氣而裝腔作勢的地方，處處鍍金，刷著白漆 —— 是那種每塊磚上都寫著漫天要價、服務惡劣的酒店。在車道邊，一塊勢利的公告牌赫然占據著馬路，用燙金大字寫著：

拉文斯科洛夫酒店
僅對外來人士開放
午宴－下午茶－晚餐
舞廳和網球場
承辦聚會

車道上停著兩輛鋥亮的雙座轎車。戈登畏縮了。他口袋裡的錢似乎縮為無物了，這完全是他們所尋找的舒適酒吧的對立面。但他餓壞了。蘿絲瑪麗擰了擰他的手臂。

「這看起來是個可怕的地方，我看我們繼續走吧。」

「但我們必須弄點吃的，這是我們最後的機會了，我們再找不到酒吧了。」

「這種地方的食物總是非常噁心。恐怖的冷牛肉，嘗起來就像是去年攢下來的一樣。而且他們還為此獅子大開口。」

「噢，好吧，我們只點麵包、起司和啤酒。這個價錢總是差不多。」

「但他們討厭你這麼做。他們會試圖逼我們點一頓像樣的午飯，你看著吧。我們必須要堅定，只說要麵包和起司。」

「行，我們會堅定的。來吧。」

他們進去了，下定決心要堅定。但透風的門廳裡透著一種昂貴的氣息 —— 一種印花棉布、枯死的花朵、泰晤士河水和涮酒瓶水的氣息。這是河濱酒店特有的氣息。戈登的心更沉了。他知道這是什麼樣的地方。

這是那種公路上到處都是的荒涼酒店，只有股票經紀人常常在週日的下午，大搖大擺地帶著他們的婊子來光顧。在這種地方，受辱挨宰簡直是順理成章的事。蘿絲瑪麗縮了縮，靠近他，她也被嚇著了。他們看見一扇門上標著「雅座」，以為是酒吧，於是推開門。但這不是酒吧，而是一個氣派而清冷的大房間，布置著燈芯絨裝飾的椅子和沙發。要不是所有的菸灰缸上都寫著「白馬」威士忌的宣傳，你會誤以為這是一間普通的客廳。一張桌子邊圍坐著外面轎車上下來的人 —— 兩個金髮平頭、打扮過於年輕的胖男人，還有兩個討厭的優雅少婦。顯然他們剛吃完午餐，一名侍者，正俯身為他們奉上餐後甜酒。

戈登和蘿絲瑪麗停在門口。桌邊的人們已經在用不懷好意的中上階層的目光盯著他們了。戈登和蘿絲瑪麗看起來又累又髒，他們自己也知道。點麵包起司和啤酒的念頭幾乎被拋到了九霄雲外。在這樣的地方，你不可能說得出「麵包起司和啤酒」，「午餐」是你唯一能說的字眼。除了「午餐」和逃走以外沒有別的選擇。那個侍者幾乎在明目張膽地鄙視他們。只消一眼，他就用「沒錢」二字替他們做了總結評估，但他也已經料到他們心裡在想著逃走，並決心在他們逃掉之前截住他們。

「先生？」他問道，將托盤從桌上拿起來。

就是現在！不管三七二十一，說「麵包起司和啤酒」！哎！他的勇氣消失了。只能是「午餐」。他用一種貌似隨意的姿態，將手伸進自己的口袋。他是在摸索自己的錢，確認它們還在那裡，他知道還剩七先令十一便士。侍者的眼睛緊隨他的動作，戈登有一種討厭的感覺，好像那個男人其實能夠透視布料，數清他口袋裡的錢。他竭盡全力用一種高傲的語調回應道：

「請問我們能來點午餐嗎？」

「午膳嗎，先生？是的，先生。這邊走。」

這位侍者是個黑頭髮的年輕人，長著一張五官精美、皮膚光滑而面色灰黃的臉。他的衣裝剪裁精緻，可是看起來不大乾淨，好像他很少脫下來似的。他看起來就像一個俄羅斯王子，很可能他是個英國人，卻裝出一副外國腔，侍者通常如此。蘿絲瑪麗和戈登灰心喪氣地跟著他進了餐廳，餐廳在後面，面對草地。它完全就像一家水族館，完全由青草搭建而成，又溼又冷，幾乎讓你以為自己置身水下。你可以看到並聞到外面的河水。每一張小圓桌的正中，都有一盆紙花，但在餐廳一邊，為了讓水族館的效果更加完美，放了一整個花架的常青樹、棕櫚樹、葉蘭等，不一而足，彷彿無精打采的水生植物。在夏天，這樣的房間可能足夠宜人；而現在，當雲層掩蔽了太陽，這一切只顯得陰溼淒涼。蘿絲瑪麗幾乎和戈登一樣害怕那個侍者。當他們坐下時，趁他有一刻轉過了身，她朝他的背影做了個鬼臉。「我的午餐我自己出錢。」她隔著桌子對戈登悄悄地說。

「不，妳不用。」

「多麼恐怖的地方啊！這裡的食物肯定很糟糕。我真的希望我們沒有來。」

「噓！」

侍者拿著一張髒兮兮的列印選單回來了。他把選單遞給戈登，然後站在他旁邊，帶著侍者那股知道你口袋裡沒有多少錢而幸災樂禍的表情。戈登的心撲通直跳。如果這是價值三先令六便士，甚至半克朗的那種定價套餐 [063]，那他們就完了。他咬緊牙關，看著選單。謝天謝地！這是可以點菜的。單子上最便宜的是冷牛肉和沙拉，價值一先令六便士。

[063] 指總價一定，有好幾樣菜，但菜品大多固定的套餐。

他說道，或者是咕噥道：

「我們要冷牛肉吧，謝謝。」

侍者揚了揚精緻的眉毛，裝出詫異的樣子。「只要冷牛肉嗎，先生？」

「是的，反正不夠再點吧。」

「但您其他什麼都不要了嗎，先生？」

「哦，好吧。來點麵包吧，當然，還有奶油。」

「但不要開胃的湯嗎，先生？」

「不，不要湯。」

「也不要魚嗎，先生？只要冷牛肉？」

「我們要魚嗎，蘿絲瑪麗？我覺得我們不用。不，不要魚。」

「也不要餐後甜點嗎，先生？只要冷牛肉？」

戈登好不容易才控制住自己。他覺得自己從沒像討厭這個侍者一樣討厭過誰。

「如果我們還要別的東西的話，之後再告訴你吧。」他說。

「那您喝酒嗎，先生？」

戈登本打算要啤酒，但他現在沒有那個勇氣了。在這場冷牛肉的事端之後，他得找回點場子。

「拿酒單來給我。」他斷然道。

侍者拿出了另一張髒兮兮的單子。所有的酒都貴得不可思議。但是，在單子最上方有幾樣沒有名字的廉價紅葡萄酒，只要兩先令九便士一瓶。戈登快速盤算了一番。他剛好可以承擔兩先令九便士。他用拇指指甲示意那種酒。

「來一瓶這個。」他說。

侍者的眉毛又揚了揚，傳遞了一絲諷刺。「您要一整瓶嗎，先生？您不想要半瓶嗎？」

「一整瓶。」戈登冷冷地說。

侍者腦袋一點，左肩一聳，轉身走了，整個動作一氣呵成，微妙地透出輕蔑。這讓戈登無法忍受。他隔著桌子對視蘿絲瑪麗的眼睛。他們必須想個辦法讓那侍者也嘗嘗這滋味！片刻後侍者回來了，抓著瓶頸拿來一瓶廉價紅酒，並用外套下襬半遮半掩著，好像那是什麼不體面或不乾淨的東西。戈登已經想到了一個為自己報仇的方法。當侍者拿出瓶子的時候，他伸出一隻手，摸摸瓶子，然後皺起眉頭。

「紅酒可不是這麼上的。」他說。侍者楞了一下。「先生？」他說。

「這冰涼涼的。把這瓶拿走，熱一下。」

「好的，先生。」

但這並非真正的勝利。侍者看起來並不難堪。這酒值得熱嗎？他揚起的眉毛像是在說。他帶著明顯的輕蔑拿著瓶子走了，清清楚楚地向蘿絲瑪麗和戈登表明，哪怕後面沒找這番麻煩，光是點單子上最便宜的酒就夠糟糕的了。

牛肉和沙拉冷得像屍體，看起來根本不像食物，嘗起來跟水似的。蛋捲也是，雖然不新鮮了，卻也潮乎乎的，似乎蘆葦叢生的泰晤士河水已經侵入了一切事物。所以酒開瓶後嘗起來跟泥巴一樣，也就不足為奇了。但酒精度數挺高，這是很棒的事。一旦它滑過你的食道，進入你的胃裡，你就會大為驚訝地發現它竟這麼刺激。一杯半酒下肚，戈登覺得好多了。侍者耐心地站在門邊，餐巾搭在手臂上，面露諷刺，試圖用自己的存在讓戈登和蘿絲瑪麗如坐針氈。一開始他成功了，但戈登背對著他，不理他，一會就幾乎忘了他。漸漸地他們的勇氣回來了。他們開始更加輕鬆地交談，聲音也更大了。

「看，」戈登說，「那些天鵝一路跟我們到這裡來了。」確實，那兩隻天鵝正若隱若現地徘徊在那邊墨綠色的水面上。這一刻，太陽重新放出光芒，餐廳中陰沉的水族館氣氛充滿了愉快的綠色光彩。戈登和蘿絲瑪麗突然感到溫暖又快樂。他們漫無邊際地聊開了，簡直像那個侍者不在那裡似的。戈登拿起酒瓶，又倒了兩杯酒。他們越過玻璃杯四目相對。她以一種屈服了的目光，諷刺地看著她。「我是你的情人。」她的眼睛說，「開什麼玩笑！」他們的膝蓋在小桌下相觸，她用自己的雙膝擠了擠他的膝蓋。某種東西在他的體內翻湧，一陣溫暖的情慾和柔情在他的體內升騰。他記起來了，她是他的女孩，他的情人。待會等他們單獨相處時，在某個隱祕的空間裡，在溫暖無風的空氣中，他終於要把她裸露的軀體據為己有。誠然，整個上午他都知道會這樣，但不知怎麼，這種「知道」是不真實的。直到現在他才捕捉到這感覺。沒有語言，只有一種身體上的篤定，他知道不出一個小時她就會赤身裸體地投入他的懷抱。他們坐在那裡，在溫暖的陽光下，膝蓋相抵，四目相對，感到彷彿一切都完滿了。他們之間有著深刻的親密。他們可以在這裡坐上幾個小時，只是看著彼此，談論著只對他們有意義、別人都不明所以的雞毛蒜皮。他們確實在那裡坐了二十分鐘或者更久。戈登已經忘了那個侍者——甚至已經暫時忘記了這頓糟糕的午餐會搜刮走他身上的每一分錢，讓他陷入巨大的災難。但不一會，太陽隱沒了，房間重新變得昏黑，於是他們意識到該走了。

「結帳。」戈登半轉過身說。

侍者努力噁心他們最後一次。

「結帳嗎，先生？但您不想要點咖啡嗎，先生？」

「不，不要咖啡。結帳。」

侍者退下了，然後用托盤拿著一張疊好的紙片回來。戈登攤開紙片。六先令三便士 —— 而他的全部家當才剛剛七先令十一便士！當然他大概知道帳單該有多少，然而事到臨頭他還是吃了一驚。他站起來，在口袋裡摸了摸，然後拿出了自己所有的錢。那個面色灰黃的年輕侍者，一手托著托盤，眼睛盯著這一把錢幣，顯然他推知了這是戈登全部的錢。蘿絲瑪麗也站起來了，繞過桌子。她捏捏戈登的手肘，這是個訊號，說明她願意付自己的那份。戈登假裝沒有注意到。他付了六先令三便士，然後，他轉身離開時，又往托盤裡丟了一先令。侍者把它拿在手中把玩一會，然後收進自己的馬甲口袋裡，那神色像在掩飾什麼見不得人的東西似的。

當他們走過走廊時，戈登感到沮喪、無助 —— 簡直是眩暈。他所有的錢全都一下子花光了！怎麼會發生這麼可怕的事。要是他們沒到這該死的地方來就好了！這下整個一天都毀了 —— 全都是因為幾盤冷牛肉和一瓶泥漿般的紅酒！過會還有下午茶要考慮，還有他只剩下六根菸了，還有回斯勞的車費，還有天知道什麼別的事項，而他只有八便士來支付這一大堆！他們出酒店的時候，感覺像是被踹出來的，感到門在他們身後砰地關上。片刻之前的所有溫暖親暱都煙消雲散了。他們這一出來，似乎一切都變了樣。他們的血液似乎在室外的空氣中驟然冷卻了。蘿絲瑪麗走在他前面，十分緊張，一語不發。她現在有些被自己決心要做的那件事嚇到了。他看著她強健而精細的四肢運動著。那就是他渴望了這麼久的她的身體。但如今這一刻到來了，它只讓他害怕。他希望她是他的，他希望已經擁有了她，但他但願這已經結束了，過去了。這是個挑戰 —— 是一件他必須得替自己打氣才能完成的事情。真是奇怪，酒店帳單這破事居然能徹底毀了他的心情。早上那種輕鬆無憂的情緒粉碎了，取而代之的是那討厭、煩人、熟悉的東西 —— 對錢的憂慮回來了。一分鐘內，他就將不得不坦白自己只剩八便士了，他必須要向她借錢讓他們回家，這卑鄙又可恥。只有肚裡的酒替他壯膽。紅酒的溫暖，還有只剩八便士的討厭感覺，在他身體裡交鋒，相持不下。

他們走得極慢，但很快就離開了河邊，又到了高地上。兩人都在急切地沒話找話，卻什麼也想不出來。他和她並排走著，牽著她的手，與她十指相握。這樣他們感覺好了些。但他的心痛苦地跳動著，他的五臟六腑狠狠抽緊。他懷疑她是否也有同樣的感覺。

「周圍好像一個人都沒有。」她終於說話了。

「這是週日下午。他們都吃過了烤牛肉和大白豬，在葉蘭下面呼呼大睡呢。」

又是一陣沉默。他們走了約有五十碼。他艱難地控制著自己的聲音，勉強說道：

「今天格外溫暖呢。要是我們能找著地方的話，可以稍微坐坐。」

「是的，好吧。如果你喜歡的話。」

不久，他們來到路左邊的一個小樹林裡。它看起來空蕩而死寂，光禿禿的樹下寸草不生。但在樹林那頭的角落裡，有一大片糾纏不清的野李或黑刺李的灌木叢。他一言不發地環抱住她，將她轉向那個方向。樹籬間有一道空隙，有些鐵絲網擋著。他替她把鐵絲舉起來，她敏捷地從下面鑽了過去。他的心又蹦起來。她是多麼柔韌又強健啊！但當他翻過鐵絲網跟上她時，那八便士 —— 一個六便士和兩個一便士 —— 在他口袋裡丁零作響，又讓他洩氣了。

當他們走到灌木叢時，他們發現了一個天然的凹槽。周圍三面都是荊棘斷面，雖然沒了樹葉，但並不扎人，從另一面往山下看，能俯瞰到一片光禿禿的犁過的田野。山底下佇立著一座低矮的農舍，小得像孩子的玩具。煙囪上不見炊煙，四野萬籟俱寂。你再找不到比這更幽僻的地方了。地上有草，是樹下生長的那種細密的苔蘚一樣的東西。

「我們應該帶一張橡皮布來的。」他說。他跪下來了。「不要緊，地上很乾。」

他拉她到地面上，坐在他身邊，吻她，扯掉那頂平頂帽，胸貼胸地伏在她身上，吻著她臉龐的每個角落。她躺在他身邊，屈服了，卻沒有回應。當他的手摸索到她胸上的時候，她沒有抗拒。但在她心裡她仍然害怕。她會做的 —— 哦，是的！她會信守她心照不宣的承諾，她不會退縮；但她仍然害怕。而他內心也不太願意。他沮喪地發現，此時此刻，他對她的渴望其實多麼單薄。錢的事仍然讓他煩躁。你怎麼能在口袋裡只有八便士，並且一直想著它的時候做愛呢？但某種意義上他想要她。實際上，他不能沒有她。一旦他們成為真正的情人，他的人生將會大不一樣。她的臉轉向一側，他的臉貼著她的脖頸和頭髮，他就這樣在她的胸部上躺了很長時間，再無其他進一步的企圖。

這時太陽又出來了。現在它低懸在空中。陽光傾灑在他們身上，彷彿一張鋪滿天幕的大網破了似的。太陽躲在雲後的時候，草地上真的有點冷，但現在再次溫暖如夏了。兩個人都坐起來為此歡呼。

「噢，戈登，看！看太陽讓一切都亮起來了。」

雲層漸漸散去，一道金光越來越寬，它迅速地滑過山谷，替沿途的一切都鍍上了一層金色。原本灰綠的草葉突然閃現出祖母綠的光彩。下面空蕩蕩的農舍綻放出溫暖的色彩，瓷磚是紫藍色的，磚頭是櫻桃紅的。唯一還提醒你這是冬天的就是聽不見鳥兒的歌唱。戈登摟著蘿絲瑪麗，把她緊緊抱在懷裡。他們臉貼臉坐著，俯瞰山下。他把她轉過來，吻了她。

「妳確實喜歡我，是不是？」

「愛慕你，愛得好傻。」

「妳會對我好的，是不是？」

「對你好？」

「我想對妳怎麼樣，妳都隨便我？」

「是的，我想是吧。」

「什麼都行？」

「是的，好吧。什麼都行。」

他把她的背壓到草地上。現在大不一樣了。太陽的溫暖似乎鑽進了他們的骨頭裡。「把妳的衣服脫了，求求妳。」他低語道。她很爽快地照做了，在他面前她不覺得羞恥。何況，天氣這麼暖，這裡這麼偏僻，不管你脫多少衣服都不要緊。他們把她的衣服攤開，做了個床，讓她躺上去。她赤身裸體地往後一躺，雙手放在腦後，雙眼緊閉，微微笑著，好像她已經考慮過一切，現在心中一片寧靜。好長時間，他跪著凝視她的身體。她的美嚇了他一跳。她裸體時比穿著衣服看起來年輕多了。她的臉，往後仰著，眼睛閉著，看起來簡直有些幼稚。他靠近她。他口袋裡的硬幣再次叮噹響了起來。只剩八便士！麻煩近在眼前。但他現在不願想它。繼續，這才是大事，繼續，別管什麼將來！他把手臂放在她身下，將自己的身體伏在她身上。

「我可以嗎？—— 現在？」

「行。好的。」

「妳沒嚇著吧？」

「沒有。」

「我會盡量溫柔地對妳的。」

「沒關係。」

片刻之後。「噢，戈登，不！不不不！」

「怎麼？怎麼回事？」

她伸出雙手頂住他，猛力地把他推開。她的臉看起來疏遠、恐懼，幾乎是敵意。在這個時候發覺她把他推開真是糟糕，就好像冷水把他渾身澆透了。他灰心喪氣地從她身上退下來，匆忙整理自己的衣服。

「怎麼回事？出什麼問題了？」

「噢，戈登！我以為你 —— 噢，天哪！」

她用一條手臂擋住臉龐，翻身到另一側，遠離他，她突然羞壞了。

「怎麼回事？」他重複道。

「你怎麼能這麼不管不顧的？」

「妳這是什麼意思 —— 不管不顧？」

「哦！你知道我什麼意思。」

他的心一抽。他確實知道她的意思，但他直到此刻才想到這一點。當然 —— 哦，是的！他早該想到的。他站起來，背轉身不看她。突然他明白這事到此為止了。在週日下午，在溼漉漉的野地上 —— 在一個這樣的隆冬裡！不可能！僅僅一分鐘前這看起來還如此正確如此自然，此刻看來卻只覺骯髒和醜陋。

「我沒料到這個。」他苦澀地說。

「但我控制不住，戈登！你應該 —— 你知道的。」

「妳不會以為我贊成那種東西吧，啊？」

「但我們還能怎麼辦呢？我不能懷上孩子，能嗎？」

「妳必須冒點風險。」

「噢，戈登，你真是不可理喻！」

她躺著仰視他，滿臉悲痛，一下子太過激動，甚至記不得自己赤身裸體。他的失望轉為憤怒。又來了，你看！又是錢！就連你生活中最隱祕的行為也逃不過它，你還是不得不為了錢，用骯髒冷血的警惕小心來破壞所有事情。錢啊錢，總是錢！就連新娘的床頭，財神也要染指！上天入地，他都無路可逃。他來來回回走了一兩步，雙手插在口袋裡。

「又是錢，妳看！」他說，「就算在這樣的時刻，它也有本事踐踏我們欺凌我們，哪怕我們在荒郊野外單獨相處，連個鬼影都看不到我們。」

「這跟錢有什麼關係？」

「我告訴妳，要不是因為錢，妳腦子裡根本就不會起擔心孩子的念頭。要不是因為錢，妳會想要那孩子。妳說妳『不能』懷上孩子。什麼叫妳

『不能』懷上孩子？妳是說妳不敢。因為妳會丟掉妳的工作，而我沒有錢，我們全都得餓死。控制生育這檔子事！這不過是他們想出的另一招欺凌我們的法子，而妳顯然想默許此事。」

「但我要怎麼辦，戈登？我要怎麼辦？」

這時太陽隱沒到了雲層後。能感覺到變冷了。畢竟，這情形很詭異——躺在草地上的裸體女人，雙手插在褲子口袋裡、氣沖沖站在邊上的男人。她再那樣躺在那裡，過會就會感冒。這整個事情都荒唐又下作。

「但我還能怎麼辦呢？」她重複道。

「我認為，妳可以先從穿衣服開始。」他冷冷地說。

他說這話只是為了發洩他的惱怒，但結果讓她如此痛苦，而且明顯覺得難堪，使他不得不轉身背對她。她不多時就穿好了衣服。當她跪著繫鞋帶時，他聽見她抽了一兩次鼻子。她泫然欲泣，正在竭力控制自己。他覺得萬分羞愧。他本想跪倒在她身邊，用自己的雙臂摟住她，請求她的原諒。但他做不出這樣的事情，這場景讓他笨拙又彆扭。即使是最為平淡的語句，他也是好不容易才控制住自己的聲音說了出來。

「妳好了嗎？」他平板地說。

「好了。」

他們回到馬路上，爬過鐵絲網，開始一言不發地向山下走去。新鮮的雲層正翻湧著掠過太陽，現在冷多了。再過一個小時，暮色就要降臨。他們走到山底，拉文斯科洛夫酒店，他們的災難現場映入眼簾。

「我們去哪裡？」蘿絲瑪麗低沉地小聲說道。

「回斯勞吧，我想。我們必須過橋，看看路標。」

他們一路走了幾英哩，都幾乎沒再說話。蘿絲瑪麗困窘又可憐。好幾次她蹭到他身邊，意圖抓住他的手臂，但他躲開她，於是他們隔著馬路並列而行。她以為自己大大地觸怒了他。她以為這是因為他的失望 —— 因為她在關鍵時刻推開了他 —— 以為他在生她的氣。要是他給她一絲機會，她會道歉的。但實際上他幾乎沒再想這事了。他的心思已經從這方面轉開了。現在讓他心煩的是金錢勾當，是他口袋裡只有八便士這一事實。很快他就將不得不承認這一點。從法納姆到斯勞要車費，在斯勞要喝茶，還要菸，他們回倫敦還要更多的車費，或許還要再吃一頓飯，而只有八便士來支付這一大堆！他終究要向蘿絲瑪麗借錢。而這太丟人了。向一個剛剛和你吵過架的人借錢太討厭了。這讓他的清高姿態全都化作了胡扯！看看他，對她說教，擺出高人一等的架子，假裝為她把避孕當作理所當然的事而震驚不已，而下一秒就向她借錢！但你又能怎樣？你看，這就是金錢的力量。沒有錢，或者缺錢揭穿不了的姿態。

到四點半天就幾乎黑盡了。他們在霧濛濛的公路上跋涉，除了農舍窗戶上的裂縫，和偶爾經過的汽車上的黃色光束外，沒有一點光亮。天氣還冷得不像話，但他們已經走了四英哩，運動讓他們暖和了。繼續互不理睬是不可能的。他們說起話來輕鬆了些，並且一點點蹭到了一起。蘿絲瑪麗挽起戈登的手臂。這時她拉住戈登，把他扭過來面對自己。

「戈登，你為什麼對我這麼殘忍？」

「我對妳怎麼殘忍了？」

「走了這一路，你一個字都沒說！」

「哦，好吧！」

「你還在為剛才發生的事情生我的氣嗎？」

「沒，我從沒生過妳的氣。我不怪妳。」

她抬頭看著他，試圖在一片漆黑中分辨他臉上的表情。他把她拉到自己身邊，然後，似乎如她預料的一樣，抬起她的臉，吻了她。她熱切地抓著他，她的身子貼著他軟了下來。似乎她一直在等著這一刻。

「戈登，你確實是愛我的，對嗎？」

「我當然愛。」

「事情不知怎麼出了岔子。我當時不由自主。我當時突然嚇壞了。」

「沒關係。以後會好的。」

她軟軟地貼在他身上，頭靠著他的胸口。他可以感覺到她的心跳。它似乎跳得很厲害，好像她在做什麼決定似的。

「我不在乎。」她把臉埋在他的外套裡，含糊地說。

「不在乎什麼？」

「孩子。我願意冒這個險。你想把我怎麼樣都行。」

聽見這番屈服的話語，一陣微弱的慾望在他體內油然而生，又轉瞬即逝。他知道她為什麼這麼說。這並不是因為她此時此刻真的想做愛。這只是出於一種慷慨的衝動，為了讓他知道，她愛他，甘冒可怕的風險也不想讓他失望。

「現在？」他說。

「是的，如果你願意。」

他考慮了一下。他如此渴望確認她是他的！但夜晚清冷的空氣流過他們的身體。樹籬後的高草肯定又溼又冷。這是個錯誤的時間錯誤的地點。而且，八便士的問題占據著他的心神。

他再沒那個心情了。「我不能。」他最終說。

「你不能！但是，戈登！我以為——」

「我知道，但現在全然不同了。」

「你還在生氣嗎？」

「是的，某種意義上。」

「為什麼？」

他稍稍把她推離自己。不如現在解釋，再拖下去也強不了。然而，他太羞愧了，與其說是說出來，不如說是咕噥著：「我有件可惡的事情要跟妳說。這一路我都在為這事煩心。」

「什麼事？」

「是這樣。妳能借我一點錢嗎？我已經完全是個窮光蛋了。我的錢本來剛好夠今天花，但那張可惡的酒店帳單把一切都搞砸了。我只剩八便士了。」

蘿絲瑪麗十分詫異。她驚得一下子掙脫了他的懷抱。「只剩八便士了！你在說什麼啊？就算你只剩八便士了，又有什麼要緊？」

「我這不是告訴妳，我馬上就要找妳借錢了嗎？妳要付自己的車費、我的車費，還有妳的點心還有天知道什麼東西。可是，是我約妳和我出來的！妳應該讓我請客，真是該死。」

「你請客！噢，戈登。你這半天就在為這個煩心嗎？」

「是的。」

「戈登，你真是個孩子！你怎麼能讓自己為那樣的事情煩心呢？好像我介意借給你錢似的！難道我不是一直跟你說，我們倆約會的時候我願意付自己那份錢嗎？」

「是的，而妳知道我多麼討厭讓妳掏錢。我們那天晚上就把這說清楚了。」

「哦，多可笑啊，你多可笑啊！你認為沒錢有什麼丟臉的嗎？」

「當然！這是這世上唯一丟臉的事情。」

「但不管怎樣，這跟你和我做愛有什麼關係？我搞不懂你。一開始你想，然後你又不想了。這跟錢有什麼關係？」

「大有關係。」

他挽住她的手臂，開始沿著馬路繼續走。她永遠也不會理解，但他必須要解釋。

「難道妳不明白，除非口袋裡有錢，否則妳就不是一個完整的人 —— 感覺沒個人樣。」

「不。我覺得這完全是傻話。」

「不是說我不想和妳做愛。我想。但我告訴妳，當我口袋裡只有八便士的時候，我不能和妳做愛。至少當妳知道我只有八便士時不行。我就是沒法這麼做，這在生理上就不可能。」

「但為什麼呢？為什麼？」

「妳在蘭普里爾的書裡能找到答案。」他含糊地說。這就終結了這個話題。他們不再談論這個了。第二次了，他表現得糟糕透頂，卻讓她覺得好像是她犯了錯。他們繼續走。她不理解他，另一方面，她原諒他的一切。不久，他們到了法納姆平民區，然後，在十字路口上等了等，上了一輛去斯勞的巴士。當巴士在黑暗中若隱若現地靠近時，蘿絲瑪麗摸到了戈登的手，往他手裡悄悄塞了半克朗。這樣他就可以付車費，而不用當眾承受讓女人為他付錢的羞辱了。

在戈登自己看來，他寧願走到斯勞，省下車費，但他知道蘿絲瑪麗會拒絕。在斯勞也是，他贊同搭火車直接回倫敦，但蘿絲瑪麗生氣地說，她不會不喝茶就走。於是他們去了車站邊一家寬敞、透風而沉悶的酒店。茶水，外加乾巴的三明治和油灰球似的岩皮餅，要價每人兩先令。讓她請他吃東西，對戈登來說就是折磨。他生氣了，什麼也沒吃，然後經過一番低聲爭吵，堅持為茶水費貢獻了自己的八便士。

當他們搭乘火車回倫敦時已是七點。火車裡裝滿了穿著卡其短褲、疲憊不堪的徒步旅者。蘿絲瑪麗和戈登沒多說話。他們緊緊坐在一起，蘿絲瑪麗的手臂勾著他的手臂，把玩著他的手掌，戈登看著窗外。車廂裡的人們盯著他們，猜想他們在為什麼吵架。戈登看著裝點著顆顆路燈的黑暗倏忽閃過。他期盼已久的一天就這麼結束了，現在要回柳圃路了，身無分文的一個星期在前面等著。整整一個星期，除非發生什麼奇蹟，否則他連買根菸給自己都不行。他都做了些什麼傻事啊！蘿絲瑪麗沒有生他的氣。她試圖透過她手上的壓力向他傳達，她愛他。

他轉到一旁、蒼白不滿的臉，他寒酸的外套，他凌亂的、鼠灰色的、亟須修剪的頭髮，都讓她充滿了深切的憐憫。她對他飽含溫柔，比一切順利時反倒更加溫柔，因為她以自己女性的方式，明白了他不高興，生活對他而言挺艱難。

「送我回家，好不好？」當他們走出柏靈頓車站時，她說。

「如果妳不介意走路的話。我可沒有車費。」

「但是讓我來付車費吧。噢，天哪！我想你不肯。但你自己要怎麼回去呢？」

「哦，我走路。我認得路，不是很遠。」

「我討厭想到你要走這大段路。你看起來非常累。求求你，讓我付你回家的車費吧，答應吧！」

「不。妳已經為我付了夠多的了。」

「噢，天哪！你真是太傻了！」

他們在地鐵口停下了。他抓起她的手，「我想我們暫時必須說再見了。」他說。

「再見，戈登親愛的。萬分感謝你帶我出門。今天早上真是太好玩了。」

「啊，今天早上！那時候不一樣。」他的思緒回到早上的幾個小時，那時他們一起，單獨在馬路上，他口袋裡還有錢。悔恨攫住了他。整體而言他表現糟糕。他把她的手握得更緊了點。「妳沒生我的氣吧，有嗎？」

「沒有，傻瓜，當然沒有。」

「我不是有意要對妳殘忍的。是錢，總是錢。」

「沒關係，下次會更好的。我們會去個更好的地方。我們會去布萊頓過週末什麼的。」

「或許吧，等我有錢了。妳會很快寫信來的，是不是？」

「是的。」

「妳的信是唯一讓我堅持下去的東西。告訴我妳會什麼時候寫，好讓我可以有封妳的信當盼頭。」

「我明晚就寫，週二就寄。然後你就能在週二晚上最後一次郵遞時收到。」

「那再見，蘿絲瑪麗親愛的。」

「再見，戈登親愛的。」

他留她在售票處。他剛走了二十碼遠，突然感到一隻手搭上了他的手臂。他猛地轉身，是蘿絲瑪麗。她把一包二十支裝的「金箔」香菸塞進他的口袋，這是她在香菸攤上買的，然後趁他來不及反抗便跑回了地鐵。

他穿過馬里波恩和攝政公園的荒地，慢慢向家挪去。夜已經深了。街道上一片黑暗死寂，有一種奇怪的週日晚上的倦怠感，人們這時閒了一天，比工作了一天還要累。而且天冷得討厭。夜幕降臨時，風隨之而起。狂風驟起摧肝膽。戈登已經走了十二或十五英哩，他腳痠腿痛，飢腸轆轆。他一整天都沒吃多少東西。早上他匆匆離家，沒吃上像樣的早餐，而在拉文斯科洛夫酒店的午餐也不是那種能填飽肚子的食物，從那以後他就沒扎扎實實吃過東西。但是，就算回家了他也不指望能弄到什麼。他告訴過維斯比奇太太，他會一整天不在家。

到達漢普斯特德路時，他必須在人行道上等待，讓車流通過。即使在這裡，一切也看起來黑暗而陰鬱，儘管路燈通明，珠寶店的窗戶也閃著冷淡的光芒。烈風穿透他單薄的衣衫，讓他瑟瑟發抖。狂風驟起摧肝膽，新禿白楊迎風折。他已經完成這首詩了，只剩最後兩行了。他又想到了今天上午的那幾個小時 —— 那空曠多霧的道路，那種自由和冒險的感覺 —— 你面前擺著整整一天和整個鄉野，可以任你隨意遊逛的感覺。當然，這是有錢造成的功效。今天早上，他口袋裡有七先令十一便士。這是對財神的一次短暫勝利。一個早上的叛變，在亞斯塔祿（Ashtaroth）[064]的樹林中度過的一個假日。但這樣的事從不持久。你的錢沒了，你的自由就隨之而去。割除汝之包皮，上帝說。然後我們痛哭流涕地爬回去。

又一波汽車如魚群般游過。有一輛特別吸引了他的視線，它形狀纖長，優雅如飛燕，渾身閃著藍色和銀色的光芒，他想它得值一千基尼[065]。駕駛座上坐著一個身著藍衣的司機，挺得筆直，一動不動，如同一尊趾高氣昂的雕像。後座上，在車內粉紅色的燈光下，是四個優雅的年輕人，兩個青年，兩個青少女，正在抽菸調笑。他瞥見那些光鮮的美麗臉龐；那臉上透著迷人的粉嫩和光滑，神采奕奕，散發著無可偽造的獨特光華 —— 這是金錢柔和溫暖的光芒。

他穿過馬路。今晚沒東西吃了。但是，燈裡還有油，謝天謝地，他回去後要偷偷喝杯茶。此時此刻，他審視著自己和自己的生活，毫不粉飾。每天晚上都一樣 —— 回到冰冷孤獨的臥室，面對毫無進展的詩歌，那骯髒雜亂的紙頁。這是條絕路。他永遠也完成不了〈倫敦拾趣〉，他永遠也娶不了蘿絲瑪麗，他永遠也整理不好自己的生活。他只會隨波逐流，越沉越深，就像家族裡的其他人那樣，但比他們還糟 —— 下陷，下陷，陷入某個可怕的，至今還只是存在於他朦朧的想像中的世界。這是他在對金錢宣戰時就做出的選擇。要麼侍奉財神，要麼永無出頭之日，別無他法。

地底深處的某樣東西讓石頭街道聳動起來。是地鐵從土地間滑過。他產生了一種對倫敦、對西方世界的幻象。他看見億萬奴隸簇擁著金錢

[064] Ashtaroth，即 Astarte，希伯來神話中的生育和性慾女神。

[065] 一基尼等於二十一先令。

的王座，匍匐勞作。農民耕地，航船出海，礦工們在土塊掉落的地下隧道裡揮汗如雨，上班族們趕著八點十五的時間行色匆匆，害怕老闆砸掉他們的飯碗。就連和妻子上床，他們也戰戰兢兢、唯唯諾諾。對誰唯唯諾諾？那些金錢的傳教士，那些紅光滿面的世界之主，那些上層人士。坐在上千基尼的汽車裡，光鮮的年輕女郎，打高爾夫球的股票經紀人和世界級的金融家，高級法院的律師和追逐時尚的娘炮，銀行家、媒體人、各式各樣的小說家、美國拳擊手、女飛行員、電影明星、主教、知名詩人和芝加哥大猩猩。

他又走了五十碼遠，突然腦中靈光一閃，想到了他詩文的最後一節。他一面向家走去，一面低聲吟誦這首詩：

狂風驟起摧肝膽，新禿白楊迎風折。
濃煙低垂如黑緞，海報拍動聲瑟瑟。

電車轟隆馬蹄疾，陣陣寒音催人行。
職員向站忙奔襲，慄慄遠望東天頂。

各人心中同思量：「握緊飯碗過隆冬！」
冰鋒刺骨悽悽惶，心頭思量惹愁容。

房租水電加保險，氣煤靴子用人餉。
學費帳單分期錢，德拉格床要一雙。

無憂夏日林間樂，悠遊恣肆翻雲雨。
而今風起蕭瑟瑟，痛悔乞憐知幾許。

萬物之主財神爺，禦我血我手我腦。
為擋風擋雨擋雪，予奪無常難討好。

彼以關切嫉妒心，探我思我夢我祕。
定我言我語我衣，吾輩行止聽其意。

彼冷怒火滅希望，買我性命償玩物。
辱無義憤喜無聲，喪行敗德求俸祿。

彼能鐐銬詩人才，工人之力軍之勇。
又以纖薄柔滑盾，離分眷屬間雌雄。

Part Two
你贏了，葉蘭！

否極泰來

伴著一點的鐘聲，戈登砰地關上店門，小跑著匆匆趕向街上的西敏寺教堂銀行分行。

他以一種不由自主的謹慎姿態，抓著自己的外套領子，把它緊緊地攥著貼在身上。他右邊的衣服內袋裡，藏著一樣東西。對於它的存在，他有些懷疑。這是一個蓋著美國郵戳的結實信封，信封裡有一張五十美元的支票，而那支票是開給「戈登．康斯托克」的！

他能清晰地感覺到信封四四方方的形狀貼著自己的身體，好像那信封在火熱發紅似的。摸到也好，不摸也罷，整個早上他都能感覺到它就在那裡，他左胸下方的皮膚裡似乎生出了一塊特別敏感的地方。他每隔十分鐘，就要把那支票拿出信封，緊張地細細檢查一番。畢竟，支票這東西要小心。要是最後發現日期或簽名出了什麼岔子，那就太可怕了。此外，他可能會弄丟它 —— 它可能像童話裡的魔金一樣不翼而飛。

這張支票來自《加利福尼亞評論》，就是他幾週或幾個月前，不抱希望地寄了一首詩的那家美國雜誌。他幾乎都忘了這首詩，它已經寄去很久了，直到今天早上，他們的信才飄洋過海突然而至。這是封什麼樣的信啊！沒有哪個英語編輯這樣寫信。他們對他的詩「印象非常不錯」。他們會「努力」在下期刊物中採用它。他是否願意「幫忙」展示一下他的其他作品給他們？（他願意嗎？用弗萊克斯曼的話說就是 —— 噢，小子！）而那張支票正是隨信而來。這看起來簡直荒唐透頂，在這滿目瘡痍的一九三四年，竟還有人為一首詩出價五十美元。但是，信就在這裡，支票就在這裡，無論他如何檢查，看起來都如假包換。

在這張支票兌現之前他都沒法冷靜 —— 因為銀行很有可能會拒絕它 —— 但他腦海中已經在跑馬燈似的變換著一系列幻象了。女孩們臉龐的幻象，結著蜘蛛網的紅酒瓶和夸脫[066]裝啤酒罐的幻象，嶄新的西裝和贖回的外套的幻象，和蘿絲瑪麗在布萊頓共度週末的幻象，他給茱莉亞一張五英鎊鈔票的幻象。當然，最要緊的，就是給茱莉亞的那五英鎊。這幾乎是他拿到支票時想到的第一件事。不管剩下的錢怎麼花，他必須要分一半給茱莉亞。想想他這些年都跟她「借」了多少錢，就明白這不過是最基本的道義。整個上午他都想著茱莉亞，他欠她的錢總是時不時地跳出腦海。但是，這個想法隱隱叫他不快。他每半小時地多次將它拋到九霄雲外，計劃出十幾種不同的辦法要把他這十英鎊花得一分不剩，然後又突然想起茱莉亞。老好人茱莉亞！茱莉亞應該拿到自己那份。最少最少也要有五英鎊。即使這樣也不足以償還他虧欠她的十分之一。帶著微微的不捨，他第二十次堅定想法：給茱莉亞五英鎊。

銀行爽快地兌現了支票。戈登沒有銀行帳戶，但他們都跟他熟識，因為麥基奇尼先生用這家銀行。他們以前也為戈登兌現過編輯的支票。僅僅經過一分鐘的諮詢，出納就回來了。

「付鈔票嗎，康斯托克先生？」

「請給一張五英鎊的，其餘都用一英鎊的。」

那張脆薄迷人的五英鎊，和五張乾乾淨淨的一英鎊鈔票從黃銅欄杆下沙沙滑過。之後出納又推出來一小堆半克朗和一便士的硬幣。戈登數也沒數，就趾高氣昂地將那些硬幣丟進了口袋。這算是點酒錢。他本來

[066] 英美容量單位，一英制夸脫等於二品脫，等於一千一百三十六點五二二五毫升。

預計五十美元只值十英鎊呢。美元肯定升值了。但是，他把那張五英鎊的鈔票小心翼翼地疊起來，收進了那個美國信封裡。那是茱莉亞的五英鎊，是神聖不可侵犯的。他待會就把它寄給她。

他沒有回家吃午飯。口袋裡有十英鎊——確切地說是五英鎊的時候（他老是忘記已經抵押給茱莉亞的那一半款項），他為什麼要在滿是葉蘭的餐廳裡咀嚼牛皮似的牛肉呢？他眼下還懶得去寄茱莉亞的五英鎊。今天晚上寄也夠快了。而且，他非常享受口袋裡裝著錢的感覺。真是奇怪，有那麼多錢在你口袋裡，感覺竟會如此不同。不僅是覺得富有，更是覺得安心、活力煥發、猶如新生。他覺得自己和昨天比像換了個人似的。他確實換了個人。他不再是那個在柳圃路三十一號的煤油爐上偷偷泡茶、飽受他人踐踏的可憐人了。他是戈登・康斯托克，是大西洋兩岸都赫赫有名的詩人。出版著作：《鼠》（一九三二），〈倫敦拾趣〉（一九三五）。他現在想起〈倫敦拾趣〉來信心滿滿。三個月內它就該問世了。八開德米紙[067]，白色硬麻皮。如今時來運轉，他覺得自己足以睥睨天下了。

他逛到威爾斯王子樓去吃點東西。一塊羊腿肉、兩份素菜，一先令兩便士，一品脫麥酒九便士，二十支「金箔」香菸一先令。就算如此奢侈一番他手上還有十英鎊多——或者五英鎊多。一套新西裝，一次鄉間週末，一次巴黎一日遊，五次酩酊大醉，十頓蘇荷區[068]餐廳的晚餐。就在這時，他想到今晚他、蘿絲瑪麗和拉弗斯通一定得聚個餐。就為慶祝他的天降大運。畢竟，不會每天都有十英鎊——五英鎊——從天而降落到你頭上的。他們三個人可以好酒好菜，共進晚餐，而不用擔心金錢。

---

[067] Demy octavo，英國舊制紙張版式，尺寸為二百一十六公釐乘一百三十八公釐。

[068] 即 SOHO，指倫敦牛津街、查理十字街、沙夫茨伯里街和攝政街圍成的一片方形區域，為倫敦繁華中心。

這個想法抓住了他的心，根本無法抗拒。他尚有一絲謹慎。當然，不能用光所有的錢。不過，一英鎊兩英鎊他還是出得起的。幾分鐘後，他已經透過酒吧的電話聯繫上了拉弗斯通。

「是你嗎，拉弗斯通？我說，拉弗斯通！看哪，今晚一定要讓我請你吃個飯。」

拉弗斯通在電話線那頭微微抗議：「不，才怪！是我請你吃飯。」但戈登壓過了他。胡說！今晚必須是他請拉弗斯通吃飯。拉弗斯通不情不願地同意了。好吧，行，謝謝，他非常樂意。他的聲音中有一種歉意的委屈。他猜到了事情原委。戈登不知從哪裡弄到了錢，馬上就要把它揮霍掉。一如既往，拉弗斯通覺得自己沒有權利干涉。他們該去哪呢？戈登問。拉弗斯通開始稱讚蘇荷區那些宜人的小餐廳，在那裡花半克朗就能吃上一頓十分美妙的晚餐。但被拉弗斯通一提，蘇荷區的餐廳聽起來就太爛了。戈登不肯聽。胡說！他們必須去個體面的地方。不管三七二十一，我們去吧，就是他內心的想法。很可能要花兩英鎊——甚至三英鎊。拉弗斯通一般去哪裡？莫迪利亞尼餐廳，拉弗斯通承認道。但莫迪利亞尼餐廳非常——但是不！即使在電話裡，拉弗斯通也憋不出那個討厭的「貴」字。要怎麼提醒戈登他的貧窮？他委婉地說，戈登可能不會喜歡莫迪利亞尼餐廳。但戈登挺滿意。莫迪利亞尼？沒錯——八點半。好的！畢竟，就算他晚餐花了三英鎊，他也還有兩英鎊，可以買一雙新鞋子給自己、一件背心還有一條短褲。

他又花了五分鐘和蘿絲瑪麗約好。新阿爾比恩不喜歡別人打電話找員工，但偶爾一次沒有關係。自從五天前那個災難性的週日之旅以來，他收到過她一封信，但沒有和她見過面。她聽出是誰的聲音後，口氣熱切起來。她願意今晚和他共進晚餐嗎？當然！多有意思！於是，十分鐘內整個事情就敲定了。他一直想讓蘿絲瑪麗和拉弗斯通見個面，但不知怎麼總是安排不出來。而只需要有點錢花，這些事情就容易多了。

計程車載著他穿過暮色四合的街道向西駛去。一段三英哩的旅程——不過，他還是坐得起的。為什麼要為了省一點小錢而壞了大事？他已經放棄今晚只花兩英鎊的念頭。他要花三英鎊，三英鎊十便士——四英鎊，如果他樂意的話。不管三七二十一大吃一頓，這就是他的打算。還有，哦！順便說說！茱莉亞的五英鎊。他還沒寄呢。沒關係，明天早上第一件事就去寄。老好人茱莉亞！她應該得到她的五英鎊。

他屁股下的計程車坐墊多麼舒適啊！他懶洋洋地這樣靠靠那樣躺躺。當然，他之前在喝酒——離開前喝了兩小瓶，可能是三瓶。計程車司機是個壯實而明達的人，長著一張飽經風霜的臉和一雙洞察世事的眼睛。他和戈登互有默契。他們是在戈登喝小酒的酒吧結識的。當他們靠近西區的時候，計程車司機不待召喚就停在了街角一家不起眼的酒吧旁。他知道戈登腦子裡在想什麼。戈登可以喝杯小酒，計程車司機也一樣，但酒錢要算在戈登頭上——這也是共識。「你料到了我的想法。」戈登說著爬出車廂。

「是的，先生。」

「我不妨小喝一杯。」

「我就是這麼想的，先生。」

「那你感覺自己能來一杯嗎？」

「有志者事竟成嘛。」計程車司機說。

「進來吧。」戈登說。

他們親密地肘貼著肘靠在黃銅鑲邊的吧臺上，點了兩根計程車司機的香菸。戈登覺得自己妙語連珠、豪氣干雲。他簡直想把自己這輩子的歷史都向這個計程車司機傾吐。圍著白圍裙的酒保趕忙向他們走過來。

「你好，先生？」酒保說。

「琴酒。」戈登說。

「我也是。」計程車司機說。

他們舉杯相碰，親密之狀前所未有。

「願年年有今日。[069]」戈登說。

「您今天過生日嗎，先生？」

「只是打個比方。我的重生之日吧，可以這麼說。」

「我向來沒受過多少教育。」計程車司機說。

「我說的是格言。」戈登說。

「白話就夠我受的了。」計程車司機說。

「這是莎士比亞的語言。」戈登說。

「難道您是個文人嗎，先生？」

「我看起來有那麼滄桑嗎？」

「不是滄桑，先生。就是像個知識分子。」

「你說的對極了，我是個詩人。」

「詩人！如今真是林子大了什麼鳥都有啊，是不是？」計程車司機說。

「這真是一片好林子。」戈登說。

---

[069] Many happy returns 是祝壽詞，類似於萬壽無疆。考慮語境兼字面，用年年有今日。

今晚他詩興大發。他們又喝了一杯琴酒，不一會又再來了一杯，然後便一同返回計程車，就差手挽手了。這下，戈登今晚已經喝了五杯琴酒了。他血管裡有種輕飄飄的感覺，似乎琴酒流進了他的血管，和血液混合了。他靠躺在座位的角落裡，看著高樓上刺眼的巨大廣告牌滑過幽藍的暗夜。此時此刻，霓虹燈或紅或藍的邪魅燈光讓他高興。這計程車滑行得多順暢啊！簡直像艘小船而非汽車。這是有錢的魔力。金錢潤滑了車輪。他想到了即將來臨的這個夜晚；美食、美酒、美談 —— 最重要的是，不必擔心錢。不用為了該死的六便士而煩憂，說什麼「我們買不起這個」「我們買不起那個！」蘿絲瑪麗和拉弗斯通會努力阻止他大手大腳。但他會讓他們閉嘴。只要他樂意，他可以花得一分不剩。有整整十英鎊可供揮霍！至少，有五英鎊。茱莉亞的名字在他腦海中一閃而過，轉瞬又消失了。

當到達莫迪利亞尼餐廳的時候，他已經相當清醒了。凶神惡煞的保全如同一尊閃著光的巨大蠟像，像沒什麼關節似的，僵硬地踱步過來打開計程車門。他冷峻的眼神狐疑地看著戈登的衣著。這可不是莫迪利亞尼餐廳常見的「服飾」。當然，莫迪利亞尼餐廳的服飾都是非常波西米亞風的；但波西米亞也有各式各樣的，而戈登這樣的就不對頭。戈登不在乎。他熱情地與計程車司機道別，在車錢以外還給了他半克朗小費。保全這才神色稍緩。就在這時，拉弗斯通從門口出現。保全當然認識拉弗斯通。他悠閒地走到人行道上，身材高挑醒目，透著貴族式的寒酸，眼神鬱鬱寡歡。他已經在憂心這頓晚餐該讓戈登如何破費了。

「啊，你在這裡呢，戈登！」

「嗨，拉弗斯通！蘿絲瑪麗呢？」

「她也許在裡面等著呢。你知道的，我不知道她的長相。但我說，戈登，你看！在我們進去之前，我想 —— 」

「啊，看，她在那裡！」

她正向他們走來，動作敏捷，興高采烈。她從人群中穿梭而過，那樣子如一支靈巧的小驅逐艦在龐大笨拙的貨船中滑過一般。一如平時，她穿得挺漂亮。那是你的女孩！能讓拉弗斯通見見她，他很自豪。她今晚非常開心，滿臉寫著她不會提醒自己或戈登他們上次那場災難性的碰面。戈登為他們作了介紹，三人往裡走去。她又說又笑，或許有點活潑過頭了，但拉弗斯通立刻喜歡上了她。確實，每個見過蘿絲瑪麗的人都會喜歡她。餐廳的內部裝潢把戈登鎮住了，一會才回神。這裡是如此可怕地氣派，散發著強烈的藝術氣息。沉黑的摺疊桌，錫鉛的蠟燭臺，牆上掛著法國現代畫家的畫作。有一幅畫，是一張街景，看起來像是尤特里羅[070]的作品。戈登挺直雙肩。該死，有什麼好怕的？那張五英鎊的紙幣好好地收在他口袋中的信封裡。當然，這是茱莉亞的五英鎊，他不會花掉它的。不過，它的存在給了他精神支持。這是某種護身符。他們走向最裡頭的角桌 —— 拉弗斯通最喜歡的桌子。拉弗斯通拉住戈登的手臂，把他往後拉了拉，免得蘿絲瑪麗聽見。

「戈登，聽著！」

「什麼？」

「聽著，今晚是我請你吃飯。」

「胡說！是我請。」

「我真心希望你讓我來。我討厭看到你把那些錢全都花掉。」

「我們今晚不談錢。」戈登說。

「那就五五分吧。」拉弗斯通懇求道。

---

[070] 莫里斯．尤特里羅（Maurice Utrillo）（西元一八八三至一九五五年），法國風景畫家。

「我來請。」戈登堅決地說。

拉弗斯通作罷了。那個胖胖的白髮義大利侍者正在角桌旁鞠躬微笑。但他是在對拉弗斯通微笑，而非戈登。戈登坐下來，感到他必須迅速為自己立威。侍者拿出選單，他揮手擋掉了。

「我們要先決定喝什麼。」他說。

「我要啤酒。」拉弗斯通說，帶著一種悲觀的急切，「啤酒是我唯一喜歡的飲品。」

「我也是。」蘿絲瑪麗附和道。

「哦，瞎說！我們要來點好酒。你們喜歡什麼，紅酒還是白葡萄酒？把酒單給我。」他對侍者說。

「那就讓我們喝普通的波爾多酒吧。梅多克（medoc）或者聖朱利安（Saint Julien）之類的。」拉弗斯通說。

「我特別喜歡聖朱利安。」蘿絲瑪麗說，她記得聖朱利安總是酒單上最便宜的酒。

戈登暗自譴責他們的眼神。果不其然，你瞧！他們已經開始結盟對付他了。他們試圖阻止他花自己的錢。那種可惡又可怕的「你買不起這個」的氣氛要籠罩一切了。這讓他更加迫切地想要揮霍一番。片刻之前他會妥協於勃根地，現在他決定他們必須喝點真正昂貴的東西——某種嘶嘶作響的酒，某種噴薄而出的酒。香檳？不，他們絕不會讓他點香檳的。啊！

「你們有阿斯蒂[071]嗎？」他對侍者說。

侍者想到自己的開瓶費，突然容光煥發。他這時明白了，是戈登而

[071] 指阿斯蒂氣泡酒，產於義大利皮埃蒙特大區阿斯蒂，是世界上最著名的氣泡酒之一。

非拉弗斯通作東。他用刻意裝出的英法夾雜的獨特語言答道：

「阿斯蒂嗎，先生？有，先生。非常棒的阿斯蒂！阿斯蒂氣泡酒。Tresfin ！ Tresvif ！[072]」

拉弗斯通憂慮的雙眼與戈登隔桌對視。你買不起這個！他的眼睛懇求道。

「是那種嘶嘶響的嗎？」蘿絲瑪麗說。

「響得厲害，夫人。非常有活力的酒。Tresvif ！嘭！」他一雙胖手做著手勢，勾畫出氣泡噴薄的場景。

「阿斯蒂。」不待蘿絲瑪麗阻止，戈登說道。

拉弗斯通看起來很痛苦。他知道一瓶阿斯蒂會花掉戈登十到十五先令。戈登假裝沒注意到。他從桑塞福里納公爵夫人[073]和她的「阿斯蒂酒之力」聯想，聊起了司湯達。阿斯蒂是放在一桶冰裡端上來的 —— 這是個錯誤，拉弗斯通本可告訴戈登。瓶塞衝出來了。嘭！洶湧的葡萄酒噴著泡沫被倒入了寬口平底玻璃杯中。桌上的氣氛發生了奇妙的變化。他們三人全都有了些不同。即使還沒喝，酒就已經在發揮它的魔力了。蘿絲瑪麗不再緊張，拉弗斯通不再為花費憂心忡忡，戈登不再挑釁似的決心大手大腳。他們吃著鳳尾魚，麵包和奶油炸板魚，就著麵包醬和薯條吃著烤雞，但他們主要是在喝酒談天。而且他們談得多麼精采啊 —— 反正在他們看來如此！他們大談現代生活多麼該死，現代書籍多麼該死。這年頭還有什麼其他可談？和平時一樣（但是，噢！又是多麼不同，現在他口袋裡有錢了，他並不真正相信自己所說的話了），戈登痛批我們生活的這個時代如何死板和枯燥。保險套和機關槍！電影和《每日郵報》！

[072] 侍者故意用了法語，意為非常棒、非常亮。白葡萄酒清澈閃亮。

[073] 司湯達作品《巴馬修道院》中的角色。

當他口袋裡裝著幾個銅板走在街上時，這是深入骨髓的事實；但此時此刻這不過是個笑話。宣稱我們生活在一個腐化墮落的世界可真開心 —— 肚子裡裝著好酒好菜已經很開心了。他風趣地貶斥現代文學，他們全都風趣有加。戈登以懷才不遇的文人那無可厚非的輕蔑，擊垮了一個又一個名滿天下的作家。蕭伯納、濟慈、艾略特、喬伊斯、赫胥黎、路易斯、海明威 —— 個個都被他一語帶過，有兩個還被丟進了垃圾桶。這真是太開心了，要是好景堪長就好了！當然，在這一刻，戈登確實相信好景堪長。第一瓶阿斯蒂，戈登喝了三杯，拉弗斯通兩杯，蘿絲瑪麗一杯。戈登發覺對面桌的一個女孩正在看他。一個高挑優雅的女孩，生著粉嫩的皮膚，一雙杏色的美目。顯然，她是個富家女。一個有錢的知識分子，她覺得他有意思 —— 在想他是誰。戈登發現自己是在為她編造獨特的連珠妙語。而且他確實在妙語連珠，這是毫無疑問的。這也是因為錢。金錢潤滑了車輪 —— 不只是計程車的車輪，也是思維的齒輪。

但不知怎的，第二瓶阿斯蒂不像第一瓶那麼成功。一開始點酒就有些不愉快。戈登招呼侍者。

「這個你們還有嗎？」

侍者滿面榮光。「是的，先生！ Mais certainement , monsieur ！[074]」

蘿絲瑪麗蹙眉，在桌下碰了碰戈登的腳。「別，戈登，別！你別這麼做。」

「別做什麼？」

「再點一瓶酒。我們不想要了。」

「哦，瞎說！再來一瓶，服務生。」

[074] 法語，意為「當然，先生！」。

「是，先生。」

拉弗斯通揉揉鼻子。他太愧疚了，不敢看戈登的眼睛，於是盯著自己的酒杯。「聽著，戈登。讓我來買這瓶酒吧。我非常樂意。」

「瞎說！」戈登重複一遍。「那就要半瓶吧。」蘿絲瑪麗說。「一整瓶，服務生。」戈登說。

這之後全都變了。他們仍然在說在笑在爭論，但全都變了。對面桌那個優雅的女孩不再看戈登了。不知怎的，戈登不再風趣了。點第二瓶酒幾乎總是錯誤。這就像在夏天洗第二次澡一樣。不管天多熱，不管你多麼享受第一個澡，要是再來第二次你總會後悔。酒的魔力消失了，似乎氣泡少了，也沒那麼亮了，它只是一種濃稠酸澀的液體，讓你半是噁心半是希望快快喝醉而牛飲下去。戈登現在絕對醉了，雖然沒有表現出來。半個他醉了，半個他還清醒。他開始出現那種特有的恍惚感，好像嘴臉脹大了，手指變粗了，這正是醉酒第二階段所產生的感覺。但不管怎樣，外表上，仍然是他清醒的那半在掌管著大權。談話變得越來越乏味了。戈登和拉弗斯通說起話來顯得心不在焉、彆彆扭扭，就像丟人現眼卻不肯承認的那些人一樣。他們談到莎士比亞，有一搭沒一搭地扯著，變成了一場關於哈姆雷特之意義的冗長討論，非常沉悶。蘿絲瑪麗憋著哈欠。戈登清醒的那半在說話，而醉了的那半在袖手旁觀。醉了的那半很生氣。他們毀了他的夜晚，他們該死！誰讓他們為第二瓶酒爭論的。他現在唯一想做的，就是喝個酩酊大醉，一了百了。第二瓶的六杯酒他喝了四杯 —— 因為蘿絲瑪麗不肯再喝。但這東西太淡，怎麼也喝不夠。醉了的那半大嚷著要更多的酒，更多，更多。夸脫裝、桶裝的啤酒！要真正帶勁的好酒！以上帝之名！他待會要喝那個。他想到了自己衣服內袋裡藏的那五英鎊。不管怎樣，他還有那筆錢可以揮霍呢。

藏在莫迪利亞尼餐廳內部某處的音樂鐘敲響了十點。

「我們撤吧？」戈登說。

桌對面，拉弗斯通的眼神透著懇求和愧疚。讓我來分擔帳單吧！他的眼睛說。戈登不理他。

「我提議，我們去皇家咖啡廳。」他說。

帳單沒能讓他清醒。晚餐花了兩英鎊多一點，酒花了三十先令。當然，他沒讓他們看到帳單，但他們看到他付錢了。他將四張一英鎊的鈔票丟到侍者的托盤裡，大咧咧地說：「不用找了。」這樣除了那張五英鎊，他還有十先令左右。拉弗斯通在幫蘿絲瑪麗穿外套，當她看到戈登向侍者丟鈔票時，她的雙唇絕望地張了張。她萬萬沒想到這頓晚餐竟然要花四英鎊。看見他把錢那樣亂扔，她嚇壞了。拉弗斯通看起來神色陰鬱，並不贊同。戈登再次詛咒他們的眼神。為什麼他們非要不停地擔心呢？他出得起這個錢，不是嗎？他還有那張五英鎊呢。但是天哪，如果他回家時只剩一分錢了，可怪不得他。

但表面上他還是相當清醒，而且比半小時前收斂得多。他說，「我們最好坐計程車去皇家咖啡廳。」

「噢，我們走路去吧！」蘿絲瑪麗說，「就幾步路。」

「不，我們要坐計程車。」

他們上了計程車，乘車遠去。戈登坐在蘿絲瑪麗旁邊。儘管有拉弗斯通在場，他仍然有些想用手臂摟著她。但就在這時，一陣寒冷的夜風從窗戶裡鑽了進來，吹過戈登的額頭，讓他一個冷顫，就像深夜時分你突然從沉睡中徹底甦醒，一時間充滿痛苦的了悟一樣 —— 比如你注定要死去，或者你的人生一敗塗地。約有一分鐘時間，他萬分清醒。他對自己一清二楚，清楚自己在做糟糕透頂的傻事 —— 清楚自己已經愚不可及地揮霍掉了五英鎊，現在還要揮霍掉屬於茱莉亞的另外五英鎊。他腦中閃過茱莉亞的形象，浮現出她在那淒涼的開間裡的情景，她瘦削的臉龐，她灰白的頭髮。可憐的、善良的茱莉亞啊！為他犧牲了自己整個人生的茱莉亞，借了他一鎊一鎊又一鎊的茱莉亞。而現在他甚至連這點良心都沒有，竟要染指她的五英鎊！想到這裡他退縮了，他避難般逃回自己的酩酊醉態中。快點，快點，我們要清醒過來了！酒，更多酒！恢復一開始那種美妙的無憂無慮的興頭！車外，一家義大利雜貨店仍在營業，它五顏六色的窗戶向他們湧來。他清脆地敲敲玻璃，計程車停了。戈登開始跨過蘿絲瑪麗的膝蓋往外爬。

「你去哪裡，戈登？」

「恢復一開始那種無憂無慮的興頭！」戈登在人行道上說。

「什麼？」

「是時候讓我們再灌點酒啦。再過半小時酒吧就關門了。」

「別，戈登，別！你不要再喝酒了。你今天已經喝得夠多了。」

「等一下。」

他從店裡出來，抱著一公升的瓶裝奇揚地紅葡萄酒。售貨員幫他拔出了塞子，然後又把它鬆鬆地塞了回去。另兩人現在明白他醉了 —— 明白他一定在見他們之前就在喝酒。這讓他們都很尷尬。他們走進皇家咖啡廳，但他們腦中的主要想法是帶戈登走，盡快讓他上床睡覺。蘿絲瑪麗在戈登身後悄聲說：「拜託不要再讓他喝酒了！」拉弗斯通陰沉地點點頭。戈登正在他們前面昂首邁向一張空桌，一點也不介意眾人投向他手臂下的酒瓶的目光。他們坐下來，點了咖啡，拉弗斯通好不容易才制止戈登再點白蘭地。他們全都如坐針氈。在這裝飾華麗的咖啡廳，忍受著悶熱，還有震耳欲聾的噪音 —— 幾百張嘴的聒噪、杯盤碗盞的磕碰、樂隊斷斷續續的哀嚎，太可怕了。三人全都想走。拉弗斯通還在擔心花費，蘿絲瑪麗擔心戈登喝醉了，戈登焦躁又口渴。他本來想來這裡，但剛一進門他就想逃走。醉了的那半在叫囂著要找點樂子。而且醉了的那半就快脫離控制了。啤酒、啤酒！醉了的那半呼喊著。戈登討厭這個擁擠的地方。他想像著酒吧的場景，擺著大酒桶和冒著酒沫的夸脫罐。他眼睛盯著鐘。快到十點半了，就連西敏寺的酒吧也會在十一點關門。絕不能少了他的啤酒！那瓶葡萄酒是之後等酒吧關門了喝的。蘿絲瑪麗坐在他對面，和拉弗斯通說著話，她並不自在，卻盡力假裝她很開心，沒什麼問題。他們還在調侃莎士比亞。戈登討厭莎士比亞。他看著蘿絲瑪麗說話的樣子，一陣強烈而執拗的慾望淹沒了他。她身體前傾，手肘撐著桌子，他可以透過她的裙子清清楚楚地看到她那小小的乳房。他突然想起一件事，讓他為之一震，呼吸一滯，差點就再次清醒過來：他曾見過她赤身裸體的樣子。她是他的女孩！只要他願意，他隨時可以擁有她！以上帝之名，他今晚就要她！為什麼不呢？這將恰到好處地結束這個夜晚。他們輕易就能找到一個地方；在沙夫茨伯里大街附近有的是旅館，只要你能付帳，他們就不會過問。他還有五英鎊。他在桌子下摸索她的腳，打算在腳上印上一記輕柔的愛撫，卻只踩到了她的腳趾頭。她把腳從他身邊移開了。

他突然說：「我們從這裡出去吧。」並馬上站了起來。「哦，走吧！」蘿絲瑪麗鬆了口氣。

他們又走上了攝政街。前方左側的皮卡迪利圓環[075]亮著一汪可怕的

[075] 是一片戲院和娛樂場所聚集地。

燈光，十分刺眼。蘿絲瑪麗的眼睛轉向對面的公車站。

「十點半了。」她猶疑地說，「我必須在十一點前回去。」

「哦，胡說！讓我們找家像樣的酒吧。我絕不能少了我的啤酒。」

「噢，不要，戈登！今晚別再進酒吧了。我再喝不了了。你也不該再喝酒了。」

「沒關係，這邊來。」

他抓住她的手臂，開始拉著她往攝政街的盡頭走去，那緊緊抓著她的樣子像是生怕她會跑掉似的。這時他已經忘了拉弗斯通。拉弗斯通跟在後面，不知道自己是該不管他們逕自走掉，還是該留下來盯著戈登。蘿絲瑪麗猶豫不前，她不喜歡戈登那樣拉著她的手臂。

「你要帶我去哪裡，戈登？」

「轉過街角，去黑暗的地方。我想吻妳。」

「我不覺得我想被人吻。」

「妳當然想。」

「不要！」

「要！」

她跟他走了。拉弗斯通在攝政宮的轉角處等著，不確定該怎麼辦。戈登和蘿絲瑪麗轉過街角，幾乎馬上就消失在了更為黑暗狹窄的街道中。妓女們恐怖的面容，如同敷著碳粉粉底的骷髏，她們正從幾家門口意味深長地窺視著。蘿絲瑪麗瑟縮著躲避她們。戈登覺得十分搞笑。

「她們以為妳也是她們中的一員呢。」他對她解釋道。他把酒瓶小心翼翼地貼著牆放在人行道上，然後突然抓著她把她向後一扭。他熱切地渴望她，並不想在前戲上浪費時間。他開始在她整張臉上大吻特吻，動作笨拙卻十分用力。她任他這樣做了一會，但這嚇壞了她。他的臉離她如此之近，看起來蒼白、怪異而迷亂。他滿身酒氣。她掙扎著轉過臉，只讓他吻自己的頭髮和脖子。

「戈登，你不能這樣！」

「我為什麼不能這樣？」

「你在做什麼？」

「妳以為我在做什麼？」

他把她頂在牆上，用醉漢那種仔細而專注的動作，試圖解開她裙子的前襟，實際反倒越弄越緊。這下她生氣了。她猛烈地掙扎著，把他的手拍到一邊。

「戈登，馬上停下來！」

「為什麼？」

「你要是再這樣我就扇你一耳光。」

「扇我一耳光！別跟我來女童子軍那一套。」

「讓我走，好不好！」

「想想上週日。」他淫蕩地說。

「戈登，你要是還這樣我就要打你了，我真的會打的。」

「妳才不會。」

他把手直接伸進了她裙子的前襟裡。這動作實在太過粗野，好像她對他來說是個陌生人。她從他臉上的表情中看出這一點。她對他來說不再是蘿絲瑪麗，她只是一個女人，一具女人的肉體。正是這件事讓她生氣。她掙扎著，並掙脫了他。他又追上來，抓住了她的手臂。她用盡全力狠狠地扇了他一耳光，敏捷地閃出他的接觸範圍。

「妳這是為什麼？」他說。他覺得自己的臉簡直被這一下打傷了。

「我可不會忍受那種事。我要回家了。你明天就不會這樣了。」

「放屁！妳和我一起走。妳要和我上床。」

「晚安！」她說著，沿著黑暗的小街逃走了。

有一刻他想跟上她，卻發現自己的雙腿太沉了。反正也不值得這樣做。他晃盪回去，拉弗斯通還在那裡等著，神色憂鬱而孤獨，部分是因為他在擔心戈登，部分是因為他正在努力不去注意那兩個滿懷希望緊緊逡巡在他身後的妓女。戈登看起來醉得厲害，拉弗斯通想。他的頭髮耷拉在額頭前，一側臉龐十分蒼白，另一側被蘿絲瑪麗扇得紅通通的。拉弗斯通以為這是醉酒導致的紅暈。

「你把蘿絲瑪麗怎麼樣了？」他說。

「她走了。」戈登說，用一個揮手解釋了一切，「但長夜漫漫啊。」

「聽著，戈登，你該上床睡覺了。」

「上床，是的。但一個人不行。」

他站在人行道上，眺望著瘮人的午夜。有一會他覺得生不如死。他臉上火辣辣的。他的整個身體都有一種痛苦、腫脹、熾熱的感覺。尤其他頭痛欲裂。不知怎的那邪惡的燈光充斥著他的感官。他看見高樓上的廣告牌閃閃爍爍，時紅時藍，竄上竄下 —— 可怕而邪惡的光芒，屬於一個窮途末路的文明，就像一艘正在沉沒的輪船上還在閃耀的燈光。他抓起拉弗斯通的手臂，用一個手勢囊括了整個皮卡迪利圓環。

「地獄裡的燈光就會像那個樣子。」

「我不意外。」

拉弗斯通在找空計程車。事不宜遲，他必須趕緊把戈登弄回家睡覺。戈登不知道他是高興還是生氣。那種火辣辣裂開般的感覺太痛苦了。他清醒的那一半還沒死呢。清醒的那半仍然對自己之前和現在的所作所為一清二楚。他做了傻事，明天他會想為此自殺的。他為了莫名其妙的排場揮霍了五英鎊，他搶劫了茱莉亞，他侮辱了蘿絲瑪麗。明天——哦，明天，我們會清醒的！回家去，回家去！清醒的那半叫喊著——去你的明天！醉了的那半不屑地說。醉了的那半還在叫嚷著要找點樂子。而醉了的這半更加強大。某處一座火紅的時鐘吸引了他的目光。十點四十了。快，趕在酒吧關門之前！我的喉嚨，我快死了！[076] 他的思緒再一次滑向詩詞。他感到自己手臂下有個硬邦邦的圓形物體，原來是那個奇揚地酒瓶，於是他拔出塞子。拉弗斯通正在揮手招呼一個計程車司機，卻沒能引起他的注意。他聽見身後的妓女發出一聲驚叫。他轉身驚恐地看到戈登已經倒轉酒瓶，正在喝酒。

「喂！戈登！」

他蹦到他眼前，把他的手臂強壓下來。一滴酒滑下戈登的衣領。

「拜託你，小心點！你不想讓員警抓你吧，想嗎？」

「我想喝酒。」戈登抱怨道。

「但是該死的！你不能在這裡開始喝。」

「帶我去酒吧。」戈登說。

---

[076] 原文為法語「Haro! lagorgem’ ard! 」，是拉封丹敘事詩中的詩句，講述一個佃農惹怒了主人，為了懲罰要吞吃三十個大蒜並不許喝水。於是他吃到第十二個的時候，痛苦地呼喊自己要死了，請求喝水。

拉弗斯通無助地揉揉鼻子。「哦，戈登！我想那比在人行道上喝好。來吧，我們去酒吧。你在那喝你的酒。」

戈登小心地塞好瓶塞。拉弗斯通引導他穿過廣場，戈登抓著他的手臂，但不是為了尋求支撐，因為他雙腿仍然十分穩當。他們在安全島上停下，然後找準車流的空隙，沿著禧市街 (Haymarket) 走過去。

酒吧裡的空氣似乎沾染了啤酒的溼氣，全是啤酒的水霧裹挾著威士忌的氣味，令人作嘔。吧臺邊的一排男人興高采烈，都像浮士德一般，正趕在十一點的喪鐘敲響之前飢渴地猛灌最後幾杯酒。戈登輕而易舉地從人群中鑽過。他沒心情在乎幾下推揉和擁擠。不一會他就已經擠到了吧臺邊。一邊是一個喝著健力士黑啤酒的壯實的旅行業務員。另一邊是一個上校模樣的男人，高挑纖瘦，一臉頹唐。他鬍子低垂，全部的言語似乎都由「哇，哇」和「什麼？」組成。吧臺上滴滿了啤酒，溼答答的，戈登往上面扔了半克朗。

「一夸脫苦啤酒，謝謝！」

「這裡沒有夸脫杯。」疲倦的酒保喊道。他一面擺弄著威士忌酒架，一隻眼睛盯著時鐘。

「夸脫杯在頂層架子上，艾菲 (Effie)！」掌櫃從酒吧那邊回頭大吼。

酒保匆匆拉了三次打啤酒的把手。那個巨大的玻璃杯就放到了他的面前。他舉起酒杯。多沉啊！一品脫[077]純水重一點二五磅。喝下去！唰 —— 嘩嘩！啤酒化為一道長長的溪流，美妙地淌下他的喉管。他停下來歇口氣，感到有點噁心。來吧，再來一杯。唰 —— 嘩嘩！啊 ——！這次差點嗆著了他。但是撐住，撐住！啤酒瀑布般沿著戈登的喉管湧

[077] 一夸脫等於兩品脫。

下，似乎也淹沒了他的耳朵。他聽見掌櫃的吼聲：「最後一單啦，先生們，請吧！」他把臉從酒杯上移開一會，恢復了呼吸。現在到最後一杯了。唰 —— 嘩嘩！啊 ——！戈登放下酒杯。三口乾 —— 不賴啊。他在吧臺上敲敲杯子。

「嗨！把另一半拿來給我 —— 快！」

「哇！」上校說。

「你挺厲害嘛！」旅行業務員說。

拉弗斯通在吧臺那邊較遠的地方，在幾個男人的團團包圍下，看著戈登的所作所為。他對他喊道：「喂，戈登！」他皺著眉，搖搖頭，實在不好意思當眾說「別再喝了」。戈登站起身來。他仍然沉穩，但只是意識上沉穩。他的頭似乎漲得碩大無比，整個身體和之前一樣有種痛苦、腫脹、熾熱的感覺。他懶洋洋地舉起再度斟滿的啤酒杯。他現在不想要它了。它的味道令他噁心。它不過是一種討厭的淺黃色液體，味道也噁心，簡直跟尿一樣！一大桶這玩意灌進了他的五臟六腑 —— 可怕！但是加油，別退縮！不然我們來這裡還能幹嘛？把它喝下去！它離我的鼻子是那麼近。那就把它喝進去吞下去。唰 —— 嘩嘩！

就在這時，發生了一件可怕的事。他的食道已經自行關閉了，不然就是啤酒錯過了他的嘴巴。酒澆得他滿身都是，成了一波啤酒潮。他像《英戈爾茲比傳說》[078]中的彼得修士一樣，被啤酒淹沒了。救命！他試圖呼救，他嗆到了，失手摔了啤酒杯。他周圍一陣騷動。人們都跳到一旁躲避飛濺的啤酒。嘭！酒杯一聲巨響。戈登搖搖晃晃。人影、酒瓶、鏡子在不停轉啊轉。他往下倒去，快要失去意識。但他面前依稀可見一個

---

[078] 《英格戈茲比傳說》(*Ingoldsby Legends*)，由英國作家湯瑪斯・英戈爾茲比（Thomas Ingoldsby）編寫的故事集，包含神話、傳說、鬼故事等。

豎直的黑色物體，那是眩暈的世界中唯一一個穩定的點——啤酒把手。他握住它，一擰，緊緊抓住。拉弗斯通向他走來。

酒保氣憤地靠在吧臺上。飛旋的世界慢慢減速、停下。戈登的大腦非常清醒。

「喂！你抓著那個啤酒把手幹嘛？」

「該死的濺了我一褲子！」旅行業務員喊道。

「我握著那個啤酒把手幹嘛？」

「是啊！你握著那個啤酒把手幹嘛？」

戈登晃到一邊。上校瘦長的臉正俯視著他，溼漉漉的鬍子還在滴水。

「這娘們說，『我握著那個啤酒把手幹嘛？』」

「哇！什麼？」

拉弗斯通擠過幾個人，到了他身邊。他用力摟住戈登的腰，把他拉起來站好。

「站起來，拜託你！你醉了。」

「醉了？」戈登說。

所有人都在嘲笑他。拉弗斯通蒼白的臉紅了。「杯子值兩先令三便士。」酒保怨毒地說。

「還有我這該死的褲子怎麼辦？」旅行業務員說。

「我來賠杯子。」拉弗斯通說。他賠了。「現在出去吧，你醉了。」

他一隻手臂摟著他的肩，另一隻拿著奇揚地酒瓶——這是他之前從他那裡拿過來的——開始帶著戈登向門邊走去。戈登掙脫了。他能走得穩穩當當。他用一種莊重的架勢說：

「你說我醉了？」

拉弗斯通又拉住他的手臂。「是的。很顯然，恐怕你是醉了。」

「鵝要過河，河要渡鵝，不知是那鵝過河，還是河渡鵝。[079]」戈登說。

「戈登，你確實醉了。你越早上床睡覺越好。」

「你這偽善的人！先除掉你自己眼裡的梁木，然後才能看得清楚，去掉你兄弟眼中的刺[080]。」戈登說。

到這時拉弗斯通已經把他弄到了人行道上。「我們最好招輛計程車。」他說著在街道上張望起來。

但是，附近似乎沒有計程車。酒吧要關門了，喧鬧的人群從酒吧裡湧出來。戈登到了室外覺得好些了。他的大腦從沒這麼清楚過。遠處一盞霓虹燈亮著邪魅的紅色燈光，在他的頭腦注入了一個全新的絕佳主意。他扯扯拉弗斯通的手臂。

「拉弗斯通！我說，拉弗斯通！」

「什麼？」

「我們去找兩個妓女吧。」

儘管戈登醉了，拉弗斯通還是覺得羞憤。「我親愛的老弟啊！你不能做那種事。」

「別那副該死的上流樣！為什麼不行？」

「但你怎麼能呢，該死！你才剛剛對蘿絲瑪麗 —— 一個那樣如此迷

[079] 原文為 Swan swam across the sea, well swam swan，押頭韻，是廣為流傳的英語繞口令。高登以此顯示自己沒有醉，仍然口齒伶俐。

[080] 出自馬太福音，7：5。

人的女孩——道過晚安！」

「夜裡的貓一樣黑。」戈登說，覺得自己吐出了一句玩世不恭的至理名言。

拉弗斯通決定忽視這句評論。「我們最好走到皮卡迪利圓環去。」他說，「那裡會有很多計程車。」

劇院正在清場。燈光如死屍般慘白，人群和車流在燈光下熙熙攘攘。戈登的大腦萬分清醒。他知道自己做了什麼、還將做什麼蠢事和壞事。然而說到底，這似乎沒什麼關係。他回想他的三十年歲月、他浪費掉的人生、空白的未來、茱莉亞的五英鎊、蘿絲瑪麗，覺得那是很遙遠很遙遠的事了，就像望遠鏡拿反了時看見的那樣。他帶著一種哲學的興味說：

「看那霓虹燈！看那家橡膠店頂上那些可怕的藍色燈。看到那些燈，我就知道自己是個下了地獄的靈魂。」

「沒錯。」拉弗斯通充耳未聞地說，「啊，來了輛計程車！」他打著訊號。「該死！他沒看見我。稍等。」

他把戈登留在地鐵站，快速穿過街道。有一小會，戈登的大腦一片空白。然後他意識到兩張凶悍卻年輕的臉龐，就像幼年期肉食動物那樣的臉龐，貼近了自己的臉。她們有著漆黑的眉毛，戴的帽子像是蘿絲瑪麗那頂的低劣翻版。他在和她們打情罵俏。他感覺這似乎持續了幾分鐘。

「哈囉，朵拉！哈囉，芭芭拉！（看來他知道她們的名字。）妳怎麼樣啊？老英格蘭的裹屍布[081]怎麼樣啊？」

---

[081] 老英格蘭的裹屍布，典出威廉．布萊克詩作〈純真的預言〉：The harlot's cry from street to

「哦—— 你這沒臉沒皮的！」

「那妳們這大晚上的是在做什麼呢？」

「哦—— 就是隨便逛逛吧。」

「就像獅子，在尋找可以吞食的獵物嗎？」

「哦—— 你真是沒臉沒皮！是不是沒臉沒皮，芭芭拉？你有臉的呀！」

拉弗斯通攔到了車，把車領到了戈登所站之處。他下車來，看見戈登被兩個女孩簇擁著，怔怔地站住了。

「戈登！噢，我的上帝啊！你這是造什麼孽？」

「我來介紹一下。朵拉和芭芭拉。」戈登說。

有一下拉弗斯通看起來簡直是生氣了。實際上，拉弗斯通生不來真正的氣。失望、痛苦、尷尬—— 是的，但不是生氣。他向前一步，可憐地盡力不去注意那兩個女孩的存在。一旦他注意到她們，那就完了。他抓住戈登的手臂，想把他強拖到計程車裡去。

「過來，戈登，求你了！計程車在這裡。我們直接回家，把你放床上去。」

朵拉抓著戈登的另一隻手臂，拉著他不讓拉弗斯通碰到，彷彿戈登是一個遭偷的手提包似的。「這到底關你什麼事？」她惡狠狠地叫喊道。「我希望你不是想侮辱這兩位女士吧？」戈登說。

拉弗斯通啞口無言，他往後一退，揉了揉鼻子。這一刻要堅定，但拉弗斯通這輩子就沒堅定過。他從朵拉看到戈登，從戈登看到芭芭拉。這下

---

street. Shall weave Old Englands winding Sheet.（妓女沿街的叫喊，將織就老英格蘭的裹屍布）高登此句暗指兩女為妓女。

完了。一旦他看到她們的臉，他就迷失了。哦，上帝啊！他能怎麼辦？她們是人，他不能侮辱她們。就像一看到乞丐他就會把手伸到自己口袋裡去一樣，這種本能讓他此刻無能為力。這些貧窮的、可憐的女孩們！他不忍心棄她們於夜色。他突然意識到，戈登引他進入了一場可惡的冒險，而他將不得不去經歷。他這輩子第一次陷入了和妓女一起回家的窘境。

「但真是見鬼！」他無力地說。

「我們走吧[082]。」戈登說。

朵拉一點頭，計程車司機接到了指示。戈登窩進角落的座位裡，似乎瞬間沉入了某個無邊的深淵，然後又慢慢從中爬起，對自己的行為只有模糊的意識。他正在燈光點綴的黑暗中平穩地穿行。還是燈光在動，而他在凝滯？這就像是在海底，在閃閃發光的翔游的魚群中一樣。他再次想像自己是地獄中一個受詛咒的靈魂。色彩邪魅的火山，頭頂盡是黑暗。但地獄裡應該有苦刑。這是苦刑嗎？他努力分辨自己的感官。之前跌入神志不清的那一霎讓他虛弱、難受、搖搖欲墜，他的額頭似乎要裂開了。他伸出一隻手，碰到了一隻膝蓋，一隻吊帶襪，還有一隻柔軟的小手，正在機械地搜尋他的手。他意識到坐在對面的拉弗斯通正在急迫而緊張地點著他的腳趾。

「戈登！戈登！醒醒！」

「怎麼了？」

「戈登！噢，該死！我們說法語吧。你都做了些什麼？你覺得我想跟一個骯髒的——噢，該死！」[083]

[082] 原文為法語。

[083] 此句為法語。拉弗斯通不想讓妓女明白自己的意思，轉換成了法語。

「Oo-parley-voofrancey ！[084]」兩個女孩嗔怪道。

戈登覺得有點好笑。這對拉弗斯通有好處，他想。一個空談社會主義者帶妓女回家！這是他這輩子第一個真正的無產階級舉動。拉弗斯通似乎感覺到了這個想法，於是痛苦地默默縮排在他那一角，盡量遠離芭芭拉。計程車在一條小街上的旅館前停下。這是個糟糕、粗俗又低階的地方。門上「旅館」的招牌歪歪斜斜。窗戶幾乎一片漆黑，但醉意朦朧的渾濁歌聲從裡面飄了出來。戈登蹣跚著爬出計程車，摸索朵拉的手臂。幫我們一把，朵拉。小心臺階。哇哦！

一條窄小幽暗、臭味逼人的走廊，鋪著亞麻地毯，看起來亂七八糟，有種臨時湊合的感覺。歌聲變大了，是從左邊某處的一個房間裡傳來的，就像教堂風琴一樣哀戚。一個面色不善的內斜視女服務生憑空冒了出來。她和朵拉似乎認識彼此。真煩！那就不用競爭了。左邊的房間裡，一個單獨的聲音接腔繼續唱，用故意的滑稽腔著重唱道：

「那人吻了一個漂亮女孩，去告訴了他媽媽，該把他的嘴巴削掉，該把 ——」

聲音漸漸小了下去，充滿了難以言喻的放蕩的悲哀。聽起來是個非常年輕的聲音。某個可憐的、內心只想和自己媽媽姐姐待在家裡玩找拖鞋遊戲的男孩的聲音。房間裡面是一群年輕的傻瓜，就著威士忌和女孩們鬧騰。這曲調提醒了戈登。他轉向拉弗斯通，後者走了進來，芭芭拉跟在後面。

「我的奇揚地去哪裡了？」他說。

拉弗斯通把瓶子給他。他的臉看起來蒼白、睏倦，甚至是痛苦。他

---

[084] 兩個妓女也學拉弗斯通說法語，但說的是一種錯誤的簡單語句，奚落拉弗斯通。

滿懷慚愧，手足無措地讓自己和芭芭拉保持距離。他不能碰她，甚至不能看她，但他又無法逃走。他的眼睛追尋著戈登的雙眼。「看在上帝的分上，我們不能想個辦法脫身嗎？」他的眼睛發出訊號。戈登對他皺起眉頭。撐住！別退縮！他又抓起了朵拉的手臂。來吧，朵拉！現在該上樓啦。啊！等會。

朵拉摟著他的腰扶著他，把他拉到一旁。一個年輕女人沿著幽暗而濁臭的樓梯下來，裝腔作勢地扣著手套釦子；她身後跟著一個禿頂的中年男人，穿著晚禮服，黑色的外套和白色的圍巾，手裡拿著大禮帽。他小嘴緊閉，視而不見地走過他們身邊。從他眼中愧疚的神色來看，他是個有家室的男人。戈登看著他光禿禿的後腦勺上煤氣燈的微光。他的前輩。很可能會上同一張床上。以利沙的斗篷[085]。那我們現在上去吧，朵拉！啊，這些樓梯！攀上地獄何其艱難！[086]好啦，我們到了！「小心臺階。」朵拉說。他們到了樓梯頂。黑白相間、棋盤似的亞麻地氈。漆成白色的房門。有一種汗水的氣味，還有微微的亞麻的腐臭。

我們走這邊，你們那邊。拉弗斯通停在另一扇門前，手指搭在把手上。他不能 —— 不，他不能這麼做。他不能進入這可怕的房間。最後一次，像是一隻等著挨打的狗的眼睛一樣，他的眼睛轉向戈登。「我非要這樣嗎，非要不可？」他的眼睛說。戈登嚴肅地瞪著他。堅持住，拉弗斯通！向你的末日挺進！但他知道芭芭拉[087]。這可比你做的事情無產階級

---

[085] 聖經中的典故：以利沙的師傅以利亞指定以利沙為接班人，將自己的斗篷給他，就代表讓他繼承自己的事業。

[086] 原文為拉丁語 Difficilis ascensus Averni，化用《艾尼亞斯紀》中「facilis descensus Averni（墮入地獄何其容易）」。

[087] 原文為拉丁語 Atqui sciebat quae sibi Barbara，化用賀拉斯的詩句「Atquisciebat quae sibi barbarus tortor pararet」，barbarus 原為野蠻人之意，此處作者利用了它和芭芭拉名字的諧音，開了個玩笑。

得多。然後，突然之間，令人驚訝的是拉弗斯通臉色放晴了。一種解脫的表情，幾乎是快樂的表情瀰漫開來。他有了一種絕妙的主意。畢竟，你還是可以付錢給妓女，但實際上什麼也不做呀！謝天謝地！他聳起肩膀，聚起勇氣，走了進去。門關上了。

我們到啦。一件鄙陋可怕的房間。地板上鋪著亞麻地氈，有煤氣取暖，巨大的雙人床上鋪著微髒的床單。床上方掛著一張取自《巴黎生活》[088] 的彩色裝裱圖片。搞錯了。有時候原畫的對比沒有這麼好。還有，好傢伙！窗戶旁的竹桌上，赫然放著一株葉蘭！你找到我了嗎，哦，我的敵人？但是過來吧，朵拉。讓我們看看你！

他好像是躺在床上。他看得不大清楚。她那掠食動物般的年輕面龐，帶著深黑的眉毛，伏在他攤開的身體上方。

「我的禮物呢？」她問，半是挑逗，半是威脅。

現在別管那個了。辦事！來這裡。嘴上功夫還不錯嘛。來這裡。再近點。啊！不。沒用。不可能。有志者，卻事不成。精神是願意的，但肉體是虛弱的。再試試。不行。一定是醉酒的原因。看看馬克白。最後試一次。不行，沒用。恐怕今晚不行。

沒事，朵拉，妳別擔心。妳還是會拿到妳那兩英鎊的。我們不是按結果付費。

他打了個笨拙的手勢。「來，把那個瓶子給我。梳妝臺上的那個瓶子。」

朵拉拿過來了。啊，這下好些了。這個至少不會失敗。他用那雙已經腫得老大的手打開了奇揚地的瓶子。葡萄酒流下他的喉嚨，又苦又嗆

[088] 西元一八六三年創刊的一本法國文娛雜誌。

人，有些還進入了他的鼻腔。酒淹沒了他。他在往下滑，越滑越快，然後摔下了床。他的頭碰到了地板，雙腳還在床上。他就以這個姿勢躺了一會。生活就該這樣嗎？下方，年輕的聲音仍在哀戚地唱著：

「今宵且盡歡。今宵且盡歡。今宵且盡歡。今宵且盡歡 —— 明朝再清 —— 醒！」

樂極生悲

好傢伙，明朝我們確實清醒了！

戈登從一個漫長而難受的夢中醒來，恢復了意識，發現租書屋裡的書籍擺放錯了。它們全都橫躺著。而且，由於某種原因，它們的封面都變成了白色 —— 又白又亮，就像瓷器。

他微微張開眼睛，動了動一隻手臂。這動作似乎觸發了絲絲細微的疼痛，痛感又流竄到了身體上意想不到的地方 —— 比如，向下到了小腿上，向上到了腦袋兩側。他覺得自己側躺著，臉頰下有一個硬邦邦的光枕頭，一條粗糙的毯子刮著他的下巴，毯子毛鑽進了他嘴巴裡。除了每次動作時刺激他的小痛以外，還有一種強烈而鈍重的大痛，沒有具體的位置，而像是縈繞著他全身上下。

突然，他掀開毯子坐了起來。他是在一間警署拘留室裡。

這時一陣強烈的噁心席捲了他。他模糊地看到角落裡有個馬桶，便爬過去，狠狠吐了三四次。

此後有好幾分鐘，他都處於極度的痛苦之中。他幾乎無法站起來，腦袋突突刺痛，彷彿要裂開似的。燈光彷彿某種熾熱的白色液體，從他的眼眶中灌入他的大腦。他坐在床上，雙手捧著腦袋。一會，腦中的刺痛消減了一些，他又看了看周圍。這間拘留室長約十二英呎，寬約六英呎，很高。牆壁上全部貼著白色瓷磚，白淨得可怕。他懶懶地猜想他們是怎麼清理天花板那麼高的地方的。或許是用水管，他尋思著。房間一頭有一個裝有隔柵的小窗，位置很高，另一頭，門頂有一顆嵌入牆體的電燈泡，用粗實的柵欄保護著。他所坐的地方其實不是床，而是個架子，加一條毯子和一個帆布枕頭。門是鋼製的，漆成了綠色。門上有一個小孔，可以從外側掀起。

看到這些，他又躺下了，並把毯子拉起來蓋住自己。他對自己的周圍環境不再好奇了。至於昨晚發生的事情，他記得一清二楚 —— 至少，他和朵拉一起進入那間帶葉蘭的房間前的事情他記得一清二楚。天知道之後發生了什麼。鬧出了事，然後他進了警局。他不知道自己做了什麼，就他所知，可能是謀殺。不管怎樣，他都無所謂。他把臉轉向牆壁，拉起毯子蓋住腦袋，以阻擋光線。

過了很長時間，門上的那個窺孔被推開了。戈登勉強轉過頭來。他的頸部肌肉似乎在咯吱作響。透過窺孔他能看見一隻藍色的眼睛，和一片肉嘟嘟的半圓形粉色臉頰。「你要來杯茶嗎？」一個聲音說。

戈登坐了起來，馬上又感到非常噁心。他雙手抱頭，發出痛苦的呻吟。一杯熱茶對他頗有吸引力，但他知道，如果茶裡有糖，會讓他噁心。

「謝謝。」他說。

巡警將門上方的那半隔板打開，推進來一個厚厚的白杯子，裝著一杯茶，裡面有糖。巡警是一個壯實樂觀的年輕人，大約二十五歲，他有一張和善的臉龐、白色的睫毛和寬闊無比的胸膛。這讓戈登想起了拉車駿馬的胸膛。他口音純正，但文辭低俗。大約有一分鐘，他都站著看著戈登。

「你昨晚上可不得了呢。」他最後說。

「我現在就糟糕了。」

「但你昨晚更糟糕。你為什麼要打警察隊長？」

「我打了警察隊長嗎？」

「你打了嗎？呵！他氣慘了。他跟我說 —— 他捂著自己的耳朵，像這樣 —— 他說：『要不是這男的醉得站都站不住，我一定打得他滿地找牙。』這都在你的案件記錄裡寫著呢。醉酒，鬧事。如果你沒打警察隊長的話，就只是醉酒和無行為能力而已。」

「你知道我會為此獲什麼刑罰嗎？」

「罰款五英鎊或者拘留十四天。你歸格魯姆先生判。幸虧不是沃克先生。他會給你一個月，沒二話，沃克先生鐵定會。他對醉酒罰得很嚴。他是絕對的禁酒主義者。」

戈登喝了些茶。它甜得噁心，但它的溫暖給了他力量。他大口大口地嚥下茶水。這時，一個刺耳的咆哮聲 —— 毫無疑問，是戈登打的那個警察隊長 —— 在門外某處怒吼道：

「把那男的提出來，幫他洗洗。囚車九點半走。」

巡警趕緊打開牢房房門。戈登剛邁出去，就感到前所未有的難受。部分是因為走廊上比牢房裡冷得多。他走了一兩步，然後突然腦袋眩暈起來。「我要吐了！」他喊道。他要摔了 —— 他伸出一隻手撐住牆壁。巡警強壯的手臂摟住了他。戈登壓著手臂，就像伏在欄杆上一樣，軟塌塌地彎成兩節。一汪嘔吐物從他體內噴湧而出。是因為那茶，當然。一條細流沿著石頭地面流竄。那個大鬍子警察隊長，穿著束腰外衣卻沒繫腰帶，一手叉腰站在走廊盡頭，噁心地看著。

「骯髒的小雜種。」他咕噥著轉身走了。「加油，老弟。」巡警說，「你很快就會好起來的。」他半領半拽地把戈登帶到走廊盡頭的一個石砌大水池旁，幫他脫去腰部以上的衣物。他溫柔得令人吃驚。他對待戈登簡直像護士對待孩子一樣。戈登已經恢復了力氣，足以自己用冰冷的水清洗身體和漱口了。巡警給了他一條破爛的毛巾擦乾自己，然後領他回到牢房。

「現在你安靜地坐著，直到囚車過來。還有聽我一句勸 —— 上法庭的時候，你要認罪並說自己再也不這麼做了。格魯姆先生不會為難你的。」

「我的領圈和領帶呢？」戈登說。

「我們昨晚拿走了。你在上法庭前會拿回來的。有一次我們這裡有個傢伙用他的領帶上吊了。」

戈登坐到床上。他靠數牆上的瓷磚數目來分散注意力，數了一小會，然後用兩肘撐著膝蓋雙手抱頭坐著。他仍然全身疼痛；他覺得虛弱、寒冷、疲憊，更要緊的是，煩。他希望可以想辦法避免上法庭這樁麻煩事。想到要被裝在一個顛簸的車裡橫穿倫敦，然後在冷颼颼的牢房和走廊裡徘徊，想到不得不回答質問，還要被法官教訓，就讓他說不出地厭煩。他只想一個人靜靜。但不一會，走廊深處傳來幾個人的聲音，然後有腳步聲靠近。門上的隔板打開了。

「有兩個人來看你。」巡警說。

光是想到有人來看，戈登就煩。他不情願地抬頭一看，只見弗萊克斯曼和拉弗斯通正向裡望著他。他倆會碰到一起確實奇怪，但戈登對此毫不好奇。他們讓他厭煩。他希望他們離開。

「哈囉，哥們！」弗萊克斯曼說。

「你來了？」戈登帶著厭倦的火氣說道。

拉弗斯通看起來很難受。他一大早就起來了，一直在找戈登。這是他第一次見識警署拘留室的內部。看到這個寒氣森森、鋪滿白瓷磚的地方，還有角落裡那個齷齪的馬桶，他的臉噁心地抽了抽。但弗萊克斯曼對此習以為常。他朝戈登擠了個老練的眼色。

「我見過比他更糟糕的。」他愉快地說，「給他個生雞蛋，他就生龍活虎了[089]。你知道自己的眼睛看起來啥樣嗎，哥們？」他對戈登補充道，「就像被人取出來偷走了似的。」

「我昨晚喝醉了。」戈登雙手抱頭說道。

「我猜就是這樣，老哥們。」

「聽著，戈登，」拉弗斯通說，「我們是來保釋你的，但好像我們來得太遲了。幾分鐘內他們就要把你帶上法庭了。場面會很難看。真可惜昨晚他們帶你來這裡的時候，你沒跟他們說個假名字。」

「我跟他們說了我的名字？」

「你跟他們什麼都說了。我祈求上帝，要是我沒讓你脫離我的視野就好了。你不知怎麼溜出了那棟房子，跑到街上去了。」

「一邊在沙夫茨伯里街大街盪來盪去，一邊就著個瓶子喝酒。」弗萊克斯曼讚賞地說，「但你不該打那個警察隊長的，老哥們！這就有點該死的愚蠢了。而且我不介意告訴你，維斯比奇大媽盯上你了。今天早上，你朋友過來，告訴她你一晚上花天酒地，她還以為你殺人了。」

「聽著，戈登。」拉弗斯通說。

他的臉上出現了那種熟悉的彆扭神色。照舊是和錢有關。戈登抬頭

[089] 偏方用生雞蛋醒酒。

看著。拉弗斯通盯著遠處。

「聽著。」

「什麼？」

「關於你的罰款，你最好讓我來承擔，我會付的。」

「不，不要你付。」

「我的老弟！要是我不付，他們會把你送進監獄的。」

「哦，去他的！我不在乎。」

他不在乎。此時此刻，就算他們讓他坐一年牢他也不在乎。當然，他自己是付不起罰款的。甚至不用看他還剩多少錢他就知道。他應該已經全都給朵拉了，更有可能是被她摸走了。他再次躺倒在床上，轉身背對著其他人。他正處於陰沉倦怠的狀態，唯一的願望就是擺脫他們。他們又試著和他說了幾次話，但他不肯回應，過一會，他們走了。弗萊克斯曼的聲音沿著走廊歡快地迴響。他在做速成指導給拉弗斯通，教他怎麼做生雞蛋。

這天後來的時光非常可怕。囚車之旅很可怕，那裡面簡直跟微型公廁一模一樣，兩邊各一排小隔間，你就被鎖在隔間裡，簡直坐都坐不下。然而更可怕的，是在治安法庭隔壁牢房裡漫長的等待。這間牢房精準地複製了警署的那間，甚至連瓷磚的數目都分毫不差。但和警署拘留室不同的是，它髒得噁心。牢房寒冷，但空氣腐臭不堪，簡直無法呼吸。囚犯們不停地進進出出。他們被扔進牢房，一兩小時後被帶出去，走上法庭，也許之後還會被帶回來，等待法官決定刑期或者傳喚新的證人。牢房裡始終有五六個人，除了木板床外沒有別的地方可坐。而最糟糕的是，他們幾乎全都用過馬桶——就在這間小小的牢房裡，在眾目睽睽之下上廁所。他們沒有辦法，因為沒有別的地方可去，而那可惡的玩意甚至沒法好好沖水。

一直到下午，戈登都覺得噁心虛弱。他沒機會刮鬍子，臉上毛糙得討厭。一開始他只是坐在木板床的角落裡、最靠近門的那端，盡其所能地遠離馬桶，沒有注意其他犯人。他們讓他厭煩又噁心。然後，他的頭痛慢慢消退，他就興趣缺缺地觀察他們。有一個職業竊賊，他是個滿面憂愁、頭髮花白的瘦削男人，他萬分焦慮，不知道要是自己進了監獄，妻子和孩子要怎麼辦。他是因「在外逡巡，企圖闖入」被捕的，這是個輕罪，一般要在有前科的時候才會被判有罪。他不停地來回踱步，以一種神經質的怪異姿勢彈著右手手指，大喊冤屈。還有一個聾啞人，散發著白鼬般的臭味。還有一個小個子中年猶太人，披著一件毛領外套，本來在一家大型猶太屠宰公司當買辦。他捲走了二十七英鎊，然後哪裡不去，去了亞伯丁（Aberdeen），把錢全花在了妓女身上。他也有一樁煩心事，因為他說他的案子應該在拉比[090]的法庭上審判，而不是由員警經手。還有一個酒店老闆，貪汙了自己聖誕俱樂部的錢。他是個健碩的大個子男人，看起來財運亨通，大約三十五歲，長著一張大紅色的臉龐，穿著刺眼的藍色外套，一看就知道不是酒店老闆就是賭馬狂人。他的親戚已經賠償了被貪汙的錢，只差十二英鎊，但俱樂部的成員決定起訴。在這個男人的眼中，有種東西讓戈登不安。他對什麼事都一副趾高氣昂的樣子，但同時他的眼睛總是空洞地瞪著。他會在每一個談話的空檔陷入沉思。不知怎的，看見他就讓人非常難受。他仍然穿著他氣派的衣服，殘留著僅僅一兩個月前身為酒店老闆的光輝，而現在他完了，很可能是永遠完蛋了。就像所有倫敦的酒店老闆一樣，他被掌控在釀酒商

[090] 拉比是猶太教中地位較高的老師。

的魔掌之中，他會傾家蕩產，所有的傢俱和設備都會被查封，等他出獄了，也永遠不會再擁有一家酒吧或一份工作了。

上午在沉悶中緩緩過去了。你可以抽菸，雖然禁止用火柴，但外面值班的巡警可以透過門上的擋板幫你點個火。大家都沒有菸，除了酒吧老闆，他滿口袋都是，於是大方地分發給大家。犯人們進進出出。一個衣衫襤褸、髒兮兮的男人聲稱是因妨害罪而「進來」的小販，被丟進牢裡待了半小時。他說了一大堆，但其他人都很懷疑。當他被再次帶走的時候，他們都說他是個「內奸」。據說，員警經常安排「內奸」到牢房裡，裝成犯人來刺探情報。有一次，巡警透過擋板低聲透露，有個殺人犯，或者準殺人犯被投到了隔壁牢房，激起了一陣大騷動。那是個十八歲少年，在「妓女」的肚子上捅了一刀，他估計是活不了了。還有一次，擋板開了，一個神父疲憊、蒼白的臉看了進來。他看到了那個竊賊，疲倦地說：「你又來了，瓊斯？」然後又走了。大約十二點的時候供應了所謂的「午餐」。你得到的只有一杯茶，兩片麵包配人造奶油。不過，如果你付得起錢的話，可以叫人送食物進來。酒店老闆要了一份美味的午餐，是用盤子蓋著送進來的，但他沒有胃口，把大部分都送人了。拉弗斯通還在法庭周圍流連，等著戈登的案子上庭，但他不太了解情況，沒能送吃的進來給戈登。不一會，竊賊和酒店老闆被帶走，判了刑，又帶回來等著囚車來把他們帶去監獄。兩人各獲刑九個月。酒店老闆向竊賊打聽監獄什麼樣，於是就那裡缺少女人的問題展開了一場讓人難以啟齒的下流對話。

戈登的案子兩點半上場，其結束之快，讓之前如此漫長的等待顯得有些荒謬。事後他對法庭的唯一印象只有法官座椅上的盾形徽章。法官以一分鐘兩個的速度處理著醉酒案。伴著「約翰．史密斯醉酒，六先令，走，下一個」，他們魚貫走過被告席前的圍欄，和在售票處買票的人群別無二致。但是，戈登的案子花了兩分鐘而非三十秒，因為他還鬧事，且警察隊長還須作證，戈登打了他的耳朵，還罵他是個雜種。法庭上還發生了一陣輕微的騷動，因為在警署審訊戈登時，他曾說自己是個詩人。他一定是喝醉了才會說這種話。法官懷疑地看了看他。

「看來你自稱是個詩人。你是個詩人嗎？」

「我寫詩。」戈登悶悶地說。

「嗯！好吧，看來寫詩沒教會你怎麼守規矩，是不是？你要交五英鎊罰款，不然就蹲十四天大牢。下一個！」

這樣就結束了。不過，法庭後面某處，一個百無聊賴的記者豎起了耳朵。

法庭的另一邊有間房，一位警察隊長抱著一大本帳簿坐在那裡，記錄醉酒犯的罰款並收款。那些交不了錢的就被帶回牢房。戈登本以為自己也會這樣。他毫不在乎被送回監獄。但當他從法庭裡出來時，卻發現拉弗斯通正等在那裡，已經為他交了罰款。戈登沒有抗議。他任由拉弗斯通把他塞進計程車，帶他回到攝政公園的那間公寓。他們一到那裡，戈登就洗了個熱水澡。在經歷了過去十二個小時可怕的髒汙之後，他需要洗個澡。拉弗斯通借給他一把刮鬍刀，還借了他一件乾淨的襯衫、睡衣、襪子和內衣，甚至出門幫他買了一把牙刷。他對戈登熱心得奇怪。他無法擺脫自己的負罪感，總覺得昨晚發生的事情主要是自己的錯。他應該堅定立場，戈登一出現醉酒的跡象，就該立即帶他回家。戈登幾乎沒有注意到他在為自己做什麼。即使拉弗斯通為他交了罰款這件事也沒能讓他上心。在那個下午，他後來一直躺在爐火前的一張扶手椅裡，讀一本偵探小說。他拒絕考慮將來。他很快就困了，八點就去了客房睡覺，沉沉地睡了九個小時。

直到第二天早上，他才開始認真地思考自己的處境。他在寬大舒適的床上醒來。他從沒睡過這麼柔軟而溫暖的床。然後他開始摸索自己的火柴，後來才想起，在這種地方不必用火柴點燈，於是去摸索掛在床頭繩上的電燈開關。柔和的燈光淹沒了整個房間。床頭桌上有一罐汽水。戈登發現，即使過了三十六個小時，他的嘴裡還是有一種噁心的味道。他喝了汽水，然後看著周圍。

這感覺很奇怪，穿著別人的睡衣躺在別人的床上。他覺得自己在這裡格格不入，覺得這種地方不是自己待的。他現在身敗名裂、一文不剩，躺在這樣奢華的地方讓他有一種負罪感。因為他已經徹底毀了，這是毫無疑問的。他似乎萬分確定自己的工作丟了。戈登知道接下來會發生什麼。那番愚蠢而放蕩的記憶在他腦海裡捲土重來，生動得可怕。從他出發前的第一杯紅杜松子酒，到朵拉桃紅色的吊帶襪，全都歷歷在目。想到朵拉他就不舒服。為什麼會有人做這種事？又是錢，總是錢！富人不會那樣做。富人就算作起惡來也是優雅的。但如果你沒有錢，就算有朝一日發了財你也不知道怎麼花。你只是瘋狂地把它揮霍出去，就像水手上岸第一晚進妓院一樣。

他進了牢房，十二個小時。他回想起警署那間牢房的寒冷、骯髒和惡臭。這是未來歲月的一個預告。所有人都會知道他進了牢房。運氣好的話可能瞞得過安吉拉姑姑和華特叔叔，但茱莉亞和蘿絲瑪麗很可能已經知道了。對蘿絲瑪麗，這可能不太要緊，但茱莉亞會羞憤難過。他想到茱莉亞。她伏在茶葉罐上時那瘦長的背，她那善良、灰敗、鵝一樣的臉。她從沒為自己活過。從孩提時代她就在為他犧牲 —— 為了戈登，為了「男孩子」。這麼多年他可能已經向她「借」了一百英鎊，而他連五英鎊都沒法留給她。他為她留出來五英鎊，然後花在了一個妓女身上！

他關上燈，仰躺著，萬分清醒。這一刻他把自己看得清清楚楚，清楚得可怕。他梳理了一下自己和自己的財產。戈登・康斯托克，康斯托克家族的最後一名成員，三十歲，還剩二十六顆牙；沒錢也沒工作；穿著借來的睡衣，躺在借來的床上；前路漫漫，只有吃白食、受窮苦，回首往事，只有骯髒和愚蠢。他全部的財富就是一具孱弱的身體和兩箱破爛的衣衫。七點時，拉弗斯通被一聲敲門聲喚醒了。他翻了個身，睡意朦朧地說：「哈囉？」戈登進來了，憔悴的身影幾乎在借來的絲綢睡衣裡沒了蹤影。拉弗斯通爬起來，打著哈欠。理論上他應該像無產階級一樣在七點鐘起來。實際上他很少在女傭比弗太太（Mrs Beaver）八點鐘趕來之前起身。戈登拂開眼睛前的髮絲，在拉弗斯通的床腳旁坐下。

「我說，拉弗斯通，這真該死。我一直在考慮這些事。代價慘重。」

「什麼？」

「我會丟掉工作。麥基奇尼先生在我進過牢房以後不能再留我了。而且，我昨天應該上班的。很可能書店一整天都沒開。」

拉弗斯通打著哈欠。「會沒事的，我想。那個胖哥們——他叫什麼來著？弗萊克斯曼——跟麥基奇尼打了電話，跟他說你感冒病倒了。他說得有板有眼的。說你高燒四十三度。當然你的女房東知道了。但我覺得她不會告訴麥基奇尼的。」

「但要是這個上報紙了呢！」

「哦，天哪！我想這有可能。女傭八點鐘會把報紙拿上來。但他們報導醉酒案嗎？肯定不會吧？」

比弗太太拿來了《郵報》和《先驅報》。拉弗斯通讓她出去買《郵報》和《快報》。他們匆匆搜尋著治安法庭新聞。謝天謝地！這到底沒有「上報紙」。事實上，它也沒理由該上報。戈登又不是什麼賽車手，也不是職業足球運動員。戈登感覺好些了，勉強吃了些早餐，早餐後拉弗斯通出去了。他們說好了，由他去店裡見見麥基奇尼先生，告訴他戈登病情的其他細節，探探風頭。浪費好幾天時間幫戈登擺脫困境，對拉弗斯通來說似乎十分自然。整個早上戈登都在那間公寓裡晃盪，他坐立不安，心緒不寧，沒完沒了地抽菸。現在他獨自一人了，就喪失了希望。他有著深深的直覺，麥基奇尼先生已經聽說他被捕的消息了。這不是瞞得住的事情。他已經丟了工作，就這麼簡單。

他踱到窗戶邊，向外眺望。荒涼的一天，灰白的天空看起來彷彿永遠不會再放藍了，光禿禿的樹木慢慢地飄著落葉，落到下水道裡。煤販子的叫賣聲哀悽地迴盪在下面一條鄰街裡。再過兩個星期就是聖誕節了。這時候失業可真不錯！但這個念頭沒有嚇到他，只是讓他厭煩。醉酒後那種特別的昏昏欲睡的感覺，眼睛後面那種鬱悶的沉重感，似乎已經永久駐紮在他體內了。想到要另找工作，比貧窮的前景更讓他厭煩。而且，他絕對再也找不到工作了。這年頭沒有工作。他在沉淪，沉入失業者的地下世界 —— 沉淪，沉入天知道哪家濟貧院中，沉入那厚厚的灰塵、飢餓和枉然之中。而他主要是迫不及待地想盡可能聽天由命地度過這一切。

拉弗斯通大約一點時回來了。他脫下手套，扔到椅子上。他看起來疲倦而沮喪。戈登一眼就看出完蛋了。

「自然，他聽說了？」他說。「恐怕聽得一清二楚。」

「怎麼回事？我猜是那個叫維斯比奇的惡婆娘跑去跟他告密了？」

「沒有。這終究還是上報紙了。本地的報紙。他從那上面知道的。」

「哦，該死！我忘了這事。」

拉弗斯通從外套口袋裡掏出一本折起來的雙週刊報紙。這是他們店裡訂的報紙，因為麥基奇尼先生在這上面打廣告 —— 戈登忘了這事。他翻開報紙。天啊！好大的陣仗！這占據了整個中間跨頁。

書店助理挨罰款

法官鐵面嚴批評

「敗壞斯文」

幾乎有兩個專欄都是關於此事。戈登出這麼大的名，真是前所未有，也再無下回了。他們一定是太缺新聞了。但這些本地報紙有一種奇怪的鄉土熱情。它們對於本地新聞高漲的熱情，使得哈羅路 (Harrow Road) 的一場腳踏車事故都能占據比歐洲危機還大的版面，而像「漢普斯特德男子被控謀殺」或「坎伯韋爾 (Camberwell) 地窖中嬰兒遭肢解」這樣的新聞，報導起來更是自豪之情溢於言表。

拉弗斯通描述了一下他和麥基奇尼先生的會面。他一方面對戈登勃然大怒，一方面又不願意冒犯像拉弗斯通這樣的優質客戶，似乎為此左右為難。但是當然，發生了這樣的事情，你很難指望他再接納戈登。這些醜聞會妨礙生意，何況他也氣弗萊克斯曼在電話裡對他撒的謊，這無可厚非。但他最氣的是想到他的助手竟然醉酒鬧事。拉弗斯通說，似乎醉酒讓他格外生氣。他給人的印象是，他簡直寧願戈登是偷了抽屜裡的錢。當然，他本身就是個絕對禁酒主義者。戈登有時猜想他是不是也按照傳統的蘇格蘭作風，偷偷喝酒。他的鼻子無疑是紅通通的。但或許這是鼻炎的作用。不管怎麼說，事情就是這樣。戈登成了落水狗，再無出頭之日了。

「我想維斯比奇會扣押我的衣服和物品。」他說，「我不打算過去取東西了。而且，我還欠她一週的房租。」

「哦，別擔心這個。我會幫你解決房租和一切事務的。」

「我親愛的朋友，我不能讓你付我的房租！」

「噢，該死！」拉弗斯通的臉微微發紅。他痛苦地看向遠方，然後突然一口氣說出了那不得不說的話：「你瞧，戈登，我們必須解決這事。你必須待在這裡直到風頭過去。我會幫你解決錢啊等等一切問題。你不必覺得自己添了麻煩，因為你沒有。反正也只是到你找到別的工作為止。」

戈登雙手插在口袋裡，鬱鬱不樂地離他遠了一些。當然，他已經預見到了這一切。他知道他應該拒絕，他想拒絕，然而他沒有那麼大勇氣。

「我不會那樣當你的寄生蟲。」他陰沉地說。

「別說這種話，拜託你！而且，不待在這裡你還能去哪裡呢？」

「我不知道 —— 去下水道吧，我想。我屬於那裡。我越早去那裡越好。」

「瞎說！你會待在這裡，直到你找到另一份工作。」

「但這世上沒有工作。我可能要一年以後才找得到工作。我不想要工作。」

「不許你說這種話。你很快就會找到工作的。肯定會碰上什麼事的。

而且拜託你別說什麼當我的寄生蟲。這不過是朋友間的照應。如果你真想的話，可以等你有錢了全還給我。」

「是啊 —— 等到什麼時候！」

但最後他還是聽從了。他早知道他會聽從的。他留在了公寓，允許拉弗斯通去柳圃路付了他的房租，拿回了他的兩個硬紙板箱；他甚至允許拉弗斯通又「借」給他兩英鎊作為日常花銷。他這麼做的時候心裡一陣噁心。他在靠拉弗斯通過活 —— 當拉弗斯通的寄生蟲。他們之間還怎麼能再存在真正的友誼？而且，他內心並不想受人幫助。他只想一個人靜靜。他注定要去下水道了，快點下去了一了百了倒還好些。不過目前他還是待在這裡，僅僅是因為他沒勇氣再另做打算。

但要說找工作這事，從一開始就是毫無希望。就算是拉弗斯通，縱然家財萬貫，也不能憑空造出工作來。戈登事先就知道，圖書產業沒有什麼急缺人手的工作。接下來三天，他跋涉於一家又一家書店之間，把鞋都磨破了。在一家又一家店，他咬緊牙關昂首挺進，要求見經理，三分鐘後又鼻子沖天昂首走出。答案總是一樣的 —— 沒有職位空缺。有幾個書商想為聖誕高峰多僱一個人手，但戈登不是他們尋找的那類型。他既算不上氣派，也不肯奴顏婢膝；他穿著寒酸的衣服，又說著紳士的腔調。而且，總會在問上幾個問題後發現他原來是因醉酒而被上一份工作解僱了。三天後他放棄了。他知道這沒用。只是為了讓拉弗斯通高興，他才假裝在找工作。

晚上他慢慢逛回公寓，雙腳痠痛，且因一系列的冷落而精神緊張。他一路都是步行去的，好節省拉弗斯通的兩英鎊。當他回來時，拉弗斯通剛剛從辦公室上來，正坐在爐火前的一張扶手椅上，膝蓋上放著一些

校對樣本 (galley proof) [091]。戈登進來時，他抬頭一看。

「運氣好嗎？」他照舊問道。

戈登沒有回答。他要是回答的話，就會是一連串髒話。他看也沒看拉弗斯通，就直接進了他的臥室，踢掉鞋子，把自己扔到床上。這一刻他厭惡自己。他為什麼要回來？既然他沒打算再找工作了，他還有什麼權利回來，當拉弗斯通的寄生蟲？他應該待在大街上，露宿特拉法加廣場，乞討任何東西。但他至今沒有膽量露宿街頭。對溫暖和庇護的想像把他拽了回來。他雙手枕在頭下躺著，麻木和自我厭惡在他心頭交纏。大約過了半小時，他聽見門鈴響了，拉弗斯通起身應門。想必是那個賤人赫邁妮・斯萊特。拉弗斯通幾天前向赫邁妮介紹了戈登，而她根本不把他放在眼裡。但過了一會，臥室門上傳來一聲敲門聲。

「什麼事？」戈登說。「有人來看你了。」拉弗斯通說。

「來看我？」

「是的。到另一間房間來。」

戈登罵了一聲，懶懶地翻身下床。到了另一間房間，他發現這個訪客是蘿絲瑪麗。當然，他隱隱料到了會是她，但跟她見面讓他厭煩。他知道她為什麼過來，來同情他，來可憐他，來責備他 —— 這全都一樣。他心情沮喪又煩悶，不想費力跟她說話。他只想一個人靜靜。但拉弗斯通很高興見到她。他們見過一次，他就挺喜歡她的，覺得她或許能讓戈登高興起來。他找了個明顯的藉口下樓去了辦公室，留他倆在一起。

他們現在獨處一室，戈登卻沒有動身擁抱她。他塌著肩，雙手插在外套口袋裡，站在爐火前，雙腳揣在拉弗斯通的拖鞋裡。這鞋對他來說

---

[091] 將尚未定版仍需改動的書稿印成沒排版式的長條，進行審校。

太大了。她猶豫不決地向他走來，連帽子和羊皮領外套都還沒摘。看著他讓她心痛。不到一個星期，他的樣貌就奇怪地惡化了。他已經染上了那種沒精打采的慵懶神色，無疑是失業的男人才有的。他的臉似乎變瘦了，兩眼周圍有黑眼圈。此外，他今天明顯沒有刮鬍子。

她把手搭在他手臂上，十分彆扭。當女人不得不主動做出第一個擁抱時，就會這樣。

「戈登——」

「怎麼？」

他的口氣近乎陰沉。下一秒她就在他懷裡了。但是是她做出了第一個動作，而不是他。她的頭靠在他的胸口，而且看哪！她在竭盡全力地掙扎，不讓淚水淹沒自己。這讓戈登萬分厭煩。他似乎總是害她流淚！而且他不想別人為他哭，他只想一個人靜靜——一個人去懊惱去絕望。當他在那裡抱著她，一隻手機械地輕撫她的肩膀時，主要的感覺是厭煩。她到這裡來更讓他為難了。他的面前是灰敗、寒冷、飢餓、街頭、濟貧院和監獄。正是這些需要他硬起頭皮來面對。只要她不管他，不來用這些無關的情緒侵染他，他就能夠硬起頭皮來。

他把她推離自己一點。她很快平復了情緒，她總是這樣。「戈登，我親愛的！哦，我很抱歉，非常抱歉！」

「為什麼抱歉？」

「你丟了工作，還有一切。你看起來多麼不高興。」

「我沒有不高興。不要可憐我，拜託妳。」

他脫離了她的懷抱。她摘下帽子，把它丟到椅子上。她到這裡來是因為一定有話要說。這是她這麼多年一直忍住沒說的話——對她而言，似乎是為了一種騎士精神而不能說的話。但現在必須說出來，她會直截了當地說出來。她生性不愛拐彎抹角。

「戈登，有件事你願意嗎，好叫我開心？」

「什麼？」

「你願意回新阿爾比恩嗎？」

這就是了！他當然預見到了這一點。她會開始對他喋喋不休，就像其他所有人那樣。她要加入那些人的行列，來煩他，吵著要他「成事」。但你還能指望什麼呢？這是任何女人都會說的話。神奇的是她以前從沒說過。回新阿爾比恩！他人生中唯一一件有意義的行動，就是離開新阿爾比恩。你可以說，遠離骯髒的金錢世界是他的宗教。可是此時此刻，他一點也記不清自己離開阿爾比恩的動機了。他唯一知道的是，哪怕天塌了他也不會回去。他預見到一場爭論近在眼前，已經提前感到厭煩了。

他聳聳肩，看向一旁。「新阿爾比恩不會要我回去的。」他簡短地說。

「不，他們會的。你記得厄斯金先生說的話吧。還沒過太久——才兩年。而且他們一直在尋找優秀文案。辦公室裡的所有人都這麼說。我肯定如果你去問他們的話，他們會給你一份工作的。而且他們至少會付你一週四英鎊。」

「一週四英鎊！太棒了！靠這筆錢我就養得起一株葉蘭了，是不是？」

「不，戈登，現在別拿這個開玩笑。」「我沒有開玩笑。我是認真的。」

「你的意思是，你不肯回去找他們——就算他們給你工作也不去？」

「想都別想。就算他們一週付我五十英鎊也不去。」

「但是為什麼呢？為什麼？」

「我已經告訴妳為什麼了。」他疲憊地說。

她無助地看著他。這終究是沒用的。是金錢勾當在作祟 —— 這些無意義的顧忌，她從沒理解過，但僅僅因為是他的顧忌，她接受了。她感到了作為一個女人，看見一個抽象的概念戰勝了常識時那種滿心的無力和怨憤。這是多麼瘋狂，他竟會讓那樣的事情把自己逼上絕路！她近乎生氣地說：

「我搞不懂你，戈登，我真的不懂。你看看你，丟了工作，眼看著自己可能過不多久就會餓死。然而明明有一份工作，只要你張口，就能拿到，你卻不肯要。」

「是，妳說的很對。我不肯。」

「但你必須要有個什麼工作啊，是不是？」

「一份工作，但不是一份好工作。我不知道已經解釋過多少遍了。我敢說我遲早會找到一份工作的。和我之前做的那個一樣的工作。」

「但我覺得你甚至沒有試圖找工作，你有嗎？」

「是的，我有。我今天一整天都在外面見書商。」

「那你今早連鬍子都沒刮！」她說著，以女性的敏捷轉換了攻擊陣地。

他摸摸自己的下巴。「事實上是沒刮。」

「那你還指望別人給你份工作！噢，戈登！」

「哦，好吧，這有什麼關係？每天刮鬍子太累人了。」

「你這是任自己粉身碎骨。」她苦澀地說，「看來你不想做任何努力。

你想沉淪 —— 就是沉淪！」

「我不知道 —— 或許吧。我寧願沉淪也不想崛起。」

之後繼續爭論了一番。這是她第一次這樣對他說話。淚水再一次漫上她的眼眶，而她再一次將它們逼了回去。她來這裡時，已經對自己發誓不哭了。可惡的是，她的眼淚沒有讓他難受，只是讓他厭煩。就好像他在乎不起來，但在他內心深處，又在乎著自己的這種在乎不起來。如果她肯讓他清靜就好了！清靜、清靜！不用對他的失敗念念不忘喋喋不休。自在地沉淪，就像她說的那樣，沉淪、沉淪，沉入金錢、努力和道德義務通通不存在的清淨之地。終於，他離開她，回到客房裡。這是一場不折不扣的吵架 —— 是他們有史以來第一次真正撕破臉的吵架。他不知道這會不會是最後一次。此時此刻，他也不在乎。他反身鎖上門，躺在床上抽了根菸。他必須離開這地方，而且要快！明天早上他就走。再不當拉弗斯通的寄生蟲！再不勒索正直的神明！下沉、下沉，沉入泥土 —— 沉入街道、濟貧院、監獄。只有在那裡他才能安寧。

拉弗斯通上樓來，卻發現只有蘿絲瑪麗一個人，她正要走。她道了再見，然後突然轉身面對著他，一隻手搭著他的手臂。她覺得他們現在已經足夠熟悉，可以信任他了。

「拉弗斯通先生，求求你 —— 你願意勸勸戈登，讓他去找個工作嗎？」

「我會盡力的。當然這總是不大容易。但我認為要不了多久，我們就會幫他找到個什麼工作的。」

「看到他這個樣子實在太可怕了！毫無疑問他已經崩潰了。你看，一直以來都有一份工作，只要他願意做，就唾手可得 —— 一份真正的好工作。不是他做不了，他只是不肯做。」

她說明了新阿爾比恩的情況。拉弗斯通揉揉鼻子。「是的。實際上，我已經聽說過這整個情況。在他離開新阿爾比恩的時候我們就討論過此事。」

「但你不會認為他離開他們是對的吧？」她說著，馬上就猜到拉弗斯通確實認為戈登是對的。

「嗯 —— 我保證這不是非常明智。但他說的話也有一些道理。資本主義腐化墮落，我們不該同流合汙 —— 這就是他的理念。這不切實際，但某種意義上，也站得住腳。」

「哦，我敢說理論上這毫無問題！但現在他沒了工作，而有份工作他唾手可得 —— 你肯定不會認為他拒絕是對的吧？」

「從常識的觀點來看，不對。但是原則上 —— 好吧，是對的。」

「哦，原則上！我們這樣的人，可講不起原則。看起來戈登就是沒明白這一點。」

戈登第二天早上沒有離開公寓。這種事就是這樣，人們下決心去做，人們也想去做，但時候到了，寒氣侵人，晨光熹微，不知怎的這事情就是做不了。他告訴自己，他會再待一天，然後又是「再待一天」，直到距蘿絲瑪麗來訪已經過去五天了，他還流連在這裡，靠拉弗斯通過活，一點工作的影子都看不見。他還在假裝找工作，但這麼做只是為了挽回自己的臉面。他會出門去公共圖書館裡泡上幾個小時，然後回來，只脫鞋子，和衣躺在客房的床上，沒完沒了地抽菸。這種強烈的慣性和對露宿街頭的恐懼仍然把他拴在這裡，這五天真是可怕、該死、難以啟齒。這世上沒有比白白住在別人的房子裡，白白吃著別人的麵包更加可惡的事情了。或許最糟糕的一點是你的恩人還堅決不承認他是你的恩人。沒有什麼比得過拉弗斯通的體貼。他寧死也不會承認戈登在當他的寄生蟲。他付了戈登的罰款，付了他拖欠的房租，收留了他一個星期，另外還「借」給了他兩英鎊，但這都沒什麼，這不過是朋友間的照應，下回戈登也會為他做同樣的事。戈登時不時會做出微弱的努力想要逃跑，卻總是以同樣的方式告終。

「你看，拉弗斯通，我不能再在這裡待下去了。你已經收留我夠久的了。我明天早上就搬出去。」

「但是我的老弟啊！別說傻話吧！你沒有——」但是不！即使是現在，戈登已經公開破產了，拉弗斯通也說不出口：「你沒有錢。」沒人能說那種話。他讓步道：「不管怎麼說，你要去哪裡呢？」

「天知道——我不在乎。旅館什麼的到處都是。我還剩幾先令呢。」

「別說混帳話。你最好在找到工作之前都待在這裡。」

「但可能要幾個月呀。我告訴你，我不能這樣靠你過日子。」

「瞎說，我親愛的朋友！我喜歡有你在這裡。」

但是當然了，內心深處，他並不真的喜歡有戈登在這裡。他怎麼會喜歡呢？這是不可能的情形。他們之間總有一種緊張感。當一個人靠另一個人過日子的時候總是如此。無論偽裝得多麼小心，施捨仍然可怕。施者與受者之間存在一種彆扭，幾乎是隱祕的憎惡。戈登知道自己和拉弗斯通之間的友誼永遠也不復從前了。不管今後發生什麼，這段困難時光的記憶將會始終橫亙在他們之間。這種寄人籬下的滋味，這種礙事、累贅、噁心的感覺，將會日夜糾纏著他。吃飯時他幾乎不吃什麼，他不肯抽拉弗斯通的菸，而是用自己僅剩的幾先令來買菸。他甚至不肯點自己臥室裡的煤氣生火。要是可以，他會讓自己變成隱形人。當然，每天都有人在公寓和辦公室裡進進出出。他們全都見過戈登，了解他的處境。又是拉弗斯通養的一個乞丐，他們都說。他甚至在一兩個《反基督教》的門客身上發現了一絲職業性的嫉妒。赫邁妮．斯萊特這一週來了三次。自從他們第一次見面後，只要她一出現，他就立即逃出公寓。有一次，她是晚上過來的，他不得不在門外一直待過半夜。女傭比弗太太也「看透了」戈登。她清楚他這種人。又是一個一無是處的年輕「作家」，寄生在可憐的拉弗斯通先生身上。於是她毫不掩飾地添堵。她最喜歡的把戲就是不管戈登待在哪個房間，都用掃帚和畚箕把他趕出去——「現在，康斯托克先生，我得打掃這間屋子了。請。」

但是最終，出人意料地，戈登得到了一份工作，而且並沒費他自己一點力氣。一天早上，麥基奇尼先生寄給拉弗斯通一封信。麥基奇尼先生寬大為懷——當然，還不至於到接納戈登回去的程度，但足以幫他另找一份工作。從他所說的來看，如果戈登應徵的話，顯然就能得到這份工作；同樣顯然的是，這份工作也有些弊端。戈登曾隱約聽說過齊斯曼先生（Mr. Cheeseman）——圖書業裡大家都彼此認識。在他心裡，這個消息讓他厭煩。他並不真的想要這份工作。他永遠也不想再工作了。他想做的只是沉淪、沉淪，聽天由命地沉入泥土裡。但在拉弗斯通為他做了這一切之後，他不能叫拉弗斯通失望。於是，當天早上他就去朗伯斯區打聽這份工作。

店鋪在滑鐵盧橋南邊的荒涼小路上。這是個狹小破陋的店面。褪了色的燙金招牌上寫的不是齊斯曼，而是埃爾德里奇（Eldridge）。然而，櫥窗裡卻擺著些珍貴的牛皮大書，還有些戈登認定很值錢的十六世紀地圖。顯然齊斯曼專營「珍本」圖書。戈登鼓起勇氣，走了進去。

門鈴叮咚一響，一個長著尖鼻子、粗黑眉，凶神惡煞的小個子聞聲從書店後的辦公室裡冒了出來。他抬頭看看戈登，透著一種打探的惡意。他說起話來格外缺音省字，好像他要在每個字吐出體外之前把它咬斷。「有什麼事？」—— 聽起來大概就是這樣。戈登說明了自己的來意。齊斯曼先生意味深長地掃他一眼，用一如既往的缺音省字的腔調說：

「哦，呃？康斯托克，呃？這邊來。到我後面的辦公室這裡來。就等著你呢。」

戈登隨他過去。齊斯曼先生非常矮小，幾乎足以稱作侏儒，他頭髮漆黑，略顯凌亂。通常來說，侏儒身材畸形，軀幹大小完整，卻幾乎沒有雙腿。齊斯曼先生卻恰恰相反。他的雙腿長度正常，上半身卻過於短小，使得臀部像是直接從肩胛骨下冒出來的。這使得他走起路來像把剪刀似的。他擁有侏儒那孔武有力的肩膀，又大又醜的雙手，以及一顆精明敏銳的腦袋。他的衣服帶著又舊又髒的布料所特有的堅挺和油亮。他們正要進入辦公室，門鈴又突然響了，一位顧客走了進來，伸手遞出外面六便士類箱子裡的一本書和半克朗。齊斯曼先生沒有從抽屜裡找零錢 —— 顯然沒有抽屜 —— 而是從他背心下某個祕密之處摸出了一個油膩膩的可洗皮革錢包。錢包在他碩大的雙手中幾乎看不見，他用一種怪異的鬼鬼祟祟的樣子拿著錢包，像是藏著掖著免得被人看見似的。

「我喜歡把錢放我口袋裡。」他解釋道，說著向上一瞥，一面和戈登走進辦公室。

很明顯，齊斯曼先生之所以缺音省字，是因為他認為語言也要花錢，不應該浪費。他們在辦公室裡聊了聊，齊斯曼先生就套出了戈登的坦白，知道他是因醉酒而被解僱的。事實上，他對此早已一清二楚。他在幾天前的一場拍賣會上碰到麥基奇尼先生，從他那裡聽說了戈登。他聽說這事便豎起了耳朵，因為他正在尋找一名助手，而顯然一名因醉酒遭解僱的助手會願意接受較低的薪水。戈登明白自己醉酒一事將會成為對付自己的武器。不過齊斯曼先生還不算十分過分。他看起來是那種只要他能，就會欺騙你，只要你給他機會，他就會欺負你的人，但他也會用一種透著鄙夷的好脾氣來對待你。他跟戈登透了底，談到生意狀況，洋洋得意地吹噓自己的精明。他咯咯的笑很特別，兩邊嘴角上彎，大大的鼻子像是要消失到嘴裡一樣。他告訴戈登，最近他想到了一項有利可圖的副業。他要創辦一個兩便士的租書屋，但是這必須和書店完全隔開，因為這種底層人民的東西會嚇走那些來店裡尋找「珍本」圖書的愛書人。他已經選好了幾處店址，午飯時他帶戈登去看了看。它們在那條陰沉的街道的深處，在一家聚滿蚊蠅的火腿牛排店和一家時髦的殯葬店之間。殯葬店櫥窗裡的廣告吸引了戈登的目光。看來這年頭只需花兩英鎊就可以入土為安了。你甚至還可以分期付款下葬。還有一條火葬廣告——「莊重，衛生，實惠」。

店面是一個窄小的單間——只能說是一條管子似的細長房間，有一面和房子一樣寬的窗戶，陳設著一張便宜的桌子、一把椅子和一張索引卡。新漆的書架已經就位，空蕩蕩的。戈登一眼就看出來，這不會是他在麥基奇尼先生店裡管理過的那種租書屋。麥基奇尼先生的租書屋相對來說是高級的，最次也是戴爾之流，甚至還有勞倫斯和赫胥黎的作品。這卻是一家那種廉價無聊又邪惡的小租書屋（人稱「蘑菇租書屋」），在整個倫敦遍地開花，有意瞄準沒文化的民眾。這樣的租書屋裡，沒有一本在書評中提到的書，也沒有任何文化人聽說過的書。這些書都是由專門的低級公司出版，由落魄的寫手以一年四本的速度生產出來的，像做香腸一樣機械，還不如做香腸的技術含量高。實際上，它們只是偽裝成長篇小說的四便士中篇小說，租書屋老闆只花一先令八便士就能買一整卷。齊斯曼先生解釋自己還沒有預定書籍。他說起「預定書籍」的口氣，跟說預定一噸煤一樣。他打算先弄五百本各種不同類型的書，他說。書架已經標出了不同的區域——「兩性」「犯罪」「西部荒野」，不一而足。

他給了戈登工作。這很簡單。你要做的，就是在這裡一天待上十個小時，交書收錢，制止過於明顯的損壞書籍的行為。報酬嘛，他斜眼審視一番，補充說，為一週三十先令。

戈登馬上就接受了。齊斯曼先生或許還有些失望。他預料會有一番爭執，然後他會提醒戈登「飢不擇食」，從而享受踐踏他的樂趣。但戈登挺滿意。這工作不錯。這樣的工作沒有麻煩，容不下野心，用不著努力，也沒有希望。少了十先令——離泥土又近了十先令。這就是他想要的。

他又向拉弗斯通「借」了兩英鎊，租了一間帶傢俱的開間，一週八先令，位於和朗伯斯斷路（Lambeth Cut）平行的一條骯髒的小巷裡。齊斯曼先生訂了五百本不同種類的書，戈登從十二月十二號開始工作了。那天正好是他三十歲生日。

下去，下去！

去地下，去地下！沒入大地安全而柔軟的子宮，那裡不存在找工作也沒有丟工作，沒有親朋好友來煩你，沒有希望、恐懼、抱負、榮譽、責任 —— 沒有任何形式的債。這就是他的祈望之所。

但他祈望的並非是死亡，真正的生理上的死亡。他有種奇怪的感覺。自他在警局拘留室醒來的那個早上，這感覺就一直伴隨著他。醉酒後那種難受狂躁的情緒似乎已經化為了一種習慣。那個沉醉之夜代表著他人生中一個段落的結束。它突如其來地把他向下拽去。從前，他與金錢法則抗爭，可還是保留著自己可憐的僅存的體面。但是現在，他想要逃離的恰恰就是體面。他想放低自己，低入萬丈深淵，低入某個體面再也無關緊要的世界中去，想切斷自尊的束縛，淹沒自我 —— 用蘿絲瑪麗的話說，就是想沉淪。這一切在他腦海裡融為一體，化作去「地下」這一個念頭。他喜歡想到那些迷失的人群，那些地下的人：流浪漢、乞丐、罪犯、妓女。他們生存的那些地底的棚屋陋巷，是一個美好的世界。他喜歡想到，在這個金錢世界之下，還有一個巨大的放浪世界，讓成功失敗都沒有了意義，一個眾鬼平等的王國。這就是他的祈望之所 —— 抱負之下的，地底的幽靈王國。想到倫敦南城那些綿延不斷、煙霧繚繞、陰沉灰暗的貧民區，想到那一片粗蠻的宏大荒野，能任你永遠迷失自我，這給了他莫名的安慰。

某種意義上，這份工作正是他想要的，至少已經接近了他想要的。

在朗伯斯，在冬日陰沉的街道中，看著一張張「茶鬼」[092]的烏紫面孔從迷霧裡飄過，你會有一種被淹沒了的感覺。在這下面，你不會接觸金錢和文化。沒有什麼讓你非得高雅應對的高雅顧客；沒人有本事用那種發達人士的獵奇姿態，問你「有你這樣的腦子和文化，怎麼在做這樣的工作？」。你只是貧民區的一分子，和所有貧民區的住民一樣，被當成理所應當。那些來租書屋的年輕男女和邋遢的中年婦女，甚至很少發現戈登是個文化人這一事實。他只是「閱覽室的那傢伙」，基本和他們沒什麼兩樣。

當然，這份工作本身令人難以置信地無聊。你只是乾坐在那裡，一天十小時，週四六小時，遞書、登記、收兩便士。空閒時間除了閱讀完全無事可做。外面街道荒涼，沒有什麼值得一看的東西。每天的大事就是靈車開到隔壁殯葬店來的時候。這讓戈登略有興趣，因為有一匹馬身上的顏料在消退，使得牠逐漸呈現出一種怪異的紫棕色。沒有客人來的時候，他大部分時間都花在閱讀租書屋裡的黃皮垃圾上。這類書你可以一小時讀一本。現在他也正適合看這類書。這些兩便士租書屋裡的玩意，是真正的「排解文學」[093]。從古至今人類再沒有創造過比這更不費腦子的了，即使是一部電影，相比起來也要耗費一定的心力。因此，每當有客人要找一本書，不論是「兩性」還是「犯罪」，又或「西部荒野」還是「言情」（總會重讀「言」字[094]），戈登總能給出專業建議。

齊斯曼先生不是個壞老闆，只是你要明白，就算你做到末日審判的那天，也不可能漲一次薪水。不必說，他懷疑戈登偷了抽屜裡的錢。過

[092] 化用「酒鬼」的說法。

[093] Escape literature 指講述從某處險惡環境，如戰場、幽禁中逃脫的小說，此處根據上下文，實際應該是 escapist literature，指純粹用於消遣，沒有深意的文學作品。

[094] Romance，重音應在後一個音節上。意指來借書的人沒文化。

了一兩個星期，他就設計出一種新的登記制度，好讓他知道借出了多少書，並與當日的借出記錄核對。但他尋思著這樣還是讓戈登有辦法在不記錄的情況下出借書籍，所以戈登每天騙走他六便士甚至一先令的可能性持續困擾著他，就像公主床墊下的那粒豌豆一樣。但他這奸詐的侏儒行徑也並非全無可愛之處。晚上他關了店門以後，過來租書屋收當日帳目時，會留下來和戈登說會話，伴著鼻音濃重的咯咯笑聲，講述他最近偷奸耍滑的事蹟。從這些談話中，戈登拼湊出了齊斯曼先生的歷史。他是做舊衣產業出身的 —— 這可以說是他的精神職業 —— 三年前從一位叔叔那裡繼承了這間書店。那時候，這還是間破爛書店，連個書架都沒有，書都堆得亂七八糟，滿布灰塵，完全沒有分類。藏書家算得上常常光顧這裡，因為在一堆堆垃圾中，偶爾會出現一本珍貴的書籍，但它主要還是靠以兩便士一本的價格出售二手平裝本驚悚小說來維持運轉。一開始，齊斯曼先生是懷著強烈的厭惡在管理這個垃圾堆。他討厭書籍，尚未明白這裡面有錢可賺。他仍然透過一位副手維持著他的舊衣店，並打算一旦把書店賣個好價錢，就去重操舊業。但是不久，他發現只要經營有術，書也能值錢。發現這點以後，他馬上就發展出驚人的圖書經營天分。不到兩年他就把自己的小店變成了倫敦同規模書店中最好的「珍本」書店之一。對他而言，一本書純粹是一件商品，和一條二手褲子沒有兩樣。他本人這輩子從沒讀過一本書，他也不明白為什麼會有人想讀。對那些飽含愛意地注視著他的珍本書籍的藏書家，他的態度就像一個性感冷豔的妓女對待恩客一樣。但他似乎單憑感覺就能知道一本書珍貴與否。他的頭腦就是一座拍賣紀錄和首版日期的完美礦藏，而且他嗅覺敏銳，總能打聽到便宜貨。他最喜歡的進貨方式就是買斷剛死之人 —— 尤其是教士 —— 的藏書房。每當一位教士去世，齊斯曼先生就會如禿鷲般迅速趕到。他對戈登解釋說，教士們通常都有上好的藏書和無知的遺孀。他住在店裡，當然沒有結婚，沒有娛樂也似乎沒有朋友。戈登有時會好奇，齊斯曼先生晚上沒有出門探查生意時，獨自一人會做些什麼。他腦中出現一幅圖景，齊斯曼先生坐在鎖得嚴嚴實實的房間裡，百葉窗遮著窗戶，數著一堆堆半克朗硬幣和大把大把的一英鎊鈔票，然後小心翼翼地把它們收在香菸盒裡。

齊斯曼先生欺負戈登，尋找藉口削減他的薪資，但他並非對戈登懷有什麼特別的惡意。有時，他晚上來租書屋時，會從口袋裡掏出一包油膩膩的史密斯炸薯條，遞過來，用他那缺音省字的風格說道：

「來點薯條？」

那包洋芋片總在他的一隻大手裡被攥得緊緊的，怎麼也只能拿出兩三根來。但他意在表現一個友好的姿態。

至於戈登住的地方，在啤酒廠大院街，啤酒廠大街是朗伯斯斷路南邊一條和它平行的街。那是一間骯髒的客棧。他的開間要一星期八先令，位於頂樓，這間房形如楔形起司，有著傾斜的屋頂和一盞天窗，是他住過的地方裡，最接近人們常說的「詩人的閣樓」的一個。屋裡有一張又大又低、床架殘破的床，床上是破布拼接成的被子和床單，兩星期換一次；一張牌桌上放著新舊不一的茶壺；一張搖搖欲墜的高背椅；一個用來盥洗的錫盆；一個爐圍裡的小煤氣爐。裸露的地板從無汙跡，而是黑乎乎地滿是灰塵。粉色牆紙的裂縫中蝸居著一團團蚊蟲；不過，現在是冬天，只要房間不弄得過於溫暖，它們就只會沉寂酣眠。你要自己整理床鋪。房東彌金太太 (Mrs Meakin) 理論上會每天「打掃」房間，但五天裡有四天，她都會覺得樓梯太難走。幾乎所有的房客都自己在臥室裡做噁心的餐點。當然，沒有煤氣灶，只有爐圍裡的小煤氣爐，和兩段階梯下一個發著惡臭的大水池，這是整棟房子公用的。

戈登隔壁的閣樓裡住著一個健朗的高個子老婦，她腦筋不太好，一張臉常常弄得像是從泥裡爬出來的鬼。戈登一直弄不清那些泥是從哪裡來的，看起來像煤灰。當她如同一個悲劇女王，沿著人行道踱步而行，自言自語時，街坊的小孩老愛在她後面喊「黑子」！樓下的那層是一個婦人和她的嬰兒，這孩子總是沒完沒了地哭啊哭；還有一對年輕夫婦，常常吵得不可開交，然後又好得如膠似漆，讓整棟房子都不得安寧。一樓有個房屋粉刷匠，還有他的妻子和五個孩子，靠救濟金和偶爾的零工過活。房東彌金太太住在地下室裡的某處洞穴中。戈登喜歡這房子。這和維斯比奇太太的房子是如此不同。這裡沒有什麼下層中產階級可憐的體面，沒有被人窺探、遭人嫌棄的感覺。你只要付了房租，幾乎就能隨心所欲了。酩酊大醉地回家，爬樓梯，隨時帶女人進來。如果你願意，可以在床上躺一整天。彌金大媽不是那種愛管閒事的人。她是個散漫柔和的老人家，體形象塊大麵包似的。據說她年輕時不太檢點，很可能確實如此。她對任何男人都態度愛憐。不過她的胸中似乎還殘留著幾分體面。戈登入住的那天，他聽見她氣喘吁吁掙扎著爬上樓梯，顯然是揹著什麼重負。她輕柔地用膝蓋，或者說應該是她膝蓋所在之處，敲了敲門。他讓她進來。

「那就給你吧。」她雙臂抱得滿滿地，呼哧呼哧親切地說，「我知道你會喜歡這個的。我喜歡讓所有的房客感到舒服。讓我把它放桌上吧。那裡！現在它讓這房間看起來有點家的味道了，不是嗎？」

這是一株葉蘭。看到它讓他一陣刺痛。即使在這裡，在這最後的避難所！你也找到我了嗎，哦，我的敵人？但這是一株可憐的瘦弱植株——確實，它顯然是要死了。

在這個地方，只要人們不來打擾他，他就可以過得高高興興。這是你可以高興的地方，一種放浪形骸的高興。把你的光陰用於毫無意義的機械工作，在昏迷中就能混過去的工作；回家點火，如果有煤的話（雜貨店有六便士一袋的），可以把滿滿當當的小閣樓弄得暖暖和和的；坐著吃一頓髒兮兮的飯，包括在小煤爐上做的醃肉、麵包配人造奶油和茶，躺在發臭的床上，讀本驚悚小說，或者做做《拾零》（*Tit-bits*）雜誌上的益智題直至深夜；這就是他想要的生活。他所有的習慣都在迅速惡化。他現在一星期刮鬍子不超過三次，不洗澡，只洗洗露在外面的身體部分。周圍有不錯的公共浴室，但他一個月也去不了一次。他從不好好整理床鋪，只是把被子翻過來，僅有的幾樣餐具也要全都用過兩回之後才肯洗。所有東西上都蒙著一層灰塵。圍爐裡總是放著一張油膩膩的煎鍋和幾個沾著煎蛋碎屑的盤子。有天晚上，蚊蟲從一個裂縫中鑽了出來，兩兩一組地橫穿天花板。他躺在床上，雙手枕著腦袋，饒有興趣地看著它們。他毫不後悔地，幾乎是自覺自願地，任由自己崩潰。他的全部感受，根本上都有一種面對世界「我不在乎」[095]的消沉。生活打敗了他，但你仍然可以靠轉過臉去來打敗生活。沉淪比崛起好。下沉、下沉，沉入幽靈王國，沉入羞恥、努力、體面全不存在的陰暗世界。

沉淪！這本該多麼容易，因為競爭如此之少！但奇怪的是，常常沉淪比崛起還要困難。總有什麼東西把人往上拉。畢竟，人從來不是完全的獨自一人，總是有友人、戀人、親人。戈登認識的每個人似乎都在寫信給他，可憐他或是威嚇他。安吉拉姑姑寫了，華特叔叔寫了，蘿絲瑪麗寫了一封又一封，拉弗斯通寫了，茱莉亞寫了。就連弗萊克斯曼也寄

[095] 原文為法語。

來一句話，祝他好運。戈登現在討厭收到信。信是與他試圖逃離的另一個世界之間的連繫。

就連拉弗斯通也倒戈了。那是在他過來看到戈登的新住所之後。直到這次拜訪，他才意識到戈登到底住在什麼樣的街區裡。當他的計程車在滑鐵盧路的街角停下時，一幫衣衫襤褸、蓬頭垢面的男孩不知從哪裡猛然撲了過去，如同魚兒搶餌般在計程車門前爭搶。其中三個抓住把手，同時拉開車門。他們那卑微、骯髒的小臉，充溢著瘋狂的希望，讓他覺得噁心。他向他們撒了幾個便士，然後落荒而逃，再沒看他們一眼。狹窄的人行道上遍布狗屎，叫人詫異，因為目之所及根本看不到狗。彌金大媽在地下室裡煮黑線鱈，你在樓梯半道上都能聞得到。到了閣樓，拉弗斯通坐在那把搖搖欲墜的椅子上，天花板就在他腦後傾斜而下。火已經滅了，屋內黯淡無光，只有四根蠟燭在葉蘭旁的一個茶托裡默默流淚。戈登在破爛的床上和衣躺著，只脫了鞋。拉弗斯通進來的時候，他幾乎一動沒動，只是直挺挺地仰躺在那裡，時不時笑笑，彷彿他和天花板之間有什麼不足為外人道的笑話似的。房間裡已經有了那種住了很久而從不打掃的沉悶而甜膩的氣息。圍爐邊躺著髒碗盤。

「你想來杯茶嗎？」戈登動也沒動地說。

「不必了非常感謝 —— 不。」拉弗斯通說得有點太急了。他已經看到了圍爐裡那些沾著棕色汙跡的杯子，和樓下那個噁心的公用水池。戈登十分清楚拉弗斯通為何拒絕喝茶。這地方整個的氣氛給了拉弗斯通一種衝擊。樓梯上汙水和鱈魚混合而成的那股可怕的味道！他看著戈登仰躺在破爛的床上。該死的，戈登是個紳士！換了別的時候他會拒絕這個想法。但在這樣的氣氛下，是沒法自欺欺人的。所有他以為自己並不具有的階級本能全都揭竿而起。想到一個有頭腦有品味的人住在這樣的地方，真叫人難受。他想告訴戈登離開這裡，振作起來，賺一份體面的收入，像個紳士一樣生活。但他當然沒有這麼說。你不能說這種話。戈登知道拉弗斯通的腦子裡在想些什麼，這讓他覺得非常可笑。他對拉弗斯通來這裡看自己全無感激；另一方面，他對自己的周圍環境全不害臊，他曾經是會的。他說起話來有一絲幸災樂禍。

「你覺得我是個大白痴，當然。」他對著天花板說。

「不，我沒有。我為什麼要這樣？」

「有，你有。你覺得我待在這種骯髒的地方，而不找份像樣的工作，是個大白痴。你覺得我應該去試試那份新阿爾比恩的工作。」

「不，可惡！我從沒那樣想。我完全明白你的觀點。我以前就告訴過你。我認為從原則上來說，你完全正確。」

「而且你認為原則都沒問題，只要不應用於實踐就好。」

「不。但問題始終是，什麼時候應用於實踐了？」

「很簡單，我已經對金錢宣戰了，這就是我的下場。」

拉弗斯通揉揉鼻子，然後在椅子上不安地挪了挪。「難道你看不出來，你錯就錯在，以為人可以出淤泥而不染？話說回來，你拒絕賺錢又能達到什麼目的呢？你努力表現得好像有人可以獨立於我們的經濟體制之外一樣。但沒人可以。人要麼得改變這個體制，要麼就什麼都不改變。人不能透過龜縮政策來撥亂反正，如果你明白我的意思的話。」

戈登朝著聚滿蚊蟲的天花板晃了晃腳丫。「當然這的確是一個龜縮政策，我承認。」

「我不是那個意思。」拉弗斯通痛苦地說。

「但讓我們面對現實吧。你認為我應該去找個好工作，不是嗎？」

「那得看是什麼工作。我覺得你不肯將自己出賣給那家廣告公司是非常正確的。但你要是繼續做你現在這份可憐的工作，確實令人惋惜。畢竟，你確實有些天賦。你應該想辦法運用這天賦。」

「我寫了詩。」戈登說，為他那不足為外人道的笑話微微一笑。

拉弗斯通面露窘色。這話讓他無言以對。當然，戈登確實寫了詩。比如，寫了〈倫敦拾趣〉。拉弗斯通知道，戈登也知道，彼此也知道對方知道，〈倫敦拾趣〉永遠也不會完成。很有可能，戈登永遠不會再寫一句詩歌。至少，在他留在這個鄙陋之所，繼續這份毫無前途的工作，保持這份頹喪的心緒時再不會寫了。但這話不能說，目前還不行。仍然要保持這個假像：戈登是一位奮鬥中的詩人 —— 一個司空見慣的閣樓詩人。

沒過多久，拉弗斯通起身離開。這個臭烘烘的地方使他壓抑，而且越來越明顯，戈登不想要他在這裡。他猶猶豫豫地走向房門，戴上他的手套，然後又回來了，脫下左手手套，拿它拍打著自己的大腿。

「你看，戈登，你別介意我這麼說 —— 這是個骯髒的地方，你知道的。這房子，這街道 —— 這一切。」

「我知道。這是個豬圈。這適合我。」

「但你非要住在這樣的地方不可嗎？」

「我親愛的夥計，你知道我的薪資有多少。一週三十先令。」

「是的，但是 ——！肯定有更好的地方吧？你的房租要多少？」

「八先令。」

「八先令？這價錢你可以弄到一個相當體面的不帶傢俱的房間。反正比這裡要好些。聽著，你為什麼不租個不帶傢俱的地方，然後我借你十英鎊買傢俱？」

「『借』我十英鎊！在你已經『借』了我這麼多之後還借？給我十英鎊吧，你的意思是。」

「好吧，如果你喜歡那麼說的話。給你十英鎊。」

「但是不巧，你看，我不想要。」

「但全是見鬼！你最好有個體面的地方住。」

「但我不想要個體面的地方。我想要個不體面的地方。比如說，這地方。」

「但是為什麼呢？為什麼？」

「它適合我的處境。」戈登說著，把臉轉向牆壁。

幾天以後，拉弗斯通寫了一封言辭謙卑的長信給他，重申了他在他們的談話中所說的大部分內容。信的整體效果是，拉弗斯通完全明白戈登的觀點，明白戈登所說的很有道理，明白戈登原則上是絕對正確的，但是——！就是那種顯而易見、無可避免的「但是」。戈登沒有回信。直到幾個月後他才再次見到拉弗斯通。拉弗斯通想方設法與他聯絡。這是個奇怪的事實——從社會主義者的角度來看是相當可恥的事實——想到戈登，一個有頭腦且出身紳士之家的人，蝸居在那個鄙陋的地方，做著那樣一份幾乎算得上卑賤的工作，比想到米德斯堡的上萬失業者更讓他憂心。好幾次，他希望振奮戈登，於是寫信請他投稿到《反基督教》。戈登從不回信。在他看來，這份友誼已經終結。他靠拉弗斯通過活的那段困難時光毀了一切。施捨扼殺友誼。

然後還有茱莉亞和蘿絲瑪麗。這一點上她們和拉弗斯通不同，她們不諱言自己的所思所想。她們沒有委婉地說什麼戈登「原則上是正確的」，她們知道拒絕一份「好」工作絕不正確。她們一遍遍地懇求他回新阿爾比恩。最糟糕的是她們兩人聯合起來糾纏他。在這事之前，她們從沒見過面，但現在蘿絲瑪麗不知怎的認識了茱莉亞。她們結成了女性同盟來對付他。她們常常聚在一起，談論戈登的「瘋狂」表現。她們唯一的共同語言，就是對他「瘋狂」行為的女性的憤怒。要麼異口同聲，要麼前赴後繼；要麼口誅，要麼筆伐，她們折磨著他。這真是讓人難以忍受。

感謝上帝，她們都還沒見過他在彌金太太這裡的房間。蘿絲瑪麗或許可以忍受，但看到那個骯髒的閣樓簡直能要了茱莉亞的命。她們來租書屋看過他，蘿絲瑪麗來過幾次，茱莉亞找到藉口離開茶館的時候來過一次。即使那樣也夠糟糕的。看到那間租書屋是怎樣一個寒酸破陋的地方，她們實在灰心喪氣。麥基奇尼的那份工作，雖然薪資可憐，但不是那種真會讓你為之羞愧的工作。它讓戈登接觸文化人，既然他自己是個「作家」，就還能讓人相信這可能「帶來點什麼」。但是這裡，在一條近乎貧民窟的街道裡，拿著一星期三十先令的薪資分發黃皮垃圾 —— 這樣的工作能有什麼盼頭？這就是一個狗不理的工作，一個毫無前景的工作。夜復一夜，在關了租書屋，在淒涼多霧的街道上遊逛時，戈登和蘿絲瑪麗都會為此爭吵。她一遍遍揪著他不放。他願意回新阿爾比恩嗎？他為什麼不願意回新阿爾比恩？他總是告訴她，新阿爾比恩不會要他回去。畢竟，他沒有申請這份工作，就無法知道他能不能得到它，他樂於保持這種未知。現在他身上有種什麼東西，讓她喪氣讓她害怕。他似乎變了，變質了，變得如此突然。雖然他沒有跟她說過此事，但她猜到了他渴望逃離所有努力所有體面，渴望沉淪，沉入終極的泥淖。他不是在逃避金錢，而是在逃避生活本身。他們現在的爭吵不像過去，戈登丟掉工作之前那樣了。那時候，她沒怎麼注意他荒謬的理論。他對金錢道義的大加撻伐是他們之間的一種玩笑。時間在流逝，戈登賺得體面營生的機會幾乎無限渺茫，那時似乎並不重要。她仍然當自己是個少女，有著無限的未來。她看著他揮霍掉了他的兩年人生 —— 就此而言，也是她的兩年人生，而她以前覺得反對顯得小氣。

但是現在她開始害怕了。時間的戰車插翅奔來。當戈登丟掉工作時，她突然意識到，感覺像發現了驚人的事實，發現她畢竟還是不再年輕了。戈登的三十歲生日已經過去；她自己的也近在眼前。他們的前路又如何呢？戈登自暴自棄，沉入陰沉致命的失敗。他似乎想沉淪。他們現在還有什麼希望結婚呢？戈登知道她是對的。這樣下去是不可能的。所以儘管沒有宣之於口，但兩人心中都漸漸萌生了這個想法：他們將不得不分手了 —— 永遠。

一天晚上他們約好在鐵路拱橋下見面。這是一個可怕的一月的夜晚，難得沒有起霧，只有一陣陰風呼嘯著掃過轉角，揚起的塵土和廢紙拍到你的臉上。他等著她，一個小小的身影沒精打采，寒酸得簡直像穿著破衣爛衫，頭髮被風颳得歪七扭八。她照舊準時抵達。她跑向他，拉下他的臉龐，親吻他冰冷的臉頰。

「戈登，親愛的，你太冷了！你怎麼不穿件大衣就出門了？」

「我的大衣當掉了。我還以為妳知道呢。」

「哦，親愛的！是的。」

她仰頭看著他，黑色秀眉微微蹙起。他看起來如此憔悴、如此沮喪，在這光線黯淡的拱門下，臉上滿是陰影。她挽起他的手臂，把他拉到燈下。

「我們接著走吧。站著不動太冷了。我有些正經事要跟你說。」

「什麼？」

「我猜你會非常生我的氣。」

「什麼事？」

「今天下午我去見了厄斯金先生。我請了假去跟他談了幾分鐘。」

他知道接下來是什麼了。他試圖從她手中抽出自己的手臂，但她抓住了他。

「那？」他悶悶地說。

「我跟他說了你的事。我問了他願不願意要你回去。當然他說生意不好，他們僱不起新員工了什麼什麼的。但我提醒他，他曾經對你說過的話，於是他說，是的，他一直認為你很有潛力。最後他說，要是你願意回來的話，他非常樂意找個工作給你。所以你看，我之前說的對。他們會給你工作。」

他沒有回答。她捏了捏他的手臂。「所以，你現在對此有何想法？」她說。

「妳知道我有何想法。」他冷冷地說。

他暗暗覺得又驚又怒。這就是他一直害怕的。他一直都知道，她遲早會這麼做。這讓問題更加明確，也讓他本人的責任更加無可推諉。他塌下肩膀，雙手仍然插在他的外套口袋裡，任她挽著自己的手臂，卻不看她。

「你生我的氣了嗎？」她說。

「不，我沒有。但我不明白妳為什麼非要這麼做 —— 背著我。」

這傷了她的心。她費了九牛二虎之力才求得厄斯金先生做出這個承諾。她是鼓起了全部的勇氣才敢在常務董事自己的地盤上忤逆他。她萬分恐懼自己可能因此被解僱。但她不會告訴戈登所有這些。

「我覺得你不該說背著你。畢竟，我只是想幫你。」

「弄到一個我碰也不想碰的工作對我又有何幫助呢？」

「你的意思是，事到如今，你也不肯回去？」

「永遠也不會。」

「為什麼？」

「我們非得再來一遍嗎？」他疲憊地說。

她用盡全力抓住他的手臂把他轉過來，讓他面對她。她抓著他的樣子有一種絕望。她已經做了最後的努力，卻失敗了，就好像她可以感覺到，他像一個幽靈一樣與她漸行漸遠，慢慢消散。

「你要是繼續這樣會讓我心碎。」她說。

「我希望妳不要為我煩心。如果妳不這樣的話會簡單得多。」

「但你為什麼非要浪擲自己的人生呢？」

「告訴妳，我無能為力。我必須堅定立場。」

「你知道這意味著什麼嗎？」

他心中一陣寒意，卻又有一種放手，甚至解脫的感覺。他說：「妳是說，我們將不得不分開——彼此再不相見？」

他們繼續走著，現在已經上了西敏寺橋路（Westminster Bridge Road）。狂風嘯叫著，裹挾著一團煙塵席捲而來，讓兩人都低頭閃避。他們再次停下。她的小臉上滿是紋路，寒冷的風和冷淡的燈光並沒帶來改善。

「妳想甩掉我。」他說。

「不。不。準確地說不是那樣。」

「但妳覺得我們應該分開。」

「我們繼續這樣下去怎麼行？」她落寞地說。

「是很難，我承認。」

「全都如此悲慘，如此無望！這樣能有什麼結果？」

「所以妳終究是不愛我？」他說。

「我愛，我愛！你知道我愛你。」

「或許有一些吧。但還不足以在明確我絕不可能有錢養妳後繼續愛我。妳會讓我做一個丈夫，但不是一個情人。這仍然是錢的問題，妳看。」

「這不是錢，戈登！不是那樣的。」

「是的，就是錢而已。從一開始就是錢橫亙在我們之間。

錢，總是錢！」

這場面持續了一陣，但沒有太久。兩個人都冷得瑟瑟發抖。當你頂著刺骨的寒風站在街角時，任何情緒都是無關緊要的。他們最終分手時，並沒有斬釘截鐵地訣別。她僅僅是說：「我必須回去了。」吻了他，然後跑過馬路去了電車站。目送著她走開，他主要是一種解脫的情緒。他現在不能停下來問自己是否愛她。他單單只想離開 —— 離開這寒風呼嘯的街道，離開事件現場和情感需求，回到他那閣樓裡汙穢的孤獨之中。如果他的眼中有淚，那不過是冷風所致。

茱莉亞這邊簡直更加糟糕。一天晚上她讓他去見她。這是在她從蘿絲瑪麗那裡聽說厄斯金先生提供了工作的事之後。茱莉亞的可怕之處在於她對他的動機一絲一毫也不理解。她所理解的唯有有人給他一份「好」工作，而他拒絕了。她幾乎是跪下來求他不要扔掉這個機會。而當他告訴她自己心意已決時，她嚎啕大哭，真正地嚎啕大哭。這叫人難受。這個可憐的像鵝似的女人，頭髮中夾雜著幾縷銀絲，在她陳設著德拉格傢俱的小小開間裡，不顧形象毫無尊嚴地嚎啕大哭！她所有的希望就此死去。她眼看著家族一點點敗落，沒有錢也沒有孩子，沒入灰敗陰暗之境。獨有戈登有本事成功；可他，鬼迷心竅，偏偏不肯。他知道她在想什麼，他不得不硬起心腸，堅定立場。他僅僅在乎蘿絲瑪麗和茱莉亞。拉弗斯通無所謂，因為拉弗斯通理解。當然，安吉拉姑姑和華特叔叔，在一封封冗長的信中無力地嚼著舌根。但他們，他是無視的。

絕望之下，茱莉亞問他，既然他扔掉了他最後的人生成功的機會，那他打算做什麼呢？他簡單地答道：「我的詩。」他對蘿絲瑪麗和拉弗斯通也是這麼說的。對拉弗斯通，這答案已經足夠。蘿絲瑪麗已經不再相信他的詩了，但她不會這麼說。至於茱莉亞，無論何時，他的詩對她從來沒有任何意義。「如果你沒法從中賺錢的話，我看不出寫詩有什麼意義。」她一貫都這麼說。而且他自己也不再相信他的詩了。但他仍然努力想「寫作」，至少有時會寫。換了住處後不久，他就把〈倫敦拾趣〉完成的那部分謄到了乾淨的紙上 —— 他發現，還不足四百行。就連謄抄的辛苦都煩得要死。但他仍然偶爾鼓搗一下它，這裡刪去一行，那裡修改一下，卻不做，甚至沒打算做任何進展。沒過多久，那些紙頁又和以前一樣了，成了一座撩亂骯髒的文字迷宮。他常常在口袋裡隨身帶著一團髒兮兮的手稿。感到它在那裡，會讓他振奮一點；畢竟這是一種成就，雖然不足為外人道，卻可以展示給自己。那就是兩年時光，或者一千個小時的辛苦的唯一成果。他不再把它當成一首詩。詩歌這整個概念現在對他都毫無意義了。只是，如果〈倫敦拾趣〉最終能完成，就將是從命運手中奪來的勝果，是在金錢世界之外創造出的一樣東西。但他明白，遠比以往明白得多，它永遠不會完成。他過著現在這種生活，怎麼可能還殘留著什麼創作的衝動？隨著時間的流逝，就連完成〈倫敦拾趣〉的欲望也消失了。他仍然在口袋裡隨身帶著手稿，但這只是一種姿態，一個象徵，代表了他一個人的戰爭。他已經永遠結束了成為「作家」的白日夢。畢竟，那難道不是一種抱負的變種？他想逃離所有這些，去所有這些之下。下去，下去！沉入幽靈王國，脫離希望，脫離恐懼！去地下，去地下！那就是他祈望之所。

可是從某種意義上來說這並不容易。一天晚上，大約九點，他躺在自己床上，腳上蓋著破爛的被單，雙手枕在腦袋下取暖。火滅了。所有東西上都積著厚厚的灰塵。葉蘭一週前死了，正在花盆裡直挺挺地枯萎。他從被單下滑出一隻沒穿鞋的腳，把它舉起來，看著它。他的襪子上滿是破洞——洞的面積彷彿比襪子還大。他就那樣躺在這裡，戈登．康斯托克，在一個貧民窟的閣樓裡，一張破爛的床上，雙腳頂出襪子外，全部家當一先令四便士，過了三十歲卻一件事都沒有做成！他現在肯定無藥可救了吧？就算他們再怎麼努力，也肯定沒法把他從這樣的地洞裡挖出去了吧？他本來就想低入泥土的——好啊，這就是泥土了，不是嗎？

但他知道不是這樣。另一個世界，那個金錢和成功的世界，總是如此靠近，近得奇怪。僅靠在塵埃和悲慘中避難，你是逃不掉它的。當蘿絲瑪麗告訴他厄斯金先生給他工作時，他不僅生氣，而且害怕。它使得危險如此靠近他。一封信，一個電話口信，就能讓他從他的骯髒中直接回到金錢世界——回到一星期四英鎊，回到努力、體面和奴役。毀滅並不像聽起來那麼容易。有時候救贖會像獵犬一樣追著你不放。

好一會，他盯著天花板，近乎放空的狀態。僅僅是躺在這裡，又髒又冷，這種完全的虛無讓他稍感安慰。可不一會，他被門上的一聲輕敲喚醒了。他沒有動彈。想必是彌金太太，儘管聽起來不像她在敲門。

「進來。」他說。

門開了，是蘿絲瑪麗。

她邁步進來，房間裡那種滿蘸灰塵的甜膩氣息撲面而來，使她剎住了腳步。即使在檯燈的黯淡燈光下，她也可以看出這房間多麼骯髒——桌上亂七八糟的食物和紙堆，積滿灰燼的壁爐，爐圍裡髒兮兮的餐具，死去的葉蘭。她一邊緩緩走向床邊，一邊摘下自己的帽子，把它扔到椅子上。

「你住的是個什麼地方啊！」她說。

「這麼說妳回來了？」他說。

「是的。」

他稍稍遠離她一些，用手臂擋著自己的臉。「回來繼續教育我是嗎，我想？」

「不是。」

「那是為什麼？」

「因為——」

她已經跪倒在床邊。她拉開他的手臂，伸出脖子吻他，然後吃了一驚，縮了回去，開始用指尖撫弄他太陽穴邊的頭髮。

「噢，戈登！」

「怎麼？」

「你有白頭髮了！」

「是嗎？哪裡？」

「這裡 —— 太陽穴上。有好一片呢。一定是突然出現的。」

「『時間的魔法，讓我金絲轉銀髮』。」他漠然說道。「這麼說我們都在生白髮。」

她低下腦袋，給他看自己腦袋頂上的三根白髮。然後她趴到床上，在他旁邊，伸出一隻手臂到他身下，把他拉向自己，吻遍他的臉。他任她這麼做。他不想這樣 —— 這正是他最不想要的事。但她擠到了他身下，他們胸貼著胸，她的身體似乎融入了他的身體中。從她臉上的表情，他明白她是為什麼而來。畢竟，她是處女。她不知道自己在做什麼。是慷慨，純粹的慷慨打動了她。他的慘狀讓她回到了他身邊。僅僅是因為他身無分文，一敗塗地，她才對他屈服了，哪怕只有一次。

「我不得不回來。」她說。

「為什麼？」

「想到你孤身一人在這裡，我受不了。這太糟糕了，任你那個樣子。」

「妳離開我做得很對。妳最好不要回來。妳知道我們永遠也沒法結婚。」

「我不在乎。人不該這麼對待自己所愛的人。我不在乎你跟不跟我結婚。我愛你。」

「這不明智。」他說。

「我不在乎。我希望我幾年前就已經這樣做了。」

「我們最好不要。」

「要。」

「不。」

「要！」

畢竟，她對他來說太重要了。他已經渴望她太久了，他無法停下來權衡後果。於是到底還是做了，在彌金大媽髒亂的床上，並沒多少歡愉。一會，蘿絲瑪麗起身，整理衣衫。房間裡儘管擁擠，卻冷得可怕。他們都有些發抖。她把被單又往戈登身上拉了拉。他一動不動地躺著，背對著她，臉藏在手臂下。她跪在床邊，拿起他另一隻手，把它在自己臉頰上貼了一會。他幾乎沒有注意她。然後她靜靜地關上門，踮著腳走下裸露的臭烘烘的樓梯。她覺得沮喪、失望，而且非常冷。

戰敗，回歸

春天，春天！三月依依，四月毗連，甘霖隨春降[096]！綠樹華滋，草木向榮，葉片大且長！[097]當此之時，春的獵犬追逐著冬的足跡，春日時光，唯一美麗的喧鬧時光；當此之時，百鳥爭鳴，嘿 - 叮 - 啊 - 叮叮，咕咕呱呱，啾啾唧唧！等等等等。看看從青銅時代到西元一八〇五年間幾乎隨便哪個詩人的作品就知道啦。

但是，即使現在，在有中央供暖和水蜜桃罐頭的時代，成百上千所謂的詩人還在寫著同樣的陳詞濫調，多麼荒唐！這年頭，春天也好，冬天也罷，或者隨便哪個時節，對普通的文明人來說又有什麼區別？在倫敦這樣的城市，最顯著的季節變化，除了簡單的溫度變化之外，就是你在人行道上看到的東西不同了。冬末春初時主要是高麗菜葉，七月裡你踩著櫻桃核，十一月是燃盡的煙花，臨近聖誕節時橘子皮就變厚了。中世紀時是另一回事。當春天意味著在某個沒有窗戶的小屋裡，靠吃鹹魚和發黴的麵包悶了好幾個月後，終於有了新鮮肉食和綠色蔬菜時，寫詩歌頌春天尚有些意義。

如果這是春天，戈登也沒能注意到。朗伯斯的三月不會讓你想起波瑟芬妮[098]。白天變長了，有陣陣攜塵夾汙的風，有時天空中會出現幾片湛藍。如果你費心去找的話，很可能會發現幾個被燻得烏黑的嫩芽。原

[096] 為中世紀詩歌 Alisoun 中的詩句：Bytuene Mershe ant Averil, when spray biginneth to spring!

[097] 為英文古詩〈羅賓漢與吉斯本的蓋伊〉（*Robin Hood and Guy of Gisborne*）：WHEN shaws beene sheene, and shradds full fayre, And leaves both large and longe.

[098] 宙斯之女，豐收之神。

來，那株葉蘭終究沒死，枯萎的葉片脫落了，但它從根部附近抽出了幾片暗綠色的新芽。

戈登現在已經在租書屋裡待了三個月了。他並不厭煩這愚蠢而懶散的日常工作。租書屋已經擴展到了一千本「分類圖書」，每週為齊斯曼先生帶來一英鎊的淨利潤，所以齊斯曼先生笑口常開。不過，他對戈登暗懷恨意。可以說，戈登是作為一個醉鬼出售給他的。他原指望，至少一次，戈登醉酒誤了一天的工作，從而給他足夠的藉口削減薪資。但是戈登沒能喝醉。奇怪得很，他最近沒有喝酒的衝動。即使買得起，他也不喝啤酒。茶似乎是更好的毒藥。他全部的欲望和不滿都平息了。他現在靠一週三十先令反倒比以前兩英鎊的時候過得好了。沒有太過拮据，這三十先令就支付了他的房租、菸錢、一星期大約一先令的洗衣費、一點燃料還有他的一日三餐 —— 幾乎全由醃肉、麵包配人造奶油和茶組成，包含煤氣一天才花兩先令。有時他甚至能多出六便士，去西敏寺橋路附近一家便宜但骯髒的電影院裡坐一坐。他仍然口袋裡揣著髒兮兮的〈倫敦拾趣〉手稿來來去去，但這純粹只是出於習慣的力量，他甚至連裝模作樣都已經放棄了。他所有的夜晚都是同樣的過法。在那間遠離人世、臭烘烘的閣樓裡，如果還剩了煤的話就在爐火旁，如果沒剩就在床上，手邊放著茶壺和香菸，讀書，總在讀書。現如今，他除了兩便士的週報外什麼也不讀。《拾零》、《答案》、《佩格報》、《遺珠》、《磁石》、《家庭筆記》、《女生自己的報紙》 —— 它們通通都一樣。他常常從店裡一次拿一打。齊斯曼先生有好幾大堆這些報紙，蒙滿了灰塵，是從他叔叔手上遺留下來的，用作包裝紙。有些都有二十年的歷史了。

他最近幾個星期都沒見過蘿絲瑪麗。她寫了幾次信，然後，由於某種原因，突然停止了寫信。拉弗斯通寫過一次，請他為《反基督教》寫一篇關於兩便士租書屋的稿子。茱莉亞寄來了一封淒涼的簡訊，講述家族近況。安吉拉姑姑整個冬天都患著重感冒，華特叔叔抱怨膀胱問題。戈登誰的信也沒回，如果可以，他寧願忘掉他們的存在。他們和他們的感情都只是累贅。不斬斷與他們所有人的聯絡，甚至是與蘿絲瑪麗的聯絡，他就不會自由，不會自由地沉入終極的泥淖。

一天下午，他正在幫一個淺金髮色的年輕女工選書，正在這時他眼角瞟到某個人進了租書屋，在門邊猶豫不決。

「您想要哪種書呢？」他說。「哦 —— 就是那種言情的，謝謝。」

戈登選了一本言情的書。他一轉身，心臟便猛烈地跳動起來。剛剛進來的人是蘿絲瑪麗。她沒做任何表示，而是站著等待，面色蒼白，神態憂慮，那模樣流露著某種不祥之兆。

他坐下來幫那女孩結帳，但他的雙手開始劇烈抖動，使他幾乎無法做到此事。他把橡皮印章按錯了地方。女孩施然出門，一邊走一邊翻書。蘿絲瑪麗看著戈登的臉。她已經很久沒有在青天白日裡見過他了，她被他的變化震住了。他寒酸到了衣衫襤褸的地步，他的臉瘦多了，有了那種靠麵包和人造奶油過活的人的灰暗和蒼白。他看起來老多了 —— 至少三十五歲。但蘿絲瑪麗自己也不太像平時。她已經失去了她歡快整潔的模樣，她的衣服看著像是匆匆穿上的。明顯出了什麼問題。

他在年輕女工身後關上了門。「我沒想到妳會來。」他開口道。

「我不得不來。我是午餐時間從工作室出來的。我跟他們說我病了。」

「妳氣色不好。來，妳最好坐下。」

租書屋裡只有一把椅子。他把它從櫃檯後拿出來，走向她，非常含糊地愛撫了一下。蘿絲瑪麗沒有坐下，而是脫下手套，把一隻小手搭在椅背頂部的橫擋上。從她指尖的力道，他可以看出她有多麼激動。

「戈登，我有件可怕的事情要跟你說。終究還是發生了。」

「發生了什麼？」

「我有孩子了。」

「孩子？噢，天哪！」

他猛然停住了。有一刻，他感到彷彿有誰在他的肋骨下狠狠打了他一拳。他問了那個慣常的愚蠢問題：

「你確定嗎？」

「萬分確定。到現在已經幾個星期了。你不知道我是怎麼過的！我不斷地希望啊希望 —— 我吃藥了 —— 哦，太可怕了！」

「孩子！噢，上帝啊，我們真是傻子！好像我們沒法預見這事似的。」

「我知道。我想這是我的錯。我 —— 」

「該死！有人來了。」

門鈴叮咚一響。一個滿臉雀斑、下唇醜陋的胖女人搖搖擺擺地走了進來，要「裡面有謀殺的東西」。蘿絲瑪麗坐下了，不停地拿手套在手指上絞。胖女人很挑剔。戈登挑的每本書她都拒絕了，理由是她「已經看過了」或者它「看起來沒意思」。

蘿絲瑪麗帶來的致命消息讓戈登焦躁不已。他的心撲通直跳，他的五臟六腑縮成一團，而他不得不抽出一本又一本書，向胖女人擔保這就是她要找的。終於，在將近十分鐘後，他成功地用一本她勉強說「覺得自己以前沒看過」的書把她打發走了。他轉身面向蘿絲瑪麗。「好吧，那我們到底拿這事怎麼辦？」他一關上門就趕緊說。

「我不知道我能怎麼辦。我要這個孩子就當然會丟了工作。但我擔心的不止這個，而是怕我的家人發現。我媽 —— 噢，天哪！光是想想就受不了。」

「啊，妳的家人！我還沒想過他們。家人！他們是多麼沉重的負擔啊！」

「我的家人滿好。他們對我一向不錯。但這樣的事情就不同了。」

他來回走了一兩步。儘管這個消息嚇壞了他，但他還沒有真正明白這事。想到一個孩子，他的孩子，正在她的子宮裡生長，除了沮喪以外沒有喚起他的任何情緒。他沒把那個孩子當成一個活生生的生命；它純粹是、僅僅是一場災難。而且他已經看到它將引發什麼後果。

「我想我們必須要結婚了。」他平板地說。

「好吧，結嗎？我是來問你這事的。」

「但我想妳想要我娶妳，不是嗎？」

「除非你不想。我不會強迫你的。我知道結婚違背你的理念，你必須自己決定。」

「但我們別無選擇 —— 如果妳真想要這個孩子的話。」

「不一定，這必須由你來決定。因為畢竟還是有另一個辦法。」

「什麼辦法？」

「哦，你知道的。工作室裡的一個女孩給了我一個地址。她一個朋友花五英鎊做過。」

這讓他一個冷顫。第一次，他產生了唯一有意義的認知，明白了他們到底在說什麼。「孩子」這個詞有了新的意義。這不再只是一個抽象的概念，它意味著一團血肉，他自己的一小點，在她的肚子裡，活生生的，正在成長。他們四目交會。他們有了一刻奇怪的共鳴，是以前從未有過的。有一刻他確實感到，以某種神祕的方式，他們血肉與共。儘管他們相隔咫尺，他卻感到他們好像融為了一體 —— 好像某種活生生的隱形紐帶從她的五臟六腑伸展到了他的五臟六腑。這時，他明白了，他們考慮的是一件可怕的事情 —— 一種褻瀆，如果這個詞有何意義的話。不過如果換了別的說法，他可能就不會畏縮了。是五英鎊這個骯髒的細節讓他徹底認清了。

「別怕！」他說，「不管發生什麼事我們都不會那麼做的。那太噁心了。」

「我知道這很噁心。但我不能未婚生子。」

「不！如果只有這個選擇的話我就和妳結婚。我寧願砍斷自己的右手也不願做那樣的事情。」

叮！門鈴響了。兩個穿著亮藍色西裝的蠢貨和一個傻笑著的女孩走了進來。一個年輕人鼓起勇氣怯怯地要「一本有料的 —— 淫穢的東西」。戈登默不作聲地示意「兩性」書籍所在的書架。租書屋裡有成百上千本這種東西。都是些像《巴黎的祕密》和《她信任的男人》之類的書名，破碎的黃色封面上印著半裸女郎躺在沙發上，穿著晚禮服的男人站在旁邊俯視她們的圖片。但是，裡面的故事都健康得叫人痛苦。那兩個年輕人和那個女孩穿梭在書堆中，對著封面上的圖片竊笑，女孩發出陣陣低呼，假裝震驚不已。他們讓戈登萬分噁心，他一直背對著他們，直到他們選好所要的書。

他們走後，他回到蘿絲瑪麗的座椅旁。他站在她身後，握住她僵硬的瘦小雙肩，然後將一隻手伸入她的外套，感受著她胸前的溫暖。他喜歡她身體中那強烈的春天般的氣息。他喜歡想到，在那下面，一粒備受保護的種子 —— 他的孩子正在生長。她抬起一隻手，撫摸著她胸部上的那隻手，但沒有說話。她等著他來決定。

「如果我要娶妳，我得先變成個體面人。」他若有所思地說。

「你能嗎？」她話中帶著一絲從前的樣子。

「我是說，我得找個像樣的工作 —— 回新阿爾比恩。我想他們會接納我回去的。」

他感到她一動不動，明白她一直在等這句話。可是她決心公平行事。她不會對他威逼利誘。

「我從沒說過我想讓你這麼做。我想讓你娶我 —— 沒錯，因為這個孩子。但這並不意味著必須讓你養我。」

「如果我養不起妳，結婚就沒有意義。難道像我現在這個樣子 —— 沒錢也沒個像樣的工作就娶妳？那妳到時候怎麼辦？」

「我不知道。我會盡量繼續工作。之後藏不住肚子了 —— 嗯，我想我就回娘家去。」

「那妳就好受了，是不是？但妳以前那麼渴望我回新阿爾比恩的。妳沒改變主意吧？」

「我考慮過了。我知道你討厭被一個固定的工作束縛。我不怪你，你有自己的人生要過。」

他又考慮了片刻。「歸根結底是這樣。要麼我娶妳，並回新阿爾比恩去，要麼妳去找個骯髒大夫花五英鎊毀了自己。」這時她扭動著掙脫他的懷抱，站起來面對他。他直白的話語讓她難受。這些話把這個問題弄得比之前更加清楚更加醜陋了。

「噢，你為什麼那麼說？」

「呃，這就是僅有的選擇。」

「我從沒這麼想。我來這裡是為了公平。而現在，聽起來就像我想逼你那麼做似的 —— 想借威脅打掉孩子來操縱你的感情。一種殘忍的要挾。」

「我不是這個意思。我只是在陳述事實。」

她滿臉皺起，兩條黑眉擰成一團。但她對自己發過誓，絕不吵鬧丟人。他猜得到這對她意味著什麼。他從沒見過她的家人，但他想像得出來。他多少明白，帶著私生子回到鄉間小鎮可能意味著什麼；或者，半斤八兩，帶著一個養不起你的丈夫回去意味著什麼。但她要公平行事，絕不要挾！她猛吸一口氣，做了決定。

「好吧，那，我不會把那個推到你頭上。那太過分了。娶我或者不娶我，隨你的便。但不管怎樣，我會生下孩子。」

「妳要那麼做？真的嗎？」

「是的，我想是的。」

他將她摟入懷中。她的外套敞開著，她的身體溫暖地貼著他。他想，如果他讓她走了，就是天下第一大傻瓜。可是不讓她走，也是不可能的，並不因為他抱著她，就不明白這一點。

「當然了，妳想讓我回新阿爾比恩。」他說。

「不，我沒有。如果你不願意就不回。」

「是的，妳有。畢竟，這無可厚非。妳想看到我重新賺一份體面的收入。有一份好工作，一星期四英鎊，窗臺上有株葉蘭。妳沒有嗎，現在？承認吧。」

「那好吧 —— 是，我有。但我只是樂見其成；我不會叫你那麼做。如果你不是真心想做，那我就討厭讓你去做。我想讓你感到自由。」

「真真正正的自由？」

「是的。」

「妳知道那意味著什麼嗎？想想，我要是決定任妳和孩子孤苦無依？」

「好吧 —— 如果你真想那麼做的話。你是自由的 —— 十分自由。」

過了一會她走了。晚上或者明天他會讓她知道他做何決定。當然，即使他去請求他們，新阿爾比恩也不是說百分百會給他一份工作；但考慮到厄斯金先生說過的話，他們應該會。戈登試圖思考卻做不到。這天下午的客人似乎比平時要多。他簡直要瘋了，每次他剛一坐下就要從椅子上蹦起來，對付新來的一波傻瓜，幫他們找犯罪故事、兩性故事和言情小說。突然，六點左右，他關上燈，鎖上門，出去了。他必須要一個人靜一靜。租書屋還要兩小時才該關門。天知道齊斯曼先生發現了會說什麼。他甚至可能開除戈登。戈登不在乎。

他轉頭向西，沿著朗伯斯斷路走著。這是個沉悶的夜晚，不冷。腳底的泥濘，白色的燈光，叫賣的小販。他必須把這件事情想清楚，而走起來可以更好地思考。但這太難了，太難了！回到新阿爾比恩，或者讓蘿絲瑪麗為難，沒有別的選擇。比如，假想他能找到某個稍微不那麼傷害他良知的「好」工作，是沒用的。沒有這麼多「好」工作等著老氣橫秋年過三十的人。新阿爾比恩是他現有的、將來能有的唯一機會。

在和西敏寺橋路交會處，他停了一刻。對面有些海報，在燈光下泛著鐵青。一張至少十英呎的巨幅海報在替博偉打廣告。博偉的人已經放棄了角桌，換了新花樣。他們搞了一系列四行詩 —— 他們稱之為「博偉民謠」。畫上是胃口好得可怕的一家人，頂著一張張火腿紅的臉龐，坐著吃早餐；下面，赫然寫著：

「你為何要瘦弱蒼白？忍受那精疲力竭的感覺？只要每晚來杯熱騰騰的博偉 —— 精力充沛 —— 元氣大增！」

戈登盯著那玩意。他品味著它令人揪心的愚蠢。上帝啊，這是什麼垃圾！「精力充沛 —— 元氣大增！」多麼單薄無力！就連壞，也不能像真正刻薄的標語那樣壞得怵目驚心。就是這種不知所云毫無生命力的屁話。若不是想到這張海報貼滿了整個倫敦乃至整個英國的大城小鎮，腐蝕著人們的心智，它的孱弱簡直叫人可憐。他沿著破敗的街道左右張望。是的，戰爭很快就要來了。看到博偉的廣告，你就絕不會懷疑。我們街頭的電鑽預示著機關槍的啪嗒之音。不消一會，飛機就要來了。嗡嗡 —— 嘭！幾噸 TNT 炸藥將我們的文明送入它地獄的歸宿。

他穿過馬路，繼續向南走去。他猛然有了一個奇怪的想法。他不再想讓戰爭發生了。這是幾個月來 —— 或許幾年來 —— 他第一次想到戰爭卻不想它發生。

如果他回新阿爾比恩，可能不出一個月，他自己就在寫「博偉民謠」了。回去做那個！任何「好」工作都已經夠糟糕了，但還要和那個混在一起！天哪！他當然不該回去。這不過是硬起心腸堅定立場的問題。但蘿絲瑪麗怎麼辦？他想到她住在家裡，在她父母家中，有個孩子卻沒有錢，會過怎樣的生活。想到這個消息在那個可怕的家族裡不脛而走，說蘿絲瑪麗嫁了個甚至養不起她的大混蛋。他們所有人會一齊嘮叨她。而且，還有孩子要考慮。財神真是狡猾。如果他只是用遊艇和賽馬，妓女和香檳布誘餌設陷阱，躲避起來是多麼容易。偏偏他透過你的良知來對付你，那你就無能為力了。

「博偉民謠」在戈登腦子裡揮之不去。他應該堅定立場。他已經對金錢宣戰了 —— 他要堅持到底。畢竟，迄今為止他都勉強算是堅持住了。他回首自己的人生。欺騙自己是沒用的。這是悲慘的一生 —— 寂寞、卑微、一事無成。他已經活了三十年，除了悲慘別無成就。但這是他選擇的，這是他想要的，即使現在也是。他想要沉淪，沉入不歸金錢統治的泥淖中。但孩子這事搞砸了一切。畢竟，這是一個老套的窘境。私惡，公德 —— 這是亙古就有的兩難選擇。

他抬頭一看，只見自己正路過一個公共圖書館。他突然有了一個想法。孩子，到底有了孩子意味著什麼？此時此刻，蘿絲瑪麗身上究竟在發生什麼？他對懷孕的意義只有模糊的大致概念。毫無疑問，那裡會有書能告訴他這一點。他進去了，借閱室在左邊，要去那裡找參考書。

櫃檯邊的女人是個大學畢業生，年輕，蒼白，戴著眼鏡，脾氣極差。她有一種固執的懷疑，認為沒有人 —— 至少，沒有哪個男人 —— 諮詢參考書不是為了尋找淫穢內容。你一靠近，她夾鼻眼鏡上寒光一閃，目光就穿透了你，讓你明白，你骯髒的祕密對她來說絕非祕密。畢竟，所有的參考書都是淫穢的，或許惠特克的萬年曆除外。哪怕是牛津詞典，你也能用於邪道，查些 XX 和 XX 之類的詞。

戈登一眼就看穿了她是什麼樣的人，但他心不在焉，懶得理會。「你們有沒有婦科方面的書？」他說。

「什麼書？」年輕女人喝問，夾鼻眼鏡上寒光一閃，透出明明白白的勝利的喜悅。老樣子！又一個來找髒東西的男人！

「呃，接生方面的書？關於生孩子之類的。」

「這樣的書我們不借給一般民眾。」年輕女人冷峻地說。

「對不起 —— 我有一個特別想查的問題。」

「你是醫學生嗎？」

「不是。」

「那我就不太明白你要接生的書幹嘛了。」

這該死的女人！戈登想。換了別的時候他會怕她，可是現在，她只是讓他厭煩。

「妳非要問的話，是因為我妻子懷了孩子，我們倆都不懂這事。我是想看看能不能找到點有用的東西。」

年輕女人不相信他。她認為，他看起來如此寒酸落魄，不像個新婚男人。但是，她的工作就是借書給人，而且她其實很少真的拒絕他們，除了孩子。你意識到了自己的卑劣骯髒之後，最終會拿到書的。她端著高高在上的架子，領戈登到了圖書館中央的一張小桌子旁，拿了兩本棕色封皮的大部頭給他。之後她不再管他，卻從圖書館裡每一個她所到之處注意著他。他可以感覺到她夾鼻眼鏡下的目光遠距離扎在他的後頸上，試圖從他的一舉一動中看出他是否真的在尋找資訊，又或在專挑下流部分看。

他翻開其中一本書，磕磕絆絆地搜尋起來。處處是長篇大論密密麻麻的文字，擠滿了拉丁單字。這沒用，他想要點簡單的 —— 要選的話，就是圖片。這事有多久了？六週 —— 或許九周吧。啊！一定是這個。

他翻到了一張九周大的胎兒的圖片。看到這圖讓他一驚，因為他壓根沒有想到看起來會像這樣。這是個不成形的小矮人一樣的東西，像一幅拙劣的人像漫畫，一顆圓圓的大頭和整個身子不相上下。在寬闊的腦袋中央有一個小突起，是一隻耳朵。這是一張側檢視，胎兒的手臂沒有骨頭，彎著，一隻手像海豹的鰭一樣渾然原始，遮著小臉 —— 或許該慶幸它遮住了。下面是兩條小細腿，像猴子腿一樣扭曲著，腳趾內彎。這是個怪物，卻又奇怪地有些像人。胎兒竟然這麼早就開始像人，讓他驚訝不已。他本來想像的原始得多，只是一團細胞，就像一泡蛙卵一樣。但是當然，它一定非常微小。他看了看下面標注的尺寸，長三十公釐。大約一顆大醋栗大小。

但是或許變成這樣還沒多久。他往前翻了一兩頁，找了一張六週大胎兒的照片。這次真是個可怕的東西 —— 一個他簡直不忍直視的玩意。奇怪，我們的初始與終結都是這麼醜陋 —— 胎兒和死者一樣醜陋。這東西看起來就像已經死了似的。它碩大的腦袋，好像重得抬不起來，在應該是脖子的地方彎成了一個直角。你完全看不到能稱之為臉的東西，只有一絲褶皺代表眼睛 —— 或是嘴巴？這次一點不像人，這更像一隻死了的小狗。它短粗的手臂很像狗，兩隻小手只是短胖的爪子。長十五點五公釐 —— 不比一顆榛果大。

他對著這兩張圖片凝視了很久。它們的醜陋讓它們更加真實，因此也更加動人。從蘿絲瑪麗說起人工流產時，他的孩子對他就有了真實感。但那種真實不具備視覺形象 —— 是發生在黑暗中的事情，只有發生之後才變得重要。但是這裡，是一個正在發生的真實過程。這個可憐的醜東西，還沒一顆醋栗大，是他的輕率行為創造出來的。它的未來，或許還有它的繼續存在，取決於他。而且，這是他自己的一小部分——這就是他自己。誰膽敢逃避這樣的責任？

但如何選擇呢？他站起來，將書遞給那個壞脾氣的年輕女人，走了出去。然後，心血來潮，轉回來去了圖書館另一邊存放期刊的地方。那群模樣邋遢的常客趴在書報上打著瞌睡。婦女讀物有一張單獨的桌子。他隨意抓起一本，拿到另一張桌子上。

這是一本美國雜誌，比較生活化，主要都是廣告，幾個故事不好意思地夾雜其間。而且都是些什麼廣告啊！他快速地翻過那些閃亮的彩頁。酒水、珠寶、化妝品、毛大衣、絲襪上下翻飛，如同兒童西洋鏡中的圖案。一頁又一頁，一個廣告又一個廣告。口紅、內衣、面霜、罐頭食品、專利藥品、減肥治療。一種金錢世界的橫切面。無知、貪婪、粗俗、勢利、賣淫、疾病的全景相。

而這就是他們想讓他重新進入的世界。這就是他有機會「混得好」的產業。他慢慢翻動書頁。翻啊翻。「可愛——直到她笑了。」、「槍管裡射出來的食物。」、「你是否讓疲憊的雙足影響了你的性格？」、「睡美人床墊，帶你重回桃花源。」、「只有穿透性面霜才能深入表皮下的汙漬。」、「粉色牙刷是她的煩惱。」、「如何瞬間鹼化你的腸胃。」、「壯實孩子吃粗糧。」、「你屬於這五分之四嗎？」、「世界知名的文化速覽書籍。」、「不過是個鼓手，他卻引用但丁。」

天哪，都是些什麼垃圾！

但是，這當然是本美國雜誌。不論是霜淇淋、敲詐還是裝神弄鬼，美國人總是在任何惡行上都更勝一籌。他回到女性的桌子旁，拿起另一本雜誌。這次是一本英國的。或許英國書報上的廣告不會那麼糟糕吧 —— 稍稍沒那麼赤裸裸地惹人討厭？

他翻開雜誌。翻啊翻。英國人絕不做奴隸！

翻啊翻。「讓腰圍回到正常！」、「她嘴裡說著『萬分感謝您載我。』但她心裡想的是：『可憐的年輕人，怎麼就沒人跟他說一聲？』一個三十二歲的女人如何從一個二十歲女孩手裡搶走了年輕男孩。」、「腎虛的及時雨。」、「絲絨 —— 柔滑的衛生紙。」、「哮喘讓她透不過氣！」、「你為你的內衣害臊嗎？」、「早餐脆麥片，孩子天天念。」、「現在我全身上下都是一副學生妹的肌膚。」、「一口維生素，能走十裡路！」

和那種東西同流合汙！參與其中，融為一體 —— 成為它的一磚一瓦！天哪，天哪，天哪！

不久，他走了出去。難受的是，他已經知道自己將怎麼做了。他已經決定了 —— 很久以前就決定了。這個問題出現時，解決之道也隨之而來；他所有的猶豫都是惺惺作態。他覺得，似乎有種外在的力量在推動他。附近有一個電話亭。蘿絲瑪麗的宿舍有電話，她現在應該到家了。他走進電話亭，在口袋裡摸了摸。不錯，正好兩便士。他把錢丟進投幣口，轉動撥號盤。一個粗聲粗氣、鼻音濃重的女聲接了電話，道：「誰啊，請問？」

箭在弦上，看來沒法回頭了。[099]「沃特洛小姐在嗎？」

「請問您是誰？」

「就說是康斯托克先生，她知道的。她在家嗎？」

[099] Pressed button A, die was cast 指已經按下確定，已經發射出去，木已成舟。結合上下文，換成中文俗語，開弓沒有回頭箭。

「我看看，請別結束通話。」停了一下。

「喂？是你嗎，戈登？」

「喂？喂？是妳嗎，蘿絲瑪麗？我只是想告訴你，我想好了 —— 我下定決心了。」

「哦！」又停了一下。她艱難地控制住自己的聲音，又道：「好吧，你怎麼決定的？」

「沒關係，我願做那份工作 —— 我是說，如果他們給我工作的話。」

「噢，戈登，我太高興了！你沒生我的氣吧？你沒有覺得是我怎麼逼你這麼做的吧？」

「沒有，沒關係。這是我唯一能做的事情。我已經把一切都想通了。我明天就去辦公室見他們。」

「我真是太高興了！」

「當然，這是假設他們會給我那份工作。但我想他們會的，既然老厄斯金這麼說了。」

「我肯定他們會的。但是，戈登，有一件事。你要穿得漂亮點去，好嗎？這會大不一樣的。」

「我知道，我得把我最好的那件西裝贖出來。拉弗斯通會借我錢的。」

「別管拉弗斯通了，我借你錢。我存了四英鎊下來，我把錢取出來，在郵局關門前匯給你。我想你還要雙新鞋子和一條新領帶。還有，噢，戈登！」「什麼？」

「去辦公室的時候戴頂帽子吧，好嗎？戴頂帽子看起來好點。」

「帽子！上帝啊！我已經兩年沒戴過帽子了。非戴不可嗎？」

「呃 —— 那樣看起來正式一點嘛，不是嗎？」

「哦，好吧。只要妳覺得我該戴，哪怕圓頂禮帽都行。」

「我覺得一頂軟呢帽就可以了。但是把你的頭髮剪一剪，好嗎，拜託了？」

「行，妳別擔心。我會變個年輕瀟灑的生意人的。衣著得體，諸如此類。」

「感激不盡，戈登親愛的。我必須把那筆錢取出來去匯了。晚安，祝你好運。」

「晚安。」

他走出電話亭，看來就是這樣了。他這下完了，徹底完了。他快步走開。他做了什麼？認輸投降了！打破了所有的誓言！他漫長而孤獨的戰爭以可恥的失敗告終了。割除汝之包皮，上帝說。他回歸失敗，痛哭懺悔。他似乎比平時走得快些。他的心中、四肢百骸、全身上下，都有一種特殊的感覺，一種真正的生理上的感覺。這是什麼？羞恥、悽慘、絕望？為回到金錢的魔掌而憤怒？想到生不如死的未來而厭煩？他將這感覺逼出來，面對他，檢視它。這是解脫。

是的，真相就是如此。現在塵埃落定，他唯一的感覺就是解脫。為他現在終於告別了骯髒、寒冷、飢餓和孤獨，可以回歸體面的、完整的人的生活而解脫。既然他已經反悔，他的那些決心看起來就不過是可怕的負擔，總算被他拋開了。而且，他知道他只是在完成自己的宿命。在腦海中的某個角落，他一直都知道這終究會發生。他想到他在新阿爾比恩辭職的那天；想到厄斯金先生和善、紅潤、牛肉色的臉龐，溫和地建議他不要白白放棄一份「好」工作。那時，他是多麼信誓旦旦地說自己永遠和「好」工作一刀兩斷了！然而，一早就注定他會回來，甚至那時他就知道。他不僅是因為蘿絲瑪麗和孩子而這麼做。這是表面原因，直接原因，但即使沒有這回事，結果也會是一樣。如果不用考慮孩子，也會有別的事情逼他行動。因為，這就是他暗地裡所渴望的。

他畢竟還是不缺乏活力，他讓自己陷入了窮困的生活，是這種生活將他無情地丟擲了生命的洪流。他回首過去可怕的兩年。他褻瀆金錢，反抗金錢，企圖像個隱士一樣生活在金錢世界之外。而這帶給他的不止是悽慘，更是一種可怕的空虛，一種無可逃避的徒勞感。棄絕金錢就是棄絕生命，也沒有多麼正義。人為什麼應該在氣數耗盡之前死去？現在他回到了金錢世界，或者很快要回去。明天他就穿上最好的西裝和大衣（他一定要記得把大衣和西裝一起贖出來），戴上得體的豪車公子風格的小禮帽，刮淨鬍子，剪短頭髮，去新阿爾比恩。他會如同重生一般。今日邋裡邋遢的詩人，和明天形容整肅的年輕生意人，將會判若兩人。他們會要他回去，肯定如此。他具備他們需要的才能。他將拚命幹活，出賣靈魂，保住這份工作。

將來怎麼辦？或許這兩年其實並沒在他身上留下多少痕跡。這段歲月只是一個空檔，是他職業生涯中的一個小小挫折。他既然已經邁出了第一步，那很快就會養成那種玩世不恭、狹隘短淺的市儈思想。他將忘卻自己高雅的噁心，不再為金錢暴政憤怒 —— 甚至不再意識到這一點 —— 不再為博偉和早餐脆麥片的廣告痛苦。他將徹底出賣自己的靈魂，徹底到忘記自己曾有過靈魂。他將結婚生子，安定下來，踏入小康，推著嬰兒車，有棟別墅、收音機和葉蘭。他將做一個遵紀守法的小市民，和其他任何遵紀守法的小市民沒有兩樣 —— 地鐵上拉著吊環的大軍中的一個普通士兵。八成這樣更好。

他稍稍減慢了步伐。他年過三十，早生華髮，可他有種奇怪的感覺，感到自己只是剛剛長大成人。他突然明白，自己只是在重複每一個人類的命運。每個人都反抗金錢法則，每個人也都遲早會屈服。他的反抗比大多數人堅持得久了一些，僅此而已。而他因此遭受了這般可悲的失敗！他懷疑是否每個幽居陋室的隱士都在暗暗渴望著回歸人間煙火。或許有些沒有。有人說過，現代世界只有聖人和惡棍才能住。他，戈登，不是聖人。那麼，就和其他人一起爽快地做個無賴更好，這就是他所暗暗渴望的。現在他承認了自己的渴望，並屈服於它，他就安寧了。他大致在向家的方向前進。他抬頭看著經過的一棟棟房子。

這是一條他不認識的街道。老式的房子，外表粗陋且非常黑暗，大部分都做了小公寓和單間。圍著欄杆的區域，煙霧燻黑的牆磚，刷成白色的臺階，骯髒的花邊窗簾。一半窗戶上都掛著「公寓」的牌子，幾乎全部都放著葉蘭。一條典型的中下階層的街道。但整體上，不是他想看到被炸得灰飛煙滅的那種街道。

他猜想著什麼樣的人會住在這些房子裡。比如，他們會是些小職員、店員、旅行業務員和保險業務員。他們知道自己只是在金錢的操縱下跳舞的傀儡嗎？他們八成不知道。而且就算他們知道，他們哪會在乎？他們忙著出生、結婚、生子、工作、死亡。如果你辦得到，能感覺自己是他們中的一員，是普羅大眾中的一分子，或許也不是壞事，我們的文明是建立在貪婪和恐懼之上，但在普通人的生活中，這種貪婪和恐懼莫名地轉化成了某種高尚些的東西。那些中下階層的人，與他們的孩子和幾件傢俱還有葉蘭一起，躲在他們的花邊窗簾之後 —— 不錯，他們是按照金錢法則生活的，但他們竭力保持著自己的尊嚴。按照他們的解讀，金錢法則並不僅僅是玩世不恭和自私自利。他們有他們的標準，他們不可侵犯的榮譽觀念。他們「維持著自己的體面」—— 維持著葉蘭的飛揚。而且，他們活著。他們全身心投入了生命。他們生兒育女，這是聖人和靈魂救主絕對做不到的。

葉蘭是生命之樹，他突然想到。

他發覺衣服內側的口袋裡有一團笨重的東西，是〈倫敦拾趣〉的手稿。他把它拿出來，藉著路燈看了看。一大團紙，又髒又破，邊緣汙跡斑斑，是那種在口袋裡待久了而特有的噁心樣子。總共大約四百行，他流放歲月的唯一成果，兩年的孕育，永遠也不會誕生。好吧，一九三五年，他徹底告別這一切。詩！確實是詩！

他該把手稿怎麼辦呢？最好是把它揉到廁所裡去。但他離家還很遠，上公廁又沒有那一便士。他在一個下水道的鐵柵旁停下了。最近那所房子的窗臺上，一株葉蘭，一株條紋葉蘭，透過黃色的花邊窗簾窺看著。

他展開一張〈倫敦拾趣〉的紙頁。潦亂的迷宮中央，一行詩句抓住了他的目光。一剎那的悔恨刺痛了他。畢竟，有些部分還是很不賴的！要是能完成就好了！在他為之付出了那麼多的辛苦之後卻把它丟掉，似乎太可惜了。或許，該把它留下？把它留在身邊，在業餘時間偷偷完成？哪怕是現在，它也還是有可能一鳴驚人的。

不，不！信守你的諾言。要麼屈服，要麼不屈。

他折起手稿，把它從下水道的欄杆間塞了進去。它「噗」的一聲落進了下面的水中。

你贏了[100]，哦，葉蘭！

[100] 原文為拉丁語。

塵埃落定

拉弗斯通想在登記處分手道別，但他們不聽，堅持拉他與他們一起吃個午飯。不過不在莫迪利亞尼，而是去了一家小巧宜人的蘇荷區餐廳，在這裡，花上半克朗，你就能吃一頓美味的四菜大餐。他們吃了蒜腸加麵包配奶油，油炸比目魚，牛排炸薯條，和一份十分水潤甜蜜的布丁，還要了一瓶梅多克尊享紅酒，這一瓶花了三先令六便士。

只有拉弗斯通參加了婚禮。另一位見證人是一個可憐巴巴的軟蛋，牙都掉光了，是從登記處外面挑的一個職業見證人，要收半克朗的小費。茱莉亞沒法從茶館裡出來，戈登和蘿絲瑪麗老早就精心編好了藉口，也只請到這一天假不用上班。除了拉弗斯通和茱莉亞，沒人知道他們要結婚了。蘿絲瑪麗會繼續在工作室裡工作一兩個月。在事情結束之前，她不想走漏結婚的消息，這主要是為了她那數不清的兄弟姐妹，他們沒一個買得起結婚禮物。就戈登自己而言，他倒想辦得更像樣點，他甚至想去教堂結婚，但蘿絲瑪麗一票否決了這個想法。

戈登現在已經回去上了兩個月的班了，領著一週四英鎊十先令的薪資。等蘿絲瑪麗辭職後，會有些拮据，但明年薪資有望上漲。當然，到孩子快生的時候，他們必須得跟蘿絲瑪麗的父母要點錢。克魯先生一年前離開了新阿爾比恩，華納先生接替了他的位置，他是個加拿大人，曾在紐約一家廣告公司做過五年。華納先生是個火爆脾氣，不過相當討人喜歡。眼下他和戈登手頭有個大專案。示巴女王衛浴用品公司正在為他們的除臭劑「四月雨露」開展宣傳攻勢，打算橫掃全國，搞得轟轟烈烈。

他們覺得狐臭和口臭已經是強弩之末，或者快了，已經絞盡腦汁想了很久，要弄出個新辦法來嚇唬大眾。然後某人靈光一現，建議說，腳臭怎麼樣？這個領域從來沒有被發掘過，有著無限的可能。示巴女王把這個想法轉達給了新阿爾比恩。他們想要的是一句真正廣為流傳的廣告語，和「渴夜症」[101] 一個級別的東西 —— 會像毒箭一樣感染大眾神經的東西。華納先生冥思苦想了三天三夜，然後想出了一個令人過目不忘的短語 ——「PP」。「PP」代表「Pedi Perspiration」[102]。這真是神來之筆。這是如此簡潔又如此引人注目。一旦你知道了它們代表什麼意思，你就再也不可能看著「PP」兩個字母卻不產生愧疚的戰慄。戈登在牛津詞典裡查了查「pedic」這個詞，發現它根本不存在。但華納先生說了，管他的！反正這有什麼關係？它一樣能掀起風潮。當然，示巴女王也為這個創意歡呼雀躍。

他們傾家蕩產投入到這場宣傳攻勢中。大不列顛群島的每一塊廣告牌上都掛著怵目驚心的巨幅海報，把「PP」釘入大眾的腦海。所有的海報都一模一樣。它們沒有浪費口舌，只是以邪惡的簡潔當頭棒喝：

「PP」
你
有嗎？

就是這樣 —— 沒有圖片，沒有解釋。不必再說「P.P.」所指為何，到現在英國的男女老少全都知道這個詞了。華納先生在戈登的幫助下，正在為報紙雜誌設計小幅廣告。是華納先生提出了這個大膽的顛覆性創

---

[101] 「渴夜」：night-starvation，指缺乏睡眠。這是由好立克（Horlicks）公司一九三一年創造的一個短語，用於推廣好立克幫助睡眠的奶製飲品，後來成為風靡一時的流行語。

[102] 意為腳汗，Pedic 是醫學用詞，指與腳有關的東西，日常較少使用。

意，草擬了廣告的整體格局，確定需要何種圖片，但大部分文章是戈登寫的。他寫了些令人扼腕的小故事，每個都是一部百來字的現實主義小說，講述三十來歲的絕望老處男和莫名其妙被女朋友甩掉的寂寞單身漢，還有勞累過度卻沒錢每週換一次長襪，眼睜睜看著丈夫落入「別的女人」手心的故事。他做得非常漂亮，在這件事上他取得了人生中前所未有的成就，華納先生對他讚不絕口，戈登的文學才能毋庸置疑。他用詞簡練，這是多年的累積才能練就的。所以，或許他為了成為「作家」而做的長期艱苦的努力終究沒有白費。

他們在餐廳外和拉弗斯通道別。計程車載著他們離開了。拉弗斯通堅持付了從登記處離開時的計程車費，於是他們覺得還坐得起一次計程車。酒暖了身子，他們懶洋洋地靠在一起，沾滿灰塵的五月的陽光透過計程車窗照在身上。蘿絲瑪麗的頭枕著戈登的肩膀，他們雙手交握放在她的膝頭。他撥弄著蘿絲瑪麗無名指上那顆極細的婚戒。包金的，價值五先令六便士，但還看得過去。

「我明天去上班之前一定要記得把它摘下來。」蘿絲瑪麗若有所思地說。

「想想我們真的結婚了！白頭偕老，至死不渝。我們現在做到了，好得很。」

「怪嚇人的，不是嗎？」

「不過我看我們會安定下來的。有個我們自己的房子、嬰兒車和葉蘭。」

他抬起她的臉龐吻她。她今天化了淡妝，這是他第一次見她化妝，化得不太高明。兩個人的臉都不太受得住春天的陽光。蘿絲瑪麗臉上出現了明顯的細紋，戈登臉上呈現深深的溝壑。蘿絲瑪麗看來或許二十八歲，戈登看來至少三十五歲。但蘿絲瑪麗昨天從頭頂上拔了兩根白頭髮。

「妳愛我嗎？」他說。

「愛慕你，愛得好傻。」

「我相信。奇怪，我三十歲了，還滿面滄桑。」

「我不在乎。」

他們開始親吻，然後發現有兩個骨瘦如柴的中上階層婦女正乘車與他們齊頭並進，正饒有興趣地狡黠地看著他們，就趕緊分開了。

艾奇韋爾路（Edgware Road）邊的那家公寓還不算太差。這是個沉悶的區域，而且是相當窮困的一條街道，但地處倫敦中心，交通便利，而且這是個死胡同，因而挺安靜。從屋後的窗戶（是在頂層），你可以看到柏靈頓站的屋頂。不帶傢俱，一星期二十一先令六便士。一間臥室、一間客廳，還有廚房、浴室（帶鍋爐）和廁所。他們已經置辦了自己的傢俱，大部分都是分期付款買來的。拉弗斯通送了他們全套杯盤碗盞作為結婚禮物——這實在想得周到。茱莉亞送了他們一張相當差勁的「臨時」餐桌，胡桃木貼麵包邊。戈登千求萬告，讓她不要送東西。可憐的茱莉亞！一如既往，聖誕節害她徹底破產了，三月又送了安吉拉姑姑生日禮物。但結婚不送禮在茱莉亞看來是一種泯滅天良的大罪。戈登知道她為了湊夠買「臨時」餐桌的三十先令做了什麼樣的犧牲。他們還緊缺床單被套和刀叉餐具。東西得等他們有了盈餘之後，一點點再買。

他們興奮地奔上最後一段樓梯，回到公寓。萬事俱備，可供居住了。好幾個星期以來，他們每晚忙著搬東西進來。在他們看來，擁有這個自己的地盤像是一場宏大的冒險。兩人都不曾有過自己的傢俱，從孩提時代起，他們就住在帶傢俱的出租房裡。他們一進房間，就仔仔細細把屋裡轉了個遍，檢查、審視、欣賞著一切，好像他們還沒把每樣東西都記得清清楚楚似的。每一小件傢俱都讓他們喜不自禁。雙人床上鋪著乾淨的床單，蓋著粉色的鳧絨被！衣物毛巾都在抽屜裡收得好好的！那張摺疊桌，那四把硬椅子，那兩張扶手椅，那張長沙發，那個書架，那張紅色的印度地毯，那個他們在蘇格蘭市場上便宜買到的銅煤斗！這全是他們的，每一樁每一件都是他們自己的 —— 至少，只要他們按時還款就行！他們走進小廚房。萬事俱備，沒漏掉最小的細節。煤氣爐、食品櫃、琺瑯面餐桌、餐具架、小燉鍋、炊壺、水池、菜籃、抹布、洗碗布 —— 甚至是一聽罐頭，一包肥皂片，果醬罐裡裝的一磅洗衣粉。全都就位，準備著使用，準備著生活。你此時此地就可以在這裡做一頓飯出來。他們手把手站在琺瑯面餐桌旁，欣賞著柏靈頓車站的景色。

「噢，戈登，真是太有意思了！有一個真正屬於自己的地盤，沒有房東來指手畫腳！」

「我最喜歡的就是想到一起吃早餐。妳坐在我對面，在餐桌的另一邊，倒著咖啡。太奇怪了！我們已經認識了那麼多年，卻從沒一起吃過早餐。」

「我們現在就來做點什麼東西吧。我太想用用這些小燉鍋了。」

她做了點咖啡，然後用他們在塞爾弗里奇平價地下市場（Selfridge's Bargain Basement）買來的紅漆托盤端到前廳裡。戈登緩步走到窗邊的「臨時」餐桌旁。遙遠下方的街道沉浸在迷濛的陽光中，彷彿一片透明的黃色海洋將它淹沒在數英尋[103]之下。他將咖啡杯放在「臨時」餐桌上。

「我們就把葉蘭放在這裡。」他說。

---

[103] 英尋為測量水深的長度單位，一英尋等於一點八二八八公尺。

「放什麼？」

「葉蘭。」

她大笑。他知道她以為他在開玩笑，於是補充道：「我們要記著，在花店全關門前出去訂一株。」

「戈登！你不是認真的吧？你不是真的想養株葉蘭吧？」

「我是認真的。而且我們不會讓我們的葉蘭沾上灰塵。他們說用舊牙刷清理葉蘭最好了。」

她走到他身邊，捏了捏他的手臂。「你不是認真的吧，不可能，對嗎？」

「為什麼不是呢？」

「一株葉蘭！想在這裡養一株那樣的可怕壓抑的東西！何況我們把它放哪裡呢？我們不能把它放在這間房裡，放在臥室裡就更糟糕了。想想，在臥室裡有株葉蘭！」

「我們不會在臥室裡放。這是放葉蘭的地方。在正面的窗臺上，對面的人可以看得到。」

「戈登，你是在開玩笑 —— 你一定在開玩笑！」

「不，我沒有。我告訴妳，我們必須有株葉蘭。」

「但為什麼呢？」

「就該有這東西。這是結婚後要買的第一樣東西。實際上，這簡直是結婚典禮的一部分。」

「別說胡話！我就是受不了有個這樣的東西放這裡。要是你非要的話，你就養個天竺葵吧。但葉蘭不行。」

「天竺葵不好。我們要的是葉蘭。」

「好了，我們不會養葉蘭的，絕無二話。」

「不，我們要養。妳不是剛剛才承諾了要服從我嗎？」

「不，我沒有。我們不是在教堂結的婚。」

「哦，好吧，這是在婚禮儀式上暗示了的。『愛，榮譽和服從』諸如此類。」

「不，沒有。反正我們不養什麼葉蘭。」

「不，我們要養。」

「我們不，戈登！」

「養。」

「不！」

「養。」

「不！」

她不理解他。她覺得他是在無理取鬧。他們面紅耳赤，然後按照素來的習慣，吵得天翻地覆。這是他們作為夫妻的第一次吵架。半小時後，他們出門去花店訂一株葉蘭。

但他們第一段樓梯剛下到半路，蘿絲瑪麗突然停住腳步，抓緊了扶手。她雙唇張開，一下子顯得怪怪的。她一隻手按住肚子。

「噢，戈登！」

「怎麼了？」

「我感到它動了！」

「感到什麼動了？」

「孩子。我感到它在我身體裡動了。」

「是嗎？」

一種奇怪的、簡直可怕的感覺，一種暖烘烘的震撼，在他的臟腑中翻騰。一剎那間，他感到好像自己和她血脈相連，但卻是以一種他從未想到的微妙方式連在一起的。他停在她下方一兩步處，跪下來，把耳朵貼到她的肚子上，諦聽。「我什麼都聽不見。」他最後說。

「當然聽不見啦，傻子！還沒幾個月呢。」

「但我以後會聽見的，對嗎？」

「我想是的。你在七個月的時候就能聽見，我在四個月的時候能感覺到。我想是這樣的。」

「哦，是的。它動了。」

很長一段時間，他一直跪在那裡，頭貼著她柔軟的肚皮。她抱著他的頭頂，把他的腦袋拉近一些。他什麼也聽不見，只有自己耳朵裡血液的嗡鳴。但她肯定沒弄錯。在那某處，在那安全、溫暖、柔軟的黑暗中，它活著，在動彈。

好吧，康斯托克家總算又有事發生了。

葉蘭之詩，喬治・歐威爾社會批判小說經典：

當金錢成為社會信仰，他的靈魂在泥沼中沉淪

作　　者：[英] 喬治・歐威爾（George Orwell）
譯　　者：梁煜
責任編輯：高惠娟
發 行 人：黃振庭
出 版 者：複刻文化事業有限公司
發 行 者：複刻文化事業有限公司
E-mail：sonbookservice@gmail.com
粉 絲 頁：https://www.facebook.com/sonbookss/
網　　址：https://sonbook.net/
地　　址：台北市中正區重慶南路一段 61 號 8 樓
8F., No.61, Sec. 1, Chongqing S. Rd., Zhongzheng Dist., Taipei City 100, Taiwan

電　　話：(02)2370-3310
傳　　真：(02)2388-1990
印　　刷：京峯數位服務有限公司
律師顧問：廣華律師事務所 張珮琦律師

定　　價：375 元
發行日期：2024 年 12 月第一版
◎本書以 POD 印製
Design Assets from Freepik.com

國家圖書館出版品預行編目資料

葉蘭之詩，喬治・歐威爾社會批判小說經典：當金錢成為社會信仰，他的靈魂在泥沼中沉淪 / [英] 喬治・歐威爾（George Orwell）著，梁煜 譯 . -- 第一版 . -- 臺北市：複刻文化事業有限公司 , 2024.12
面；　公分
POD 版
譯自：Keep the aspidistra flying.
ISBN 978-626-7620-17-5(平裝)
873.57　　　113018338

電子書購買

爽讀 APP

臉書